# 遠藤周作
# 『沈黙』をめぐる短篇集

加藤宗哉―［編］

慶應義塾大学出版会

# 『沈黙』をめぐる短篇集　目次

## I　最後の殉教者

Ⅱ　もし……

# I　最後の殉教者

# 最後の殉教者

長崎からほどちかい浦上《うらがみ》に中野という村がある。現在は橋口町に入れられているが当時は中野郷とよぶ小さな部落であった。

明治の始めのころ、この部落に喜助という男がいた。図体だけは象のように大きいが体に似あわぬ臆病者で何をさせても不器用なのである。当人は一生懸命やっているのだが、田を植えても、稲をかっても、春のはじまり村の組講の命令で屋根ふきの手伝いに出かけても、最後はあまりの仕事の下手さにみるにみかねた仲間の青年が手を貸してやらねばならないのだった。

「喜助さんとあ働くのは嫌アだな。こげん後始末ば俺たちがせにゃならんたい」

仲間の甚三郎や善之助たちにそう不平を言われると、大きな図体をできるだけ小さく縮めて、

「かんにんして呉《く》れのう。甚三郎さん、かんにんしてくれのう」

頭をペコペコさげるより仕方がないのである。

もう一つ困ったことは、喜助は若いくせに非常な臆病者であった。躰《からだ》も力も同じ年輩の青年たちのなかでは強いほうだから、何も怖《おそ》れるものはない筈だが、蛇《くちなわ》一つ道を横切るのをみてもギョッとして

たちどまる。村の悪童たちが棒の端にその蛇の死骸をぶらさげて、

「喜助さん、これ」

声をかけようものなら、まるで少女のように顔面が蒼白《そうはく》になる始末である。

こんな出来ごともあった。ある日、喜助は、畠からの帰りに酒気をおびた近隣の部落の若い衆二人に喧嘩《けんか》をいどまれた。相手は勿論《もちろん》、喜助が中野の部落で評判の臆病者と知って難題を吹っかけたのである。

路のかたわらに後ずさりをして片手でおびえた顔を覆いながら、

「かんにんしてつかわさい。かんにんしてつかわさい」

体だけは人一倍大きいのに小児のように震えている喜助に、相手も流石《さすが》に呆れはてて、

「おい、それでも男か、男なら拳ばふりあげんかい、拳を」

その上、男なら証拠に裸になって一物を見せてみい、とからかった。喜助はそれだけは許してくだされと哀願したが、彼の怯《おび》えきった姿がかえって相手に残酷な快感をそそったため、

「ぬげというたら、ぬがぬかい」

面白がって喜助の首を犬の子にでもするように地面にこすりつけたのである。

中野郷の人々はその夜、下帯までも隣村の者に奪《と》られて前を押えながら逃げかえってきたという喜助の話をきいてさすがに腹をたてた。この中野郷はお上にかくれて「きりしたん」の信仰をひそかに守り続けていた部落だったから、部落民の結束も強いだけに、喜助が他村の若い衆からなぶられたと

なると承知できなかったのである。青年たちはあげんな臆病者《もん》とは今後口をばきかぬと言いだすし、子供たちは子供たちで馬糞《ばふん》や石ころを喜助とその母親の住むあばら家に投げつけた。

だが苦しそうに眼を伏せ毎日鍬《くわ》をかついで畠に出ていく喜助の姿をみると部落の者たちはなんだか哀れになってくる。組講の長老たちもここで若い者に「右の頰をうたれたる時は左の頰をさしだせ」というゼズス様の言葉を言いきかせるようになった。他の部落では笑い者になる喜助もこの中野郷の人々からは半ば苦い気持で許してもらったわけである。

浦上中野郷は今も言ったように幕府以来、明治新政府の禁制をおかしてひそかに「きりしたん」の信仰を守ってきた部落だったからその組織は他の仏教徒の村落と少しちがっていた。九州きりしたんの部落は今の言葉で青年団、成人団、子供会、婦人会というような幾つかの年齢による組織をつくり、その組が集まって組講と呼ぶ信仰組織をつくりあげていたものである。各々《おのおの》の組には「サンタ・マリアの組」とか「ゼズスの組」とかよぶ名前がつけられ、組頭が選挙されて世話をする。組頭を補助するため一人乃至《ないし》、数人の慈悲役がおかれていたが「くみがしら、じひやくのかずはところところのかつて次第にさだめられるべきものなり」と切支丹史料に書かれているところをみると村によってその数はまちまちだったらしい。

そこで喜助も部落では同じ年齢の青年たちの組仲間に入れてもらっていたのだが、彼の信心がどの程度のものであったか次の挿話で推察できると言うものである。

ある年の春この村はずれに一人の乞食が住みついた。乞食といってもただの乞食ではない。足の指も手の指もすっかり曲ってしまって頭の毛も落ち眼も半ば盲目になった癩病《らいびょう》患者だったのだ。他の村々から追われに追われてやっと中野郷にたどりついたこの乞食は、村のはずれを流れる河原にうち捨てられた小屋のあるのを幸い、その中で半死半生のように横たわっていた。

組講の総代たちは部落をおさめるだけではなく部落民の信仰を鍛える司祭の役もしている人たちだから、この乞食をどうとり扱うべきかを皆に教えた。その昔、ゼズス様が癩病人に進んで手を差しのべられた話を語り、部落の組の衆が交代でこの乞食の世話をするよう命じたのである。そこで村人たちは当番をきめて握り飯や薬を毎日、河原の小屋に運んでやることになった。

喜助の当番が廻ってきたのはそれから二カ月ほどたった初夏のことだったが、子供でもできるほどの慈善行為だから甚三郎、善之助といった同じ組仲間も、

「喜助、組頭もいわれた通り憐《あわ》れな病人じゃけん昼と夜、暖かい握り飯を欠かしてやるなよ」

そう言ってくれただけであった。

その日、喜助は皆に言われた通りの傷薬と握り飯をば畠仕事に出る時に母親に支度してもらった。そして昼さがり、人影のない河原に出かけてみたのである。少し汗ばむほどの暑さの初夏の日で根の腐った葦《あし》のにおいが河原におりると鼻についた。朽ちかけた小屋の屋根がその葦のすき間から半ば黒く覗《のぞ》いてみえる。乞食はなにをしているのか、物音一つきこえない。ぶきみなほどあたりは静かだった。

こわごわ握り飯と薬の包みをかかえて戸口まで近よった時、こわれた戸がイヤな音をたてて軋《きし》んだ。そして中をソッとのぞきこんだ喜助の前に、空洞のようにポッカリ眼も潰《つぶ》れ、鼻のかけた乞食の顔が

あらわれた。

「ウワっ」

包みをそこに放り棄てると転げるように喜助は小屋から河原に走り逃げた。乞食はその時、河原の溜《たま》り水を飲みにいこうとして柱を摑《つか》みながらたち上った時だったのである。

村に駆け戻った喜助は仲間の衆がいくら言いきかせても、もう小屋に二度と行こうとしない。例によって子供のように、

「かんにんしてくれのう。かんにんしてくれのう」

哀願するだけなのである。

組頭や総代の老人たちは喜助に聖セバスチャンが癩者をだきしめてその体を暖めてやった話まで引きながら、きつくその愛徳の弱さを戒めた。戒められて喜助は今一度夕暮になると握り飯の包みを運ぶことになったが、村を出るや否や、またかけ戻ってくる。そして手を合わせんばかりに、

「ほかのことなら何でもしますけん、これぱかりは許してつかわさい」

この時、平の国太郎という、後に長崎サクラ町の牢《ろう》で殉教した総代の一人が暗い顔をしてこう言ったそうである。

「喜助はいつかこの臆病ゆえに、ゼズス様を裏切るユダのごとなるかもしれんのう」

一八五八年（安政五年）長い鎖国の伝統を破って徳川幕府は米国と通商条約を結んだが、その条文

の八条に「日本にある米人自ら其《その》国の宗法を念じ、礼拝堂を居留場の内に置くも障りなし」と規定し踏絵の制を廃止した。そしてその翌年、英仏露蘭の四カ国とも同じ条約を締結した。

一八五九年、かねてから那覇《なは》で待機していた巴里《パリ》宣教会のジラル神父が、仏蘭西《フランス》公使館付司祭として江戸に入った。彼につづいて翌年ベルナール・プチジャン師が長崎に上陸して大浦の南山手に日本人の大工を使って教会をたてた。これがあの原子爆弾で破壊された大浦天主堂の原型である。

この教会をフランス寺とよんでいた当時の日本人は建築の間はもの珍しそうに群れをなして見物にきたが、やがて役人たちの干渉もあってか訪れるものも絶えてしまった。これは条約で異人のきりしたん信仰は許しても日本人の禁教令はそのまま残っていたためである。プチジャン神父と、彼に一年遅れて日本に渡ってきたロカーニュ神父とは本国にいる時から、この極東の島国に聖ザビエルが教えたゼズスの信仰を今なおひそかに守りつづけている信徒たちの残っていることを聞いていた。天主堂を建てた後、彼等のなさねばならぬ第一の仕事はこれらのかくれきりしたんを発見することだった。

だが一月たっても二月たっても、天主堂を訪れる人影はなかった。二人の神父たちは長崎はもとより、その郊外の浦上あたりにも度々出かけた。時には子供に菓子を与え、時にはわざと馬から落ちるような芝居までしてみたが、そっと信仰をうちあける日本人は一人としてみつからないのである。

けれども一八六五年の三月十七日の昼すぎのことであった。この昼すぎ、プチジャン神父は聖壇の前に跪《ひざまず》いて祈りをしていたのである。午後だった。聖堂の中はしずかだった。扉がかるく軋む音がしたが神父は警護の役人が悪戯《いたずら》半分に中を覗いたのだと思ってそのまま祈りを続けた。だれかがそっとそばに寄ってくる。ふりむくと、野良着を着た百姓の女が棒のようにたっていた。

「御像は……」

と彼女は小さな声で呟いた。

「サンタ・マリアの御像はどこ」

その言葉にプチジャン神父は祈禱台《きとうだい》からたちあがった。彼の震える指は祭壇の右側にある、本国の仏蘭西から持ってきた二尺ばかりの小さな聖母像を黙って指さしていた。

「ああ、サンタ・マリア」と女は叫んだ。

「まあ、まあ、おん子さまの愛《や》らしかことよのう」

これが二百余年の長い鎖国の後最初に日本にきた布教司祭と日本の「かくれきりしたん」とがとりかわした最初の言葉だったのである。かくれきりしたんたちは表は仏教徒を装いながら長崎、浦上をはじめとして海に臨んだ不便な村々や港の外、五島、平戸などの島々でひそかに昔ながらのラテン語の祈りを唱え、父母から教えられた教会のおきてを守って生き続けてきたのだった。

信者との接触はこうして発見されたが幕府はまだ信仰の自由を許していない。プチジャン神父とロカーニュ神父は迫害の起るのを防ぐため、自分の方から信者の隠れている村と島とに出かけることにした。縮れ毛やひげをそり落し、棕櫚《しゅろ》の毛を黒くそめて作ったかつらをかぶり、百姓の着物を着て、闇を利して舟にのり、信徒に谿《たに》の小道を案内されて部落や村を廻ったのである。

勿論、こういう神父たちの動きを役人たちが見落しているわけはない。時の長崎奉行の一人、徳永石見守《いわみのかみ》は浦上地方のきりしたんを探索していたが一八六七年の夏、一七〇人の捕方に命じてこれら禁制を破った信徒たちを検挙した。七月十五日、午前零時すぎのことである。喜助の住む中野郷が襲われたのはこの夜であった。これが浦上四番崩れという大迫害の発端となったのである。

七月といえば颱風《たいふう》が九州を襲う季節だ。この七月十五日も朝から大雨だった。夜になって風が雨に伴いはじめた。

村はその暴風雨の中で死んだように寝しずまっていたが、この時、既に提燈《ちょうちん》をかかげた捕手が中野の部落を少しずつ包囲しはじめていたのである。

ところが部落の宮辻にある草ぶきの納屋で、三人の青年が外の気配も知らずに茶を飲みながら雨の音、風のひびきに耳を傾けながら寝ずの番をしていた。納屋は中野郷の信徒たちからはフランシスコ・ザビエルの聖堂とよばれ、村人たちがひそかに集会したり祈りをあげたりする秘密の場所だったのである。

三人の青年というのは甚三郎、善之助、それに片隅で野良着の膝《ひざ》をだいて居眠りをしている喜助だった。

その喜助を時々みやりながら甚三郎と善之助とは万が一、迫害の責苦でもあれば信仰のため死ぬ覚悟はあるかという議論をしていた。

「そりゃ、怖《お》っかね、かもしれん、怖っかねかもしれんが、かかる場合にはゼズスさまが必ず助けてくださるもんじゃけん」と甚三郎は昂然《こうぜん》として言った。「おら、最後まで難儀を忍ぶつもりじゃ」

「喜助はどうじゃろ」

善之助は少し不愉快そうな顔をして話題をそらした。そして蠟燭《ろうそく》の灯影の下で舟をこいでいる図体の大きな仲間をかえりみた。

「なにせ、痛さには弱い男じゃけん、きいきいわめくじゃろなあ。いや、ひょっとするとこいつ、ゼズスさまを捨ててころぶかもしれん」

ころぶというのは言うまでもなく教えを裏切って転向することである。幼なじみの喜助ではあるが、平生の臆病さ、不器用さを思いだすとこの男は部落の若い者の中では一番先に悲鳴をあげそうな気がする。いつか総代の国太郎爺が暗い顔をして呟いた言葉が二人の青年の心に甦《よみがえ》ってきた。

「喜助はいつかこの臆病故にユダのごとなるかもしれんのう」とあの時国太郎爺は予言者のように言ったのである。

「何時じゃ」と甚三郎は訊《たず》ねた。

「さあ、八つ刻《どき》じゃろ」と善之助は答えた。

その時、突然雨と風とに混って鋭い笛の音がきこえた。これを合図に待機していた捕手は部落のはずれの土手から手に手に投縄、棒をもって中野部落に殺到したのである。戸を蹴《け》やぶる音、捕手の喚声がそれに続いた。後年、生き残った甚三郎はこの時の模様を次のように語っている。

「善之助は堂の格子《こうし》の間からとび逃げました。喜助は縄にかかりました。私が手を後ろにまわし、どうぞ縄にかけて下されと申しました。ところが術を行うなと言うて、大きに恐れ、傍らに寄らずに投縄をいたし三人がかりで厳重にしばりました。ところが首がしまりまして途中で気絶してしまいました。水と気付けをもってまた生かしました。そして引きずって庄屋の米倉に入れました。

頭を割られ血をあびた者あり、ひどくくくられた人あり、およそ東が白くなろうという時まで百人ばかり召捕られました。尻をむちで打たれて米倉を出され、役人は後ろ鉢巻で抜身の刀を振りかざし、どんどんどんどん長崎に走り下り、サクラ町の牢に入れました」

朴訥《ぼくとつ》な表現だがその夜の状況を彷彿《ほうふつ》とさせるものがある。

こうして浦上四番崩れの迫害ははじまった。サクラ町の牢には問題にもならぬ病人女子供を一応返したあと、三十八名の若者と総代の老人とだけが息の詰るような狭い場所に押しこめられた。この中に甚三郎や善之助は言うまでもなく怯えきった喜助の顔と大きな体もまじっていたのである。

その翌日から数人の者が白洲に次々に呼びだされた。「ころぶ」ことを拒絶した者はドドイという責苦をうける。両手両足、首、胸に縄をかけ、それを背の一カ所にくくり合わせ、その縄を梁《はり》に巻き上げ、下にたった役人が棒と鞭《むち》とでさんざんに打ち叩く。そして地面に引き下ろして水をかける。すると縄は水を吸って短くちぢみ、肉にくい入るのである。牢獄に残った者は白洲からまるで獣の暗い叫びのような悲鳴や役人の烈しい罵声《ばせい》をきいた。

「喜助、しっかりせえ」

甚三郎はその悲鳴に耐えながら、自分のかたわらで、格子にしがみついて真青になっている喜助を叱咤《しった》激励した。

「サンタ・マリアさまに祈るんじゃ。サンタ・マリアさまに……」

残った者たちはその言葉にはじめて気がついたように、声をあわせて聖母マリアに加護の祈りを唱えはじめた。そのひくい祈り声の中で喜助だけが蒼《あお》い唇を震わせながら必死になって格子にしがみついていた。

「しっかりせえ、喜助」

けれども突然、気が狂ったように喜助は大声をあげた。

彼は牢の外にたっている小役人に叫んだのである。

「かんにんしてつかわさい。かんにんしてつかわさい」

信徒たちは喜助の口に手をあてて彼が叫ぶのを防ごうとした。しかし狂気のようになった喜助の力は三、四人の男たちをふりとばすほど強かったのである。

「おら、もう、もてん。ころびます。お役人さん。ころびます」

厚い格子戸をあけて役人は喜助を引きずりだした。突きとばされては地面にころび、ころんではたちあがって白洲に連れていかれる喜助のうしろ姿は醜悪だった。彼は役人の前で「ころんだ」という証拠の爪印を押しにいくのである。

甚三郎は幼い頃からの仲間が総代の国太郎爺の予言のようにユダとなってしまった姿をその寒々とした背中にみた。流石に恥ずかしいのか、爪印をすませた喜助は牢屋の方をふりかえろうともせず、中庭を去っていったのである。

喜助がころんだ後、三人の信徒が白洲でのドドイ責めに耐えかねて転宗を約束した。信じていた仲間がこうして一人一人裏切っていくのをみるのは辛かった。辛いと同時に「自分たちだけはころぶまいぞ」という約束が無言のうちに残った三十四人にできあがったのかもしれぬ。彼等はもうどんな拷問にもひるまなかった。役人たちも流石に手をあげたとみえ、一応、肉体を責めるのをやめて小島という長崎の山手にある小さいバラックに彼等を移したのである。

三カ月の歳月がここで流れた。この十月、彼等の知らぬうちに徳川幕府は倒れたのである。

九州きりしたんの迫害は当然、外国の領事たちを刺激せずにはおかなかった。彼等は明治の新政府にこの事件を鋭くつめよったのだが、新政府自身の宗教にたいする方針がまだ決っていなかったから、基督教《キリスト》に関するかぎり、幕府と同じ曖昧《あいまい》な返事をするより仕方がない。事実、当時の長崎の町にたてられた高札には、

「切支丹宗門の儀は、これまで御禁制の通り固く守るべく候事

邪宗門の儀は固く禁止の事」

と書かれていた。切支丹邪宗門と幕府のように言わず切支丹と邪宗門とを別々にしたところが明治政府の考えた苦肉の策であった。

けれども領事団の抗議はこのような小細工を一蹴《いっしゅう》してしまった。木戸孝允《たかよし》はこの問題を重視して、最初考えていた全信徒処罰の案を変え、主だった信徒だけを諸藩に流罪にし、残りの者の態度をみて

第二段の処分をしようと決めた。

この命によって浦上中野郷、三十八人の信徒のうち二十八人が石見の津和野に流されることになった。彼等が捕縛されてから丁度一年たった翌年の七月のことである。

七月二十日の朝、朝霧の白くたちこめる長崎の港には一隻の団平舟がこれらの罪人を待っていた。沖には千五百トンほどの汽船が待機している。この船に乗せられて彼等は尾道《おのみち》に送られることになったのである。

尾道から広島まで行き、山越しに山陰道に出て津和野に至る。津和野の城下町のはずれに乙女峠とよぶ小山がある。その小山に建てられた光淋寺《こうりんじ》が彼等のこれから生きていく牢となったのであった。光淋寺での生活は最初はよかった。役人も役人で高が知れた土百姓ゆえ、じっくり説教をきかせれば間もなく改心するであろうと考えたからであろう。一日のあてがいが米五合、菜代七十三文、紙一枚で中野郷の水呑百姓にすぎなかった信徒たちには思いがけぬ結構な生活だった。毎日毎日、寺の僧侶と神主とが説教にくる。信徒たちはその説教をだまってきいている。だがいざ転宗を強いられると首を縦に肯《うなず》く者は一人もない。遂に役人は拷問をふたたび彼等にくわえねばならなかった。

今まで比較的ゆたかだった食事がひとつまみの塩と水のような粥《かゆ》に変った。布団のかわりにムシロが与えられる。着物といえば捕われた日の単衣だけ。

冬の山陰の寒さがそろそろきびしくなる十一月となった。拷問は光淋寺の庭にある二十坪ばかりの池のほとりで行われる。裸にされた信徒たちは一人一人その池の前にたたされる。彼等の横には水をたたえた四斗桶《おけ》を並べ、長柄の枌杓《ひしゃく》をもった役人が待ちかまえている。

「どうしてもころぶまいか」

「ころびませぬ」

そう答えた信徒は水音をたてて薄い氷のはった池に突きおとされる。浮び上ったところを役人が柄杓で突くのである。この時のくるしさを甚三郎は後年次のように語っていた。

「体は冷え凍り、だんだん震えがきまして歯はがちがちになり、私は目がみえぬ。世界がくるくる回る。もはや息が切れんとする時に役人が申すことに、早く上げろ、と言いつけたり。三間ばかりの竹の先にかぎをつけ、かぎの先に髪毛を巻きつけ、力にまかせて引き寄せたり。それより水の中より引きあげ、雪を掃き、柴束を二つたき付けとして割木を立てて燃やし、その火にあぶり、ぬくめ入れ、気付けを飲ませ正気づかせたり。その時の苦しさは何とも申されませぬ」

水責めが終った者は三尺牢につれていかれる。これは三尺立方の箱で、前は二寸角の柱を一寸おきにうった格子になり、眼のあたる所に食事を入れる穴が一つあるだけである。勿論、身を曲げてやっと入っておられる狭さだった。

拷問と冬の津和野のきびしい寒さのため信徒たちの中には次から次へと死ぬ者がでた。真先に死んだのは二十七歳の和三郎という青年である。三尺牢の中で二十日も生きていたが、そのうち弱り果てて息たえたのである。

和三郎につづいて責め殺されたのが安太郎とよぶ三十二歳の男だった。この安太郎は外見はひ弱な青年だったが、自分にあてがわれた僅かな食物もつとめて仲間に与え、便所の掃除のような嫌な仕事も進んで引受けたという。彼は雪の中に三日三晩坐らされ、その後三尺牢に入れられて体を曲げたまま臨終となった。

　甚三郎はこの安太郎の臨終三日前にたちあわされた。

「私申するにはあなたはこの三尺牢の内にて、さぞさみしゅうございましょう」と甚三郎はその手記に書いている。

「答えて申しなさるには私はさみしゅうはございません。九つよりさきになりますれば、青い着物を着、青い布を被《おお》ったサンタ・マリア様の御影《ごえ》の顔立ちに似ております人が物語りを致し下さる故、すこしもさみしゅうはござりませぬ。けれどもこの事は私の生きておるまでは人に話して下さるな、と言うてそれより三日目に真によろしき死去でござりました」

　一人死に、また一人息たえると生き残った者たちの中にも心のくじける者が出てきた。十六人の信徒は遂に冬のきびしい夜、転宗を申立てた。彼等は即刻、牢から出され、あたたかい食事と酒とを与えられ、数日後、山を下っていった。

　残った者は十人である。甚三郎と善之助はその中にはいっていた。彼等は暗い三尺牢の中で故郷の山、故郷の家と、別れた家族の思い出と闘わねばならなかった。なによりも思い出が心を弱くするからだった。

（喜助はどうしたじゃろか）時として甚三郎はあのサクラ町の牢で別れた図体の大きかった仲間の顔

や形を心にうかべた。役人に突きとばされながら白洲に爪印を押しにいったあの背中がまだ彼の眼の裏にみえるようだつた。（意気地なしが……意気地なしでさえなければあの喜助も信仰をば守れたじゃろうに……）

水責めや三尺牢でもひるまぬ十人の信徒を更にくるしめるため、役人たちが新しい方法を考えついたのはこの頃である。

その方法とは、これらの信徒の肉親を津和野によびよせ、その肉親を彼等の目の前で責めるという方法だった。肉親といっても屈強な兄弟たちでは意味がない、老母や幼い弟妹が一番効果的であると役人たちは計算したのだった。

二月、二十六人の女、子供たちが舟にのせられてこの津和野に送られてきた。光淋寺の庭に新しい牢をつくり、これらの女子供たちはその新牢の中に入れられることになったのである。

甚三郎の妹マツとその弟、祐次郎もこの新しい入牢者にまじっていた。マツは十五歳、祐次郎は十二歳だった。

拷問はこの子供たちにも容赦なく加えられた。末吉という十歳の孤児は両手に油をもって火をつけられたが遂に教えを捨てなかった。五歳の子供も二日間、絶食させられた揚句、役人に菓子をみせびらかされたが、かたくなに首をふるばかりである。

「お母《かか》がね、キリシタンば棄てないとハライソへ行ける、と言うたもん、ハライソへゆけば、そんげんお菓子より、もっともっと甘か物があると……」それがこの子供の答えだった。

甚三郎の弟、祐次郎は寒風の中で丸裸にされ杉丸太をくんだ十字架にしばられて捨てておかれた。夜になると役人がそれに水をかける。鞭でうつ。鞭の先で耳や鼻をえぐる。十二歳の子供のことであるから、泣き叫ぶ大声が、甚三郎の三尺牢まできこえてくる。兄でありながら祈るより助ける方法はない。

一週間もたつと祐次郎の体は青くふくれはじめた。心臓が弱くなったのである。驚いた役人は拷問をやめてその体を姉のマツに引きわたした。マツの膝を枕にして息たえだえに祐次郎は、

「姉かんにんしてくれの。あんげん泣き声ば出すまいと、ゼズス様の難儀を思うて口ば結んでおるばってん。あんまり痛かもんじゃけん、つい、きいきい、わめいてしもうて。おら信仰が弱かもんじゃけん、かんにんしてくれよ。のう姉」

マツの手を握りながら、朝がた、この少年は息を引きとった。朝になると役人が棺《ひつぎ》をもってきて死体を手早く押しこむとだまって運んでいったのである。

弟まで殺されたとなると、流石に甚三郎の胸は引き裂かれるようであった。自分がころぶとは思いたくなかったが、妹のマツにまで同じような責苦にあわせるのは考えただけでもたまらなかった。

(なぜ、ゼズスさまは助けてくださらんのじゃろうか。なぜゼズス様はあげんなムゴい責苦を子供が忍ぶのを黙って見ておられるのじゃろうか)

彼は主がこのような時なにも答えないことに疑惑を感じはじめた。氷のような神の沈黙が怖ろしくなった。甚三郎の信仰がゆらぎはじめたのはこの時である。

（なんのために忍ぶんじゃ。弟や妹まで死なせてなんのための信仰じゃ）

三尺牢の中で彼はそうした誘惑と闘うため自分の頭を二寸角の柱にうちつけた。頭の皮が破れて血が流れたが、それでも彼はやめなかった。頭をうちつけることだけが、ただ一つ、この怖ろしい誘惑の方法にうち勝つ方法だった。

「善之助、善之助」彼は声をあげて友だちをよんだ。「祈ってくれえ」

だが善之助も生きているのか、死んでいるのか返事はきこえなかったのである。

祐次郎が死んで四日目は彼がもう自分の心がこれ以上の苦しみに耐えられぬと思った日だった。

三尺牢の板の穴から彼は光淋寺の庭をぼんやりと眺めていた。役人が一人の乞食のような男となにか、たち話をしているのである。乞食は菰《こも》で体を包み、長い杖をついて頭をペコペコとさげていた。

その頭のさげかたや物腰を甚三郎はどこかで見たような気がする。だが思いだそうとしても思いだせないのである。

突然、役人は手をあげて荒々しくその乞食を打った。怯えた乞食は逃げ腰になったが、二、三歩よろめいてたちどまった。

（喜助ではなかろうか）甚三郎は愕然《がくぜん》とした。（あの喜助がまさか）

だが役人から突きとばされてこちらへ歩いてくるのはまさしく喜助の姿だった。二年前あの長崎サクラ町の牢で同じようによろめきながら去っていった喜助とそっくりなのである。

（なんのために臆病者の喜助が……）

乞食が彼の牢の前を通りすぎた時長旅の後にやっとこの津和野にたどりついたとみえ、その顔は髭《ひげ》と垢《あか》とで真黒になっていたが甚三郎は忘れもしないあの図体の大きな幼なじみの友だちの面影をそこに見出した。

にぶい音をたてて役人は三尺牢の戸をあけ乞食をその中に押しこんだ。役人がたち去った後、長い間しずかだった。

「喜助じゃないかい」甚三郎は思わず大声をあげた。「もしや、今、牢にはいられた方は中野郷の喜助さんじゃないのかい」

「はい――」小さな蚊のなくような声がそれに応えた。「はい――。あんたは」

「わしじゃあ」三尺牢の穴に顔をすりつけながら甚三郎は自分の名を叫んだ。「なんで、お前、ここまで来たんじゃ。いったい、なんで、ここまで来たんじゃ」

彼は今日までこの幼友だちに抱いてきたありったけの恨みと怒りをこめて、

「桜町の牢で爪印を押したお前が、なんのためにこの津和野に来たんじゃ」しばらくの間、答えはなかった。だがやがてあの間のぬけた返事が耳にはいってきた。まるで泣いて哀願するような喜助の声だった。

「かんにんしてくれのう。かんにんしてくれのう」

それから喜助はどもりながら甚三郎に説明しはじめた。甚三郎だけではなく牢屋の全員がだまってそれに耳を傾けた。時々、見まわりの役人の足音がきこえる。すると喜助は怯えて口を噤《つぐ》むのである。

夕暮になると寒さは一層つらくなり、粉雪がふってくる。

長崎サクラ町の牢屋で仲間がドドイ責めにくるしむ悲鳴にこらえきれず爪印を押してしまった喜助は今更、中野郷の部落に戻ることもできなかった。親や姉妹に会いたいとは思ったが流石に信仰を裏切った恥ずかしさ、仲間をみすてたくるしさに耐えかねて彼は長崎の町にかくれていた。大波止《おおはと》の荷揚人夫として働いていたのである。

「おら、もう天主さまにもサンタ・マリアさまにも見離されたと思うたけん、酒もくらい悪い遊びにもふけってお前さまたちのことを忘れよう、忘れようとしたとたい」

涙声で喜助がそう告白すると牢中の者たちは溜息《ためいき》をついて肯いた。

酒を飲み、女を買っても喜助は心のくるしさを忘れることはできなかった。けれども今更、役所に改心戻しを願いでるわけにはいかない。改心戻しというのは一度、基督教を捨てた者が改めてきりしたん教徒であることを再確認してもらうことである。改心戻しをして、もう一度、あのドドイ責めの悲鳴をきくことは臆病な彼には耐えられなかった。獣の叫びのようなあの暗い悲鳴はまだ彼の耳の底にありありと残っていたからである。喜助はその声を忘れるために長崎から城越の漁村に逃げた。この漁村で彼は漁師の家にやとわれて働いたのである。舟を漕《こ》ぎ、網を引き、思いきり体を疲れさせるほうが酒よりも女よりも心の苦しさを忘れることができるような気がしたのだ。

だがある日、喜助は親方と魚をかついで何カ月ぶりかで長崎にやってきた時、思いがけない光景を眼にせねばならなかった。大波止の舟つき場で、役人たちが二隻の団平舟に囚人をつめこんでいたのである。群集から罵声を浴びせられ、役人に棒で突かれながらその囚人たちは家畜のように舟に追いやられていく。人々の肩ごしから喜助が背伸びをして覗くと、囚人たちは忘れもしない、中野郷の娘や子供たちである。甚三郎の妹のマツや祐次郎の見おぼえある顔もそれに混っている。哀しそうに眼を伏せ、頭をたれて彼等は無言のまま水の浸った舟の中に坐っている。

「きりしたんの囚人じゃ」と親方は喜助の肩をついた。「馬鹿なやつらじゃよ。なあ」

喜助は眼をそらして、じっと自分の顔をみている親方に肯いてみせた。

その夜、彼は浜辺に出て夜の海を一人で見つめていた。

(わしのように臆病なもんはどうすればええのじゃ。わしのような臆病なもんは)

黒い波の押しては砕け、砕けては引く音をききながら喜助は神を心の底から恨めしく思った。人間には生れつき心の強いもの、勇気のあるものと、臆病で不器用なものとの二種類がある。甚三郎さんや善之助さんは子供のころから気が強い人じゃった。だから迫害にあっても信仰を守り通すことができる。このわしは他人に手をふりあげられただけで足もすくみ、真青になってしまう意気地のない性格だ。そんな生れつきの性格のためにゼズスさまの教えを信ずる気持はあってても拷問だけはとても辛抱できないのである。

(もしも、こんな世の中に生れたのじゃ無うて……)

信仰の自由が許されている昔に喜助が生きていたなら彼だって立派とはいえぬまでも、ゼズス様やサンタ・マリア様を決して裏切る羽目には陥らなかったであろう。

（なんでおらはこげんな運命に生れあわせたとじゃろ）

そう思うと喜助は、天主の非情さが恨めしかったのである。

浜からたち上って戻ろうとした時だった。彼はだれかがうしろで呼びとめる声をきいた。ふりかえったがだれもいなかった。男の声でも女の声でもなかった。がその声は黒い海の波の音にまじって、はっきりと響いてきたのである。

「みなと行くだけでよか。もう一ぺん責苦におうて恐ろしかなら逃げ戻ってもいい、わたしを裏切ってもよかよ。だが、みなのあとを追って行くだけは行きんさい」

喜助は足をとめて茫然と海を眺めていた。拳を顔にあてて彼は声をあげて泣いたのである。

喜助の話が終った時、牢獄の信徒たちは咳一つせず黙りこんでいた。雪が次第に外に積っていくのが三尺牢におかれた体の肌を通してひしひしとわかってくる。甚三郎はこの二年間、自分が苦しみに耐えてきたこと、弟が死んでも信仰を捨てなかったことが無駄ではなかったと思った。

翌日の朝、役人が喜助を取り調べるため、三尺牢の鍵をあけた。喜助もころぶと言わなければ寺の庭にある氷の池に浸されるのである。にぶい鍵の音と、喜助のよろめく跫音《あしおと》とをききながら甚三郎は、「喜助」とひくい声をかけた。「苦しければころんで、ええんじゃぞ。ころんで、ええんじゃぞ。お前がここに戻ってきただけでゼズスさまは悦んどられる。悦んどられる」

# その前日

前からその踏絵を手に入れたいと思っていた。手に入れられないなら、せめて見ておきたいと考えていた。その踏絵とは長崎県、彼杵《そのぎ》、大明村の深江徳次郎さんが所蔵しているもので幅二十糎《センチ》、長さ三十糎の外側木製、銅版の十字架基督《キリスト》像をはめこんだものである。

　これは日本におけるきりしたん最後の迫害とも言うべき浦上《うらがみ》四番崩れの際に使用されたものの一つである。踏絵の使用は安政五年に締結された日米条約で廃止されたはずだったが、それからしばらくして起ったこの弾圧でも矢張り用いられたわけだ。

　私がこの踏絵を手に入れたいと思ったのは浦上四番崩れの際にころんだ彼杵郡、高島村の藤五郎のことをカトリック関係の小冊子で読み、少なからず関心をそそられたからである。もっともこの小冊子の筆者は藤五郎にはほとんど重点をおかず、四番崩れの史実を述べているだけだが、私は彼だけに興味をもって読んだようである。

　ちょうど私の学生時代からの知りあいであるN神父が長崎にいるので、藤五郎についての感想をしるした手紙を送ったところ、神父は返事のなかで踏絵のことを書いてきてくれた。大明村はN神父が管轄する教区だが、その村の深江さんが当時の踏絵を持っていると言う。深江さんの祖先は、弾圧側の役人をやっていたとのことだ。

ところが、三回目の手術をうける前日に、私は幸運にもこの踏絵を見る機会をえられることになった。友人の井上神父が長崎に行った帰りに持ってくることがきまったのである。これは私のためではなく四谷のJ大学のきりしたん文庫で保管するためで、こちらには残念だが、そういう貴重なものなら仕方はない。しかし井上神父は文庫に渡す前、私に一寸《ちよつと》だけ、見せてもよいと妻に電話をしてくれたのである。

私は病室で井上神父を待ちながらうとうとねむっていた。クリスマスがちかいので看護婦学校の生徒たちであろう、屋上で合唱の練習をする声が聞えた。時々、眼をうすく開き、その声を遠くで聞いて、またまぶたを閉じた。

だれかが病室の扉をそっと開ける気配がする。私は女房かと思ったが、女房なら明日の大手術のためにその準備で走りまわっているから今頃来られる筈はない。

「だれ?」

顔を覗《のぞ》かせたのは登山帽をかぶり、ジャンパーを着た中年の男だった。私の知らない人だ。私はまず彼のよごれた登山帽から毛のついたジャンパーを眺め、それから穿《は》いている大きな編上靴に視線を落し、ああ、井上神父からの使いだなと思った。

「教会のかたですね」

「え？」

「神父さんからのお使いのかたでしょう」

こちらは微笑したが、男は眼をほそめ、妙な表情になって、

「いや大部屋の人に聞いたらね、こちらさん、買うかもしれんって……」

「買う？　何を」

「四枚で六百円です。本もありますが、今日は持ってきてないんだ」

こちらの返事を待たずに腰をひねるようにして、ズボンのポケットから小さな紙袋を男はとりだした。紙袋のなかにはふちの黄ばんだ写真が四枚、入っていた。

洗いがわるいのか、小さな影像のふちが黄ばんでいる。影のなかで男の暗い体と女の暗い体とがだきあっている。郊外のさむざむとしたホテルらしくベッドの横に木の椅子だけがポツンとおかれてある。

「明日、手術を受けるんだぜ」

「だから」

男は別に気の毒だとも言わず、写真で掌を掻《か》きながら、

「手術を受ける前だから魔よけにこれを買う。これを買えば、必ず手術が成功する。ねえ、旦那」

「君はこの病院によく来るのか」

「ここはぼくの担当です」

とぼけているのか、本気なのかわからないが登山帽の男は医者のように力強く、ここが自分の担当

だ、と言った。私がまるで彼の受持患者のような口ぶりだ。私は好意を持った。

「駄目だ、駄目だ。この写真では詰らんよ」

「はあ……」と男はうかぬ顔になって「これが駄目ならどんな顔がいいんだろうねえ、この大将は」

私が煙草の箱をさしだすと男は一本喫いながら話しはじめた。

病院ほど患者が退屈して、その種の写真や本をみたがる所はない。それに警官だって気づかない。こんなに恰好の場所はない。だから仲間と手わけして都内の病院を廻っている。これを買えば手術をうける患者には魔よけになる。この病院は自分の受持だと彼は言うのだ。

「この間もね、ホ号に入院している爺さんだが、手術前にこの写真を見てね、ああ、これで思い残すことはないと言ってましたぜ」

私は笑った。辛そうな顔をしてそっと病室の扉をあける肉親より、この男のほうが今日の私には有難い見舞い客だと思った。男は私の煙草をすい終ると、もう一本を耳にはさんで部屋を出ていった。

彼が部屋を出ていったあと、私はなんだか、愉快な気分になってきた。神父の代りに奴が来た。踏絵のかわりにエロ写真もってきた。今日は私にとって色々なことを考え、色々なことを整理しておかねばならぬ日の筈だった。明日の手術は今まで二回のものとはちがって肋膜《ろくまく》が癒着しているため、相当量の出血と危険とが予想され、医師も手術をうけるか、どうかこちらの自由意志に任せたほどだった。だから今日私はもう少しセロファン紙を張りつけたような顔をするつもりだったのにあの男のために出鼻をくじかれた。しかしあの縁の黄ばんだ暗い影像は、やはり神が存在することを証明している。

藩の警吏が高島村を襲撃した時は、村民たちは夕の祈禱《きとう》をやっていた。もちろん見張りはたてていたが、見張りが村民たちに警鐘をならした時は、警吏は祈禱の場所である農家に雪崩《なだ》れこんでいたのである。

その夜、月の光のなかを百姓頭二人を先頭にして十人の男たちはすぐ浦上に引かれていった。中には幸か不幸か藤五郎もまじっていた。藤五郎がころぶであろうということは仲間たちははじめから不安な気持で予感していたことである。さようにこの男は信仰の篤《あつ》いこの村には困った存在だったのだ。体の大きな男のくせに臆病者なのである。

藤五郎はむかし隣村の若い衆に喧嘩《けんか》を吹きかけられ、図体だけは人一倍大きいくせに地べたに押しつけられて、身ぐるみを剝《は》がされて下帯一つになって高島村に戻ったことがある。その間一度も抵抗をしなかったのは「右の頰を打たれれば左の頰をさしだせ」という基督信者の勇気からではなく、相手がこわかったからだ。流石《さすが》に高島村の村民も彼を蔑《さげす》むようになってしまった。だから三十になっても彼だけは嫁のきてがない。母親と二人だけで暮している。

嘉七は十人のなかで一番、村でも身分があり、また人格者だったから、浦上で吟味がはじまる前夜に、藤五郎を特に励ました。でうすもさんたまりあも必ず自分たちに力と勇気とを与えるはずである。この世でくるしむ者は必ず天において、よみがえることができる、と嘉七は彼に言いきかせる。藤五郎は捨犬のように怯《おび》えた眼でみなを眺め、みなに促されて「けれどのおらしょ」や「天にましますわれらのおんおやさま」の祈りを一緒に唱えてもらった。

翌日、早朝から浦上の代官所で吟味が開始された。砂利をまいたつめたい取調べ所に縄をうたれた一人、一人がひきずり出され、役人はこの時も踏絵を使った。転向を誓わないものは弓で烈しく打たれたが、藤五郎は弓をふりあげられる前に、踏絵の基督の顔の上によごれた足をのせてしまったのである。髪がみだれ血だらけの嘉七以下、九人の仲間を動物のように哀しそうな眼でみて、彼一人だけ役人に背を押されながら代官所の外に釈放されたのである。


「毛剃《けぞ》りと採血です」

今度は看護婦が部屋に金属の盆や注射針をもって入ってきた。明日、手術される部分のうぶ毛をそり、輸血のために血液型を調べておくのである。

パジャマの上衣《うわぎ》をとると、ひやりとした空気が肌にしみる。左手をあげて、私は看護婦のカミソリが腋《わき》を動く感触を笑いをこらえながら我慢する。

「くすぐったいな」

「お風呂にはいったら、ここチャンと洗いなさいよ。アカだらけよ」

「そこは駄目だ。二回の手術で感覚がおかしくなってるんだよ。こすれないんだ」

背中には袈裟《けさ》がけに切られた大きな傷あとがある。二回も切ったので傷あとはそこだけふくれている。明日、もう一度、そこに冷たいメスが走るだろう。私の肉体は血だらけになるだろう。

藤五郎を除く九人はどうしても改宗を肯《がえ》んじないので一応、長崎の牢屋《ろうや》に入れられた。翌年、慶応四年、彼等は長崎から舟に乗せられて、尾道《おのみち》にちかい津山に送られることになる。雨がふる夕暮で、その雨は覆いのない舟をぬらし、着のみ着のままの囚人たちはたがいの体をこすりながら寒さを防いだ。舟が長崎をはなれる時文治という囚人の一人が船着場の端に人足のような恰好をした男をみつけて、

「あ、あれは藤五郎じゃないか」

藤五郎は彼がころんだ時と同じように訴えるような哀しげな眼で遠くからこちらを窺《うかが》っていた。一同はきたないものでも見たように視線をそらし、誰もがもう口をきかない。

津山から十里はなれた山のなかに九人の住む牢があった。牢からは役人の家と小さな池がみえる。最初の頃はほとんど取調べもなく、役人は寛大だった。一日二度の食事も彼等貧乏百姓には有難いくらいのものだった。役人たちはやさしく笑いながら、邪宗さえ捨てればうまいものも食えるし、暖かい衣服も与えられると言う。

その年の秋に突然、十四、五人のあたらしい囚人が送られてきた。故郷、高島村の子供たちなのである。一同はふしぎなこの役人の仕打ちに驚き、久しぶりに血族縁者に会えた悦びを味わったが、間もなくこの処置が「子責め」と称する心理的な拷問であることを理解せねばならなかった。

囚人たちは、隣接する子供たちの牢舎から時々、泣き声をきいた。藤惣とよぶ囚人がある日の午後、自分たちの牢の小さな窓に顔を押しあてていると、二人の痩《や》せこけた子供が蜻蛉《とんぼ》をつかまえ、それを口に運んでいる光景が見えた。子供たちがほとんど食事らしい食事を与えられていないことが、これ

でわかった。その話をきいて九人の男たちは泣いた。

彼等は役人に自分たちに与えられる「結構な食事」のせめて半分でもさいて子供たちに与えてほしいと願ったが許されなかった。しかしもし邪宗さえ捨てればお前たちも子供もまるまると肥って懐かしい故郷に帰れるだろうと言われた。

「はい、おしまい」

注射器をぬかれて、私が針のあとをさすっている間、看護婦は血を入れた試験管を目の高さまであげて光にすかして、

「黒いわねえ。あんたの血」

「黒いのはいけないのかい」

「いけなくはないわ。ただ、黒いと、言ってるだけ」

看護婦と入れちがいに、今度は白衣を着た見知らぬ若い医者がやってきた。私が寝台から起きあがろうとすると、

「いやいや、その儘《まま》で。麻酔科の奥山です」

明日の手術には麻酔専門の医者がたちあう。それが自分だと言った。形式的に聴診器をあてて、

「この前の手術の時、麻酔は早くさめましたか」

この前は骨を五本切った。手術が終ると同時に薬がきれて胸の中に鋏《はさみ》をつきさされたような痛みを感じたのを憶《おぼ》えている。私はそれを話し、

「今度はせめて半日は眠らせて下さい。あれはとても痛かった」

「そう努力」若い医者はニヤッと笑った。「いたしましょう」

男たちがそれでも改宗しないのがわかると、拷問がはじまった。九人は一人、一人にわけられそれぞれ小さな箱に入れられた。坐ったまま身うごきの出来ぬ箱である。息をするために顔のあたる部分だけがくりぬかれていた。厠《かわや》に行く以外はこの箱から出ることは許されない。

冬が次第に近づいてくる。寒さと疲労とで囚人たちの体は弱りはじめる。そのかわりに隣接した子供の牢舎では笑い声がきこえはじめた。役人たちも流石に人の親だったから、子供たちに食事を与えたのである。その笑い声を九人の男たちは箱の中でそれぞれだまって聞いていた。

十一月の末に久米吉という囚人が死んだ。久米吉は九人のなかで一番の年寄りだったから寒さと疲労に耐えられなかったのである。嘉七は久米吉を敬愛していたし、牢生活の間なにかあれば久米吉の意見をまず聞いていたから、この死は彼自身にもひどくこたえた。くりぬかれた箱の穴から顔をだし、嘉七は弱くなった自分の心を思った。そして自分たちを裏切った藤五郎のことを初めて憎んだ。

また扉がそっと開く。神父か。そうじゃない。またしてもさっきの登山帽にジャンパーの男である。

「大将」

「なんだ。あんたか」

「実はね。魔よけに、これを」

「買わないと言ったじゃないか」

「いや、写真じゃない。これをタダであげます。その代り、大将の手術が成功したら、私のもってくる写真や本を買って下さい」

それから声をひそめて、

「大将、女だって世話しますよ。ここなら面会謝絶だ。カギはかかる。寝台はある。誰にだってわかりゃ、しないよ」

「はいはい」

掌に握りしめたものを、私の寝台の上において彼は部屋を出ていった。見ると、男が握りしめていたのか汗とあかとで、うすよごれた小さなコケシ人形だった。

冬になると流石に箱から出されたが朝夕は寒かった。裏山でなにかが弾《はじ》けるような音がした。樹の枝が冷気で折れる音だ。牢屋と役人の家との間にある小さな池に薄氷が張った。

夕暮ちかく役人が来て八人の男のなかから清一と辰五郎という二人の囚人を連れていった。氷の張った池に突き落し、頭が水面に浮ぶと竿《さお》で突くのである。この拷問は辛かった。失心した清一と辰五郎とは役人たちの腕で支えられながら牢屋に戻された。残った六人の囚人たちは嘉七の声にあわせて「あべまりあ」を誦《しょう》しつづけた。だが「でうすの御ははさんたまりあ、いまも、われらがさいごにも、われらのためにたのみたまえ」という最後の祈りでは、嗚咽《おえつ》する者が多かった。

その時、嘉七は牢屋の窓から痩せた背のたかい男が乞食のような姿であたりをキョロキョロみまわしているのに気がついた。流人のように髪も髭《ひげ》ものび放題の男がこちらを向いた時、嘉七は思わず声をだした。

「藤五郎じゃないか」

藤五郎は彼を追い払おうとする役人に首をふってしきりに何かを訴えている。やがて役人は別の役人をよび、二人は何か話しあっている模様だったが、彼らは藤五郎を伴って牢屋の中で一つだけ空いている部屋につれてきた。

「お前たちの仲間だ」

役人は困惑したような顔で言ったがその役人たちが去ったあと、八人の囚人たちは黙って藤五郎が体を動かしている音をきいていた。

「どうしてお前あ来たのだ」

やがて嘉七は皆を代表して口をきった。それは一同の疑問でもあったが、嘉七は嘉七で心のなかに漠然とした不安を感じていたのである。藤五郎は役人側の廻し者ではないかと思ったのだった。廻し者でなくてもこの男はまた、皆の弱くなった気持を更に崩すのではないかと考えたのだった。嘉七は役人たちがこういう狡猾《こうかつ》な手を使うことを死んだ久米吉から聞いたことがあったのである。

嘉七の質問に藤五郎は意外な答えをした。彼はここに自訴してきたのだと小さな声で答えた。

「お前が……」

囚人たちが嘲笑すると、藤五郎は間のぬけた声で抗弁する。それを制して、ここには拷問が待っているのを知っているのか、皆に迷惑をかけるぐらいなら帰ってくれと嘉七がさとすと、流石に藤五郎は黙りこんだ。

「えずう（こわく）ないかい」

「えずい」と藤五郎は呟《つぶや》いた。

そうれ……、拷問が恐ろしいなら戻れと言うと、藤五郎は奇妙なことを言いだした。自分がここに来たのは声を聞いたからである。自分はたしかにその声を耳にした。その声は藤五郎にもう一度だけ、皆のいる場所に行くことを奨める。皆のいる津山に行って、もし責苦が怖《おそ》ろしければ「逃げもどってよい」から、あと一度だけ、津山まで行ってくれ、と泣くように哀願したと言うのである。

山で木の枝がはじける音だけが静寂をやぶる夜だったが、囚人たちは藤五郎のこの話にじっと耳を傾けた。一人の男が、

「こげん、藤五郎に都合のいい話なかたい」

と呟いた。藤五郎が二年前の裏切りを仲間や村人に許してもらうために勝手にこしらえた話だと考えたのである。責苦が怖ろしければ逃げ戻ってよいとは今度の場合もうまい言い逃れになると思えたのだった。しかし嘉七は半ばそう考えながら、半ばそうでもない気がする。彼は夜ねむれぬまま、闇のなかで、藤五郎が体を動かす音をかみしめた。

翌日、藤五郎は役人たちに引きずりだされ、池のなかに突きおとされた。嘉七をはじめ他の囚人たちは藤五郎の子供のような叫びを耳にしながら「くれど」の祈りを唱えて、神がこの弱虫に力を与えることを祈ったが、最後に彼等が聞いたものは、その反対の声だった。藤五郎はころぶことを役人に

誓い、池から引きあげられた。

だが嘉七はこの時、昨夜、彼があの男にたいして持った疑いが間違いだったと知って安心した。「これでいい。これでいい」と彼は思ったのである。藤五郎は役人からその儘、追放され、その後、何処へ行ったかはわからない。明治四年、八人の囚人たちは新政府の手で釈放された。


井上神父が来た。先ほどのエロ写真売りの男のように、扉をそっとあけて入って来た。外は寒いだろうに、血色の悪い顔にうっすらと汗をかいている。私たちは学生時代からの友人で、一緒に貨客船の船底で苦力《クーリー》や兵隊たちの間に寝ながら仏蘭西《フランス》に行った。

「あんたに気の毒なことしちゃってね」

「踏絵、駄目だったのか」

「ああ」

上の人の命令で長崎からJ大学のきりしたん文庫には別の神父が運んだそうだ。井上の額には小さな赤黒い痣《あざ》がある。下町の小さな教会の助祭である彼の外套《がいとう》は袖がすり切れ、黒のズボンの膝《ひざ》が抜けている。予想していたように彼のこの姿は、登山帽の男のそれにどこか似通っているのだ。しかし私は彼にそのことを言わなかった。

井上はその踏絵を見てきたと言った。木の枠は腐り、緑の粉のふいた銅版の基督像は浦上の田舎職人が作ったものであろう。子供の落書のようなその顔は目も鼻もわからぬほど摩滅していたそうだ。

それは大明村の深江さん宅の蔵に放りこまれてあったのだ。

煙草を喫いながら別の話をはじめた。私は井上神父にヨハネ福音書の最後の晩餐《ばんさん》の場面について質問したが、これは前から疑問に思っていたことである。疑問の箇所は基督が裏切者のユダに一片の麪《パン》を与えて言う言葉だ。

「斯《かく》て、麪を浸してシモンの子イスカリオテのユダに与へ給ひ……これに向ひて、その為《な》す所を速《すみやか》に為せと曰《のたま》ひ……」

為すところを為せとは、もちろんユダが自分を裏切り、売る行為を指す。なぜ基督はユダをとめなかったのか。一見冷酷につき放したのかを私は聞きたかったのだ。井上神父はこの言葉は基督における人間的な面をあらわすと言う。基督はユダを愛してはいるが、この男と同席するのに嫌悪感を禁じえない。その心理はちょうど、心の底では愛しているが自分を裏切った女にたいして我々が感ずる愛と憎との混合した感情に似ているのだというのが神父の考えだ。しかし私はそれに反対した。

「これは命令的な言葉ではないな。ひょっとすると原典からの訳が段々、ちがってきたのではないか。……お前はどうせそれを為すだろう。為しても仕方のないことだ、だからやりなさい。そのために私の十字架があり、私は十字架を背負うという意味がこめられているのじゃないか。基督は人間のどうにもならぬ業を知っているしな」

屋上でさきほどまで聞えていた合唱が終ったらしく午後の病院は静まりかえっている。私は井上に反対されても自分のやや異端的な意見に固執しながら、見なかった踏絵をふと心に浮べた。手術の前に見たかったが、それができないなら仕方がない。井上の話によると腐りかけた枠木にかこまれた銅版の基督像は摩滅していたという。それを踏んだ人間の足が基督の顔を少しずつ傷つけ、すりへらしていったのだ。しかし傷ついたのは銅版の基督だけではないのだ。藤五郎もそれを踏んだとき、足にどのような痛みを感じたかわかる気がする。その人間の痛みは銅版の基督にも伝わっていくのだ。そして彼は人間が痛むことに耐えられない、だから憐憫《れんびん》の情にかられて「速に汝《なんじ》の為すところを為せ」と彼は小声で言うのだ。踏まれる顔の持主とそれを踏む者とはそんな姿勢と関係をもちながら今日まで生きてきた。

私はまた、ぼんやり、先程、登山帽の男が持っていたふちの黄ばんだ小さな写真のことを考える。影のなか、男の暗い肉体と女の暗い肉体とが呻《うめ》きながらだきあうように、銅版の基督の顔と人間の肉とはふれあうのだ。この二つには同じようなふしぎな相似がある。それは子供たちが日曜日の午後、ジャムを煮る匂いのする教会の裏庭で、童貞女から習う公教要理の本のどこかに書いてあることだったのに（私は長い間、その本を馬鹿にしていた）三十年かかって私はこんなことぐらいしか学べなかったわけだ。

神父が帰ったあと、私はまた寝台にもぐりこんで女房のくるのを待った。灰色の雲から時々、弱い陽が病室にさしこんでくる。電熱器の上で薬罐《やかん》が湯気をたてる。小さな音をたてて何かがころがったので、私は眼をあけて床をみると、登山帽の男がくれた魔よけだった。人生のようにうすよごれた小さなこけし人形だった。

# 帰郷

長崎県にいる伯父が死んだ。便所の中で倒れたのだそうだ。亡父の兄である伯父には子供がない。田舎では親戚の出ない冠婚葬祭はないから妹は出席すると言う。彼女は一時、この伯父に親代りのように面倒をみてもらったから出席する義務はある。

「兄さんはどうするの」

「そうだな」

私は右手で首をもみながら、少しためらった。伯父と自分とは本籍が違う。祖父は次男だった父を鳥取の医者に養子にやったのである。だから私たち兄妹の戸籍は鳥取県になっている。

「考えておくよ」私はまた右手で首をもみながら、あまり気のない答えかたをした。「明朝でも電話で返事をするから」

「考えておくよ……か」妹は眼をほそめて私の言葉をまねた。「お父さんとだんだん似てきたわね。お父さんも、なにかを相談すると、いつも、考えておこうと言って、男らしくパッとものを決めてくれなかったわ」

「ながい間、親爺《おやじ》は銀行員だったからな。石橋を叩いて渡る癖がついたのさ」

子供を叱る妻の鋭い声が庭から聞えてきた。立ちあがって庭を覗《のぞ》くと、西陽の照りつける芝生の真中で子供がボールを固く握りしめたまま立たされていた。

「自分がいいか悪いかよく考えてごらん」

息子は隣の小さな子が年上の小学生に苛《いじ》められているのを、黙って見ていたらしい。それが妻を怒らせたのだ。妻はそういうことが大嫌いな性格だった。

「男らしくない子は一番、嫌いよ。いいから、そこに立ってなさい」

二階まで響くほど大きな音をたてて妻が硝子戸《ガラスど》をしめると、妹は首をすくめて、

「私が長居してるから、御機嫌がわるいようね」

「馬鹿な。そんなこと、あるもんか」

「姉さんはわたしが嫌いなんじゃない。本当は」

しかしその妹は帰り支度をして玄関まで出ると、今の蔭口は忘れたような顔をして、台所から出てきた妻と笑いあっていた。庭には西陽で汗だらけになった息子が口を歪《ゆが》めたまま、まだ立たされている。

「おい。もう、来いよ。もう、いいさ、泣くんじゃない。運動靴をそこにぬぎ棄てているとまた、母さんに叱られるぞ。こちらに渡しなさい」

幼年時代、私にも同じように卑怯《ひきょう》なまねをした経験がある。だから、息子を妻のように叱れない。子供がだらしなく、ぬぎ棄てたズックの靴を台所の上り口まで持っていきながら私は長崎に行こうか、

どうか考えた。手にした靴から変な臭いがする、息子は私と同じように脂足なのにちがいない。この間、買ってやったのに靴の中はもう、黒ずんでよごれていた。父も脂足の人だったから、これは遺伝的なものだ。

その夜、晩飯をたべながら妻は少し嫌な顔をした。

「千恵子さん、一人で行けばいいじゃないの。千恵子さんはあちらに随分、面倒をかけたんでしょう。あなたとは事情がちがうわよ」

「しかし、俺にもただ一人の伯父だぜ」

「高いんでしょう。長崎までの飛行機料金」

「伯父貴のことは兎も角、こういう機会に自分の故郷というのを見ておきたいと思うね」

父が養子にいった先が鳥取であるため、私は長崎県をまだ訪れたことはない。自分の先祖が生活してきた村がどんな村で、どんな風景にとりかこまれているのか見たこともない。そういう意味で行きたいとは思うが、妻の言うように高い飛行機の金をはらってまで、出かける必要があるだろうか。

食事がすむと自分の部屋に戻った。妻と子供は下でテレビを見ている。四十代になると初老と言うそうだが、晩飯のあと、すぐ自分の部屋に閉じこもる癖がついた。部屋のなかで特に何かをするわけでもない。小さなラジオで野球をきいたり、碁の本をじっと見ているだけである。

（昔、親爺がこうだったな）

私が学生時代の頃、父は今の私と同じように晩飯のあとすぐ自分の部屋に入ったまま、家族と談笑するということはなかった。

「あれで、なにが人生、面白いんだろうねえ」

私と妹とは小声でそう言い、時々、便所に行く彼の跫音《あしおと》がきこえると、急に話をやめたものである。しかし四十歳になってみると、その時の彼と同じことを自分がやっているのだ。妹はさっき、私がだんだん父に似てきたと言ったが本当にそうかもしれない。特に、若かったころ私が彼のなかで嫌に思った癖ほど、中年以後の自分が引きついでいるのに気がついて、時々驚くことがある。

暗い電気の下で、右手で首をもみながら碁の本を見ている私の影が、壁にうつっている。こんな恰好も父はよくしていたものだ。


長崎での旅館は街を見おろせる風頭山《かぜがしらやま》の中腹にあった。丹前を着て廊下に出ると、夕陽の照りつける湾のむこうに長い岬がのびている。湾の中には貨物船やタンカーが錨《いかり》をおろし、眼の下にひろがる白っぽい街から、車の音とも生活の音とも区別できぬ雑音がこの高台にまできこえてくる。

「長崎中学はどこですか。私たちの親爺はここの中学に二年生ぐらいまで通学してましてね」

茶を運んできた女中に大浦天主堂やグラバー邸などの場所を指さしてもらいながら、私は父が中学時代に見た長崎はこんな近代的な街ではなかったろうと思った。

「一寸《ちょっと》、ここの名産品は何ですの、鱲子《からすみ》とべっ甲だけ、鱲子じゃどこでも買えるしね。東京に送ってもそれほど有難いと思わないんじゃない」

「ここに住んでいた俺たちの御先祖さんてどんな奴だったんだろうね。今まで俺も血のつながった連中のことなんて、あまり意識しなかったんだが」

女中が部屋を去ったあと、私は鞄《かばん》から新しい靴下を出した。飛行機の間中、靴下はむれて、脂と汗で少し湿っていた。

「ねえ、ここの女中さんに幾らチップやったらいいと思う」

「千円もやればいいだろうよ」

「馬鹿ねえ」妹は笑った。「千円もやる人がありますか。あたし五百円で充分と思うんだけど」

街の右端にある三菱ドックの煙突から煙がながれている。あの方向が原爆の落ちた浦上《うらがみ》らしい。左の丘には十字架が金色にかがやく修道院があった。祖父は三代田という西彼杵《にしそのぎ》半島の村から出てきて、しばらく長崎で造園業をやっていたのだ。

「父さんにはあまりここでの記憶はなかったようだな。鳥取での話はたびたび聞いたけど」

山陽に比べると日本海に面した暗い山陰の人間は万事につけて臆病なほど慎重だと言われているが父にもそういう性格があった。それに晩飯がすむと家族から離れて部屋に一人閉じこもる陰気な父の姿からこのあかるい長崎の風景を想像することはできない。

「故郷が同じでも、育ったところが違うとああも、ちがうのかな。伯父貴とくると少し軽薄なぐらい陽気だったし、人づきあいもよかった」

「世渡りだって父さんより結局はうまかったんじゃない」

伯父は私たちにも私の従兄弟《いとこ》たちにも人気があった。話のよくわかる冗談の好きな伯父さんとして通っていた。

「でも伯父貴が大学の頃、北白河の警察に引張られた話、憶えているかい、伯父貴が学生運動に加わったなんて、信じられんことだが」

「一晩、泊められただけなんでしょ。翌日はアカを棄てるってすぐ約束して、刑事たちにほめられたと言うぐらいなんだから」

この話は伯父の口からではなく、死んだ祖母から私は聞いたのである。おそらくはそれは彼にとって若い頃の一寸した迷いぐらいなものだったのだろう。私たちの知っている伯父にはそんな痕跡《こんせき》などどこにもなく、戦争中なぞ国民服に身をかためて時々、九州から上京してくるたびに、甥《おい》たちを笑わせたり、西部軍司令官からもらった手紙を自慢そうに父に見せていたものである。

夕飯までまだ時間があると言うので妹に街の見物を誘ったが、彼女は女中に床をしかせて按摩《あんま》をとりたいと言う。主人や子供の世話から解放されて、のんびりしたいらしかった。

一人でまだ日差しのあかるい街におりたが、さて、何処《どこ》に行ってよいのかわからない。タクシーを摑《つか》まえ、地図をひろげながら、原爆の碑は何処かと聞くと、西坂という公園につれていかれた。西陽が長崎二十六聖人を記念して作った記念館の壁にあたっていた。入場料を払うと、出来たばかりらしい暗い館内に入れてくれた。

中学生が二人、なにかノートをとっている以外、人影はない。迫害時代の切支丹が持っていたロザリオやメダイユや小さな十字架が硝子ケースに陳列されている。虫食いの跡のある切支丹禁制の高札もおかれていた。寛永十五年のもので、ばてれん（神父）を訴えたものは銀二百枚、いるまん（修道士）を訴えたものは銀百枚と書いた墨文字も読みにくい。

隅の硝子ケースには処刑された信徒の着物があった。百姓だったらしく、色のあせた野良着である。肩から背中にかけて血の痕《あと》がついている。血の痕はもうすっかり変色して、うすい錆色《さびいろ》の染みになっている。私は硝子ケースに顔を近づけて、しばらくそれを見つめた。

宿に戻ると妹は口をあけて眠りこけている。女中がまもなくシッポクとか言う長崎料理を運んできた。うまいものではない。箸《はし》を動かしながら、私はさっき見た記念館の話をした。

「血の痕のついた野良着なんか、おいてあって、一寸、気持わるかったよ。拷問された時か、斬りころされた時に流れたんだろうな」

「嫌あね」妹は笑って言った。「警察での伯父さんみたいに、素直にすればよかったのに」

食事がすむと、妹は風呂をつかって、また、寝床に入ってしまった。私は廊下の椅子に腰かけて右手で首をもみながら街の夜景を見おろした。さきほど女中に教えてもらった大浦の方角はもう真暗だが、出島から街の中心にかけては灯の光があかるく美しい。中学二年までここで過した父が街の何処に住んでいたのか私は知らない。父は伯父のように軽々しい性格ではなかった。大学を出ると、すぐM財閥の銀行に入ったが銀行員には打ってつけの細心な性格だった。波瀾《はらん》のないことが一番、倖《しあわ》せだとか、他人に信用されぬ人間になるなよと口癖のように私に言っていたものである。戦争中から銀行の取引き先である軍関係の工業会社に招かれて経営者になったが、それも手腕を認められたためではなく、石部金吉で危ない橋を決して渡らないという性格を買われたためであろう。

いつ頃からか知らぬが、私はこの父があまり好きではなくなっていた。あれは戦争が終った直後である。新聞を見ていた父親が、突然、大声で母を呼んだ。その時茶碗が畳の上にころがったが、それを拭こうともせず、眼鏡を鼻にずり落したまま、

「わしは、M・Pに摑まるかもしれんぞ」

父は母と私とに自分の読んでいた欄を指さした。その欄には進駐軍による財閥解体の命令と、戦争中、財閥で働いていた幹部級の者の追放が行われるかもしれぬと書いてあったのだ。幹部とは言え、たかが父ぐらいの位置の者に責任などある筈はないと私は考えたが、その時の父の狼狽《ろうばい》ぶりはまるで子供のようだった。方々に電話をかけ手づるを頼んで、なんとか穏便に計らってもらう手段はないかなどと相談する声が毎夜、私の耳に聞えてきた。結局、これは馬鹿馬鹿しい妄想《もうそう》にすぎなかったが、事が落着すると父はふたたび謹厳な表情をとり戻した。他人から信用されぬ人間になるなという例の説教もふたたびはじまった。

父のことを考える時、いつも私の心にまず浮んでくる姿がある。老人になって彼が入浴していた時の体だ。瘦《や》せた腕をうごかしながら、肋骨《ろっこつ》の浮いてみえる胸を洗っていた。あの肉のおちた胸やほそい腕をみた時、私はなぜか、父の人生を思った。

翌日は雨。

「天気予報じゃ、すこうしばかり、ひどうなると申しとりましたが……本当に惜しゅうございました」

人の好さそうな女中は髪や着物が濡れるのもかまわず、私たちを乗せた車が見えなくなるまで玄関で見送ってくれた。その女中が心配した通り、浦上を通過するころ、天気はますます悪くなり、有名な天主堂の塔も遠く灰色にぼんやり見えるだけだった。

「このへんで、原爆の落ちたとです」

しかし妹は一寸ふりかえっただけで、

「しまったわ。あたし、かえの足袋を持ってくるのを忘れたのよ。どこか小間物屋の前で止めて頂戴。運転手さん。三代田までどのくらい」

「一時間はかかりますばい」

長崎の街を出ると雨にぬれた果樹園の樹が風に震えていた。枇杷《びわ》の樹がこの辺には多い。村を通りすぎるたびに楠《くすのき》の茂った農家の溝に黄色い濁り水が溢《あふ》れているのが見える。私たちの車にハネをかけられた学校帰りの子供たちが大声をあげて怒っている。

向うの空は切れ目もなく、ただ灰色に山の上に拡がっていた。雨は当分やみそうにもない。山に入ると、この辺は季節が早いのか山毛欅《ぶな》や漆の新緑は濃い緑に変るところである。雨の中を鶯《うぐいす》の声が遠くできこえた。

「お尻が痛いわ。道はここしか、ないのかしら」

「ないらしいね。お祖父さんも親爺も長崎から三代田に戻る時はこの山道を通ったんだろうな」私は窓から外を眺めながら「それにここは俺たちの御先祖さんが何代も往復した道だよ」

両側からかぶさるように枝をのばした樹木の間から霧が流れてくる。霧はむこうの道を下の谿《たに》にむけて動いていく。そしてその霧の幕を幾つか通りすぎた時、突然、暗い海が遠くに見えた。海は灰色で、陰鬱で、海岸にそって押しつぶされたような黒い聚落《しゅうらく》があった。

「あれなの」

「いや、ありゃあ、暗崎と言います」運転手は首をふった。「三代田はその隣ですたい」

自分の故郷などにはあまり関心もなく今日まで過してきたが、今、霧のわれ目から灰色の海と雨に濡れた聚落を見おろすと、私は胸が一寸、疼《うず》くような感じに捉《とら》えられた。自分と血のつながった人間が何代もこのあたりに住みついていたのである。どんな顔をしてたのか、どんな生活をしてたのか、知ることができるならやはり知っておきたいような気持もする。ともかく、私のなかにもここに住みついた祖父やそれ以前の先祖の血もまじっているわけだ。

暗崎村に入ると魚の腐った臭いと泥の臭いがした。子供をだいた女が戸口にたって自動車を見つめている。海が荒れている。その荒れた海で、一艘《そう》の漁船が上下にゆれながら漁をしている。

「教会がある。こんなところに」

村はずれの海に面した黒い絶壁の上に十字架をつけた建物が見えた。

「旦那さん。このへんは、教会がある村が多かとですよ。信徒が多かですから、五島に行けば教会だらけですたい」

「運転手さんも信者さんかね」

「わしが……」運転手は帽子をぬいで、額の汗をふきながら恥ずかしそうに笑った。「わしあ、違いますばい」

海の音がここまで聞えてくる。村は雨に降りこめられて静かだ。道を歩いている人影もない。運転手が薄暗い雑貨屋の中で伯父の家をきいてくれている間、私は車の窓から背後の山の斜面にまで散らばっている農家を眺めていた。先程の暗崎村より戸数も多く、ずっと裕福な感じがする。押しつぶされたような藁葺《わらぶき》の家のかわりに瓦屋根の家が多い。テレビのアンテナも沢山、見える。

「わかりましたよ。ばってん、自動車は奥まで入らんごたっですよ」

車を捨て、雑貨屋で借りた一本の傘をさして、妹と村の中を歩きだした。夏蜜柑《なつみかん》を植えた農家の石垣から雨が小さな滝のように落ちて地面は水びたしだ。どこかの家から歌謡曲が聞えてくる。妹は裾をからげて石段をのぼりながら、道の悪さをしきりにこぼしている。

伯父の家はすぐわかった。地主だからさすがにまわりの家とはくらべものにならぬほどよい。大きな門から玄関までの路には夏蜜柑の樹が白い花を咲かせている。玄関の前によごれたワイシャツを着た男が胡散《うさん》臭そうにこちらを眺めながら立っている。東京から来た甥だと言うと、眼鏡を指さきであ

げてじっと見つめてから、

「東京から……。そりゃ、御苦労さんでござんした。さあ、上って下さい。奥ん方へ上って下さい」

妹が玄関で濡れた足袋を新しいのとはきかえている間に奥に連絡に行ってくれた。

家の中はかびくさく、薄暗い廊下に古ぼけたミシンが置いてあった。左の茶の間には手伝いにきた村の女たちが二、三人、茶菓子を盆にもっていたが、私たちを見ると、あわてて身仕舞をただし丁寧に頭をさげる。さっきの男につきそわれながら廊下に出てきた伯母は喪服ではなく不断着のままで、

「来るんなら来っと、電報でもうっておいてくれればよかったに」

と呟《つぶや》いた。一昨日、既に通夜をすませて、昨日の夕方、神浦の火葬場まで運んだのだと言う。

「本当に何もお手伝いできなくて。親類じゃ、誰か来ましたか」

「いや、誰も来んよ」伯母は「みんな村ん衆たちがしてくれたけん。江口とこも忠男とこも、だあれも来ん。生きとる時は、伯父さん、伯父さんと言うとったくせに」

「伯母ちゃん。誰だって、自分たちのことで忙しいもの」妹は私の顔をちらっと見た。「うちでも子供が少し病気だったのよ。でも、他ならぬ伯父さんのことですからねえ……」

「まあ、あんただけでも。焼香をしてやっとくれ」伯母は機嫌をなおして「組合ん人たちが今までずっと来てくれてたんじゃけん」

香のにおいは廊下にまで漂っていた。暗い部屋のなかに陰気な仏像のように坐った男たちが顔をあげて私たちを見つめた。伯母が東京の甥だと紹介すると、一番上席にいた和服の男が立ちあがり席を

ゆずった。三代田の農業組合の幹事だそうである。

その農業組合から贈られた花の横で黒ぶちの額の中で伯父は笑っている。伯父はいつも笑ってから人の顔色をうかがう癖があったが、写真の顔もそんな笑いかただ。私のあと妹が眼を伏せ、その写真に手を合わせると男たちの鋭い眼が彼女の白足袋にじっと注がれた。私は組合の人たちに礼をのべたが、みなは黙って頭をさげただけである。親戚のくせに葬式にも遅れ、通夜もそのほかのことも人まかせにしたことを非難しているような表情だった。さきほどのワイシャツ姿の男がとりなすように、

「雨ん中を遠か東京から来られて大変でありましたろう。こちらは始めてですか。私は暗崎の小学校に奉職しとります松尾と申します」

「父が養子に行ったものですから」私は弁解をくりかえした。「私たち兄弟の本籍はここじゃないんです」

話が途切れ、座が重苦しく沈黙に戻った。私は部屋を出て茶の間で村の女たちを指図している伯母に香典を渡し、農業組合や漁業組合に親類の名で酒でも届けておこうかと訊《たず》ねた。

茶の間には伯父がうけた表彰状や、いろいろな記念の写真が額に入れられて飾ってあった。伯父はむかし西部軍司令官からもらった手紙を表装して嬉しそうに東京まで持ってきたことがあったが、その癖は生涯なおらなかったようだ。

「先生には、私も、えらく面倒みてもらいましたけんね」

いつの間にかうしろに来た松尾は私と一緒にそんな額を見あげながらお世辞を言った。

「あの写真は」

「あれですか。この三代田をば進駐軍用の海水浴場にすっごと、先生は案を立てられましてな。長崎のアメリカ軍人と親しゅうされとりましたからその時の写真です」

写真の中でも伯父は若いアメリカの将校たちと肩を組んで麦酒《ビール》のジョッキをあげて笑っている。人の顔色をうかがうようなつくり笑いを頬にうかべて、いかにも狎々《なれなれ》しく、将校の肩に左手をかけている。松尾の話によると海水浴場は三代田にはできなかったが、伯父は長崎の進駐軍の好意に感謝するため、彼等の子供を三十人ほど夏休みに無料で魚つりに呼び、そのニュースは長崎新聞にも掲載されたそうだ。

写真の横には、長崎ライオンズ・クラブの表彰状もあった。ライオンズ・クラブとはロータリー・クラブと同様に米国に本部をおく親睦団体である。父が死んだ後、上京してきた伯父からこのクラブの話をきいたことがある。日本の地方都市にもこのクラブの支部がそれぞれ結成されて、土地の有力者や会社社長などでないと、入会できないのだそうだ。会員はたがいに、田中ライオンとか、山本ライオンというような呼び方をするのだと伯父は得意そうに説明した。

「じゃあ、伯父さんも、和泉《いずみ》ライオンと呼ばれているんですか」

「もちろんさ」私の苦笑に気がつかず、彼はうなずいた。

「この間も長崎でな、盲人のために進駐軍家族の慈善バザーがあったが、そげん時も、わしたちが後援したわけよ」

雨はやっとやんだが、軒からはまだ雨水が流れていた。縁側から若葉の強いにおいが流れてきた。

「何日ぐらい、ここに御滞在でしょうか。夏なら水遊びができましょうが、こげな辺鄙《へんぴ》な所にゃ、見物するとこがございまっせん。なんしろ、役人の眼を逃れて切支丹が住んどった地方ですけん」

「教会があるのですか。ここに」

私はさきほど暗崎の海岸で波に洗われた絶壁に教会が建っていたのを思いだした。

「なに。ここにあ、まったくなかとですよ。三代田はみんな仏教徒ですたい。暗崎や出津はカトリックの信徒のほかに、かくれもまだ残っとりますたい」

土地の者が今日でもかくれと呼んでいるのは禁制時代にひそかに基督《キリスト》教を信仰してきた連中のことだそうだ。その基督教も祖父から子にと伝えられるうちに、いつか本来のものから離れた宗教になってしまった。明治以後、彼等の半分は宣教師たちの奨めでカトリックに復帰したがあとの半分は今日でも自分たち祖先の教えた宗教を守っている。

「すると、かくれは暗崎や出津に行けば会えるわけですか」

「会うても、向うは警戒しよりまっしょな。いつでしたか、ＮＨＫが写真ば撮りに来たですばってん、無駄足ふんで戻りましたよ。五島のかくれは親切に話してくれるちゅうが、あそこには船が日に二度しか出ませんからなあ。暗崎のかくれは貧農で、聞きわけがありませんですたい」

松尾の口ぶりから見ると、かくれはこのあたりでも一種、特別な目で見られているらしかった。

妹が女たちを手伝って夕食の支度をしている間、私は小学校教師と葬式で世話になった家々に挨拶に行くことにした。

「こりゃ、伯父さんの下駄じゃったばってん」

組合や村の集会がある時、伯父がいつもはいていった下駄を伯母は玄関に出してくれた。

「脂足の人じゃったから……ほら、こげん足のかたがついてしもうて」

伯母の言う通り、鼻緒の横に黒ずんだ足指の痕がついていた。両足とも親指の痕がゴム印でも押したようにはっきり残っている。そう言えば父の下駄にいつもこんな痕があった。私の下駄だってそうである。息子も買ってやったばかりの運動靴に足の痕をすぐつける。

「かるそうな下駄だな」

「桐じゃけん」

この下駄をはいて、村の組合や役場をこまめにまわっている伯父の姿が眼にうかんだ。あっちで、やあ、と手をあげ、こっちで皆の挨拶をうけ、得意になっている顔が眼にうかぶようだ。

「先生は誰からも好かれる人格者でありました」

松尾は村におりる途中、伯父のことをまたほめた。雨はやんでいたが、まだ空は曇り、海の方角にちぎれた黒雲がゆっくり流れていく。雨あがりの静かになった村に、波音が先程よりはっきり聞えてくる。畠の臭いが漂い、その芋畠の間に濁った水が勢いよく流れている。ここが私の故郷である。長崎県西彼杵郡、三代田村。戸数、百九十戸。暗崎や出津はもっと少ない。百戸ほどだそうだ。

「いい、かくれは一人もおりませんか」

「おりまっせんな。三代田もむかしは切支丹信徒の村だったちゅうそうですが、御禁制が布告されると、村民みな仏教徒になったそうですから」

「なぜでしょう」

「さあ。理由ちゅうもんは、なかでしょう」松尾は当り前だと言うように「なんしろ、切支丹は御禁制じゃったけんな」

「私の家……いや、和泉の家も、その時、切支丹から仏教徒に変ったわけですね」

「もちろん、そうでっしょ。和泉先生のお家は昔、庄屋職もしとられたと聞いとりますから、一番先に宗門改めをなさったんでしょ。そんおかげで三代田は他の村より年貢を減らしてもらったんじゃけんね」

「年貢を減らしてもらったのですか。なるほどねえ。じゃあ拷問なんか受けなかったのですか」

「誰がですか」

「当時のここの人たちですよ。切支丹であるために拷問にかけられて、それで改宗したと言う話はありませんか」

「さあ、知らんですばい」

松尾は少し不機嫌な表情をみせた。農家の溝に子供たちが石を投げている。蛇が流れてきたのだそうだ。松尾はその子供たちの名を呼びすてにして、

「東京から来られたお客さんが、今、行くからと母ちゃんに言うてこい。走って。走って」

私たちがまわった五、六軒の家はどれも同じ造りで薄暗い土間に鍬《くわ》、鋤《すき》がおかれてあり、モンペをはいた女が夕飯の支度をしていた。訪問した家はほとんど島田か和泉という姓である。

「伯父の家と同じ名が多いですなあ」

「田舎じゃみなそうですたい」小学校教師は笑った。「昔しゃ同じ血だったんでしょ。あんたもあん人と親類といえば親類だったんですよ」

そう言えばやはり和泉という一軒の農家をたずねた時、入浴していた老人が急いで前をかくしながら土間のかげから嫁を呼びにいった。さすがに体は陽にやけていたが、みにくく肋骨のういた胸や少し猫背の背中が私には父の体つきを思い出させた。

「寺にゃ、いかれますか」

「いや、それは明朝、妹と挨拶に伺いますから」

村の雑貨屋で松尾に別れた。松尾は雑貨屋から借りた自転車に乗って水溜《みずたま》りの光っている夕暮の路を去っていった。段々畠の斜面に立つと、さきほどまで灰色だった海は、少し黒ずみ、農家の中にはもうあかるい灯をつけた家もあった。手前の家では開け放した障子の内側で、二、三人の子供がねそべってテレビを見ている。昨日、通りすぎた暗崎村はみじめで貧しそうだったが、この村にはどことなく生活のゆとりがあるようだ。むかし、切支丹禁制が布告されると、すぐ改宗したため、年貢を軽減してもらった村だ。私の先祖もおそらく長崎奉行所から来た代官の前で笑いをうかべ、今、私がたずねた農家の祖先たちと一緒に踏絵に足をかけてしまったのだろう。

だが、考えてみると三代田はころんでしまった者たちの村である。拷問を恐れて棄教した者をころび者と言うが、この村はころび者の村だ。父も伯父もこの村で生れたのだし、二人の血は私の体にも流れている。そしてもう一つの血は自分にはないのかもしれぬ。その血とは西坂公園の記念館でみた野良着についた血である。肩から背中にかけてあの野良着には錆色になった染みが残っていた。

晩飯のあと出津の組合の人たちと二、三人の女が線香をあげに来た。松尾も暗崎のカトリック司祭をつれてきた。司祭は伯父の写真の前で十字を切ってみせたが、伯母も松尾も平気な顔でそれを眺めていた。

「伯父さんのことはよう知っとったですよ。うちの教会にも時々、寄ってくれて、地所の相談にのってくれよりました」

五島の出身だというこの神父は、司祭というより、土地の漁師に黒い服を着せたようだった。陽に焼けた腕をだして、酒を飲み、音をたてて漬物を齧《かじ》った。あけ放した縁側から虫が飛んで来て、漬物の上におちる。蛙の声が遠くから聞える。

「暗崎村のかくれに会いたいちゅうそうですな。松尾さんに頼まれましたばってん、一寸、むつかしかごたっでしょう。会うてみてもなんも話さんとですよ」

「神父さんにもですか」

「ああ、私らカトリックにたいしちゃ、かえって警戒しよりますたい。こっちが布教に行っても自分たちゃ別の宗教じゃけんと言いよりましてな。そりゃ頑固なものですけん、お話になりまっせんばい」

さきほどの松尾の話と同様、この神父の言いかたにもかくれを軽蔑するような調子があった。かくれたちは仲間のあいだで司祭の役をする「じい役」、洗礼を赤ん坊にさずける「水方」、葬式をあずかる「看坊役」をきめ、復活祭やクリスマスの日には一軒の家に集まり、そっとオラショと称する独自の祈りを唱えて、カトリック教会には寄りつかぬそうである。

「そいですけん。もう私らは放っとりますたい。ああいう頑固さは手のつけようがありまっせんばい」

それほどの頑固さがなければ長い切支丹禁制時代に自分たちの宗教をひそかに守りつづけられなかったのだと私は思った。

「ここの人たちには」私はうつむいて呟いた。「そんな、強情さは、ない」

「ああ、三代田の人はものわかりがよかですよ。伯父さんなんぞは話のよう、わかる方だったすけんな」

伯父は話のわかる人だった。さっきも隣の部屋では出津の組合の人たちや村の女が長い間、彼の写真の前に坐っていた。田舎の律義な風習だろうが伯父は生前から誰にも嫌われないように努めたにちがいない。それは彼の弱い性格から生れた保身術だったのだろう。父が死んだ時もみなは故人のことを義理がたい人だったと言った。だが父は臆病だったから他人にも自分にも慎重だったのだ。

神父と松尾とが帰ったあと、私は妹の寝ている部屋に入った。妹は布団から顔を半分だして、

「田舎はくたびれるわ。疲れているのでかえって眠れないの」

「俺の寝巻、どこにあるのかな」

「枕元よ。躓《つまず》かないでね」

電気をけすと、妹はしばらく黙っていたが、突然、

「ねえ。伯父さんの土地、誰がもらうのかしら」

「そりゃ、伯母さんだろう」

「伯母さんが死んだあとは、私たちのものにならないかしら」

闇のなかに、私たちのものにならないかしらと言った妹の今の声がいつまでも残っているような気がした。

「そんなこと、俺は知らんよ」

「だってここには子供がないんだから、血つづきの私たちのものだと思うのよ。なんと言ったって血がつながってるんですもの」

「そうだ。血はつながっている」

翌日、長崎の宿屋に戻った時、天気はもう恢復《かいふく》していた。帰りの飛行機の切符はとれなかったが、妹は汽車ででも帰りたいと言う。留守宅が気になって仕方がないらしい。

「兄さんは」

「俺？　俺はもう一日、残ってみる。せっかく此処《ここ》まで来たのだから、少しは見物しておきたいよ」

寝台券は手に入ったが、彼女の乗る汽車まではまだ時間があった。つれだって街までおりてみると繁華街のあたりは修学旅行の高校生たちを乗せて貸切バスが幾台も並び、教師に引率された生徒たちが土産物屋や長崎名物のカステラ屋を覗いている。

私たちも彼等と同じように眼鏡橋や崇福寺《そうふくじ》やオランダ坂を歩きまわったが、どこも高校生と新婚の客でいっぱいだった。

「かなわないわねえ。もう戻りましょう。これじゃ見物じゃなくて、疲れに来たようなもんだから」

大浦天主堂の前にも自動車とバスと制服の生徒たちが集まっているのを見ると、妹はうんざりしたようにハンカチで胸もとに風を入れながら溜息をついた。

「父さんが生きていた時、言ってたじゃないの。茂木《もぎ》の照月亭という店の魚がおいしいって。そこでも行ってみない」

「茂木は長崎じゃないよ。三代田と同じくらいの距離をバスで行かなくちゃならない」

「うんざりね。あたしは木かげで待っている。兄さん、一人で見てらっしゃいよ」

私はうなずいて天主堂の前に並んでいる行列の後尾に立ったが、なかなか進まなかった。ガイドらしい男が行列の人に十六番館にまわった方が得だと奨めている。十六番館はグラバー邸という英人の家にあったものを陳列してある家だそうだ。

切符を買って中に入ると、つまらぬ古家具や洋風の皿が一室に陳列されているだけで、地下には長崎の土産物を売っているにすぎない。

「これだけなの」

出口の女の子に聞くとチューインガムを噛みながら、

「こっちの部屋に少し、切支丹の遺品がおいてありますけど」

教えられた左の小さな部屋には見物人も入っていなかった。昨日の西坂公園の記念館と同じように錆びたメダイユやロザリオが並んでいる。私は硝子ケースの前をほとんど素通りしながら、急に足をとめた。銅牌《どうはい》をはめこんだ踏絵が一つおいてあったからである。

踏絵は上野の国立博物館で今まで幾つか見てきた。今更珍しいものではない。だがこの踏絵には銅牌をはめこんだ木の板に指の黒ずんだ痕がはっきりと残っていた。硝子ケースに顔をつけるようにして見ると、あきらかによごれた足の親指である。これを踏んだ百姓たちの中にはきっと脂足の者も多かったのだ。私はその銅牌の上に次々とおろされた足を想像した。無造作に踏んでいった足、おずおずとためらった足、その前に立ちどまったまま、遂にこの銅牌を踏むことのできなかった足。

十六番館を出た時、まぶしい陽の束が眼をさした。軽い眩暈《めまい》を我慢しながらバスと高校生との間を通りぬけた。妹はさきほどの木かげでぼんやり立っていた。私はくたびれと共に自分の靴下がべっとりと足裏についているのを意識した。

# 雲仙

雲仙行きのバスの中で牛乳を飲みながら、雨のふる海をぼんやり眺めた。海は海岸通りの真下に、冷えた波をだるそうに打ち寄せている。

バスはまだ出発しない。予定の時間はとっくに過ぎているのだが、長崎から廻ってくる接続車が到着しないので運転手はバス・ガールと無駄話をしながら一向にエンジンをかけようとしなかった。それでも辛抱強い乗客たちは別に不平も言わず、窓に顔を押しあてている。雨の中を旅館から借りた傘を斜めにさして丹前姿の湯治客が霧雨の中をつれだって歩いていた。土産物屋では貝がら細工や、温泉羊羹《ようかん》などを店先に並べているが、誰も買うものはいない。

(伊豆の熱川《あたがわ》に似てるな)と能勢は牛乳瓶の蓋をしめながら舌打ちをした。(いやな風景だ)

九州の西端のそんなありふれた町までわざわざ尋ねてきた自分が少し可笑《おか》しかった。本当を言えば、彼は切支丹の殉教者たちを数多く出し、島原の乱にもその村民が参加したというこの小浜《おばま》を、東京にいる時はこんな俗っぽい町だとは想像していなかったのである。

切支丹の歴史を調べているうちに、能勢は寛永年間に多くの信徒たちがこの小浜から、雲仙にむけて登っていったことを知った。イエズス会の司祭が当時「日本で最も高い山の一つ」と言った雲仙の地獄谷は切支丹に責苦を与える絶好の場所になったからである。寛永六年以後になると、当時、長崎奉行だった竹中重次《しげつぐ》は長崎の信徒もこの温泉地獄で責めることに決めたため、一日に六、七十人の受刑者が数珠繋《つな》ぎとなってこの小浜を通り山につれていかれたこともあったと言う。

そんな血なまぐさい歴史は今、のんびりと客があるき、流行歌がスピーカーを通して流れている町には何処《どこ》からも感ぜられない。しかし、三世紀前の今日と同じ一月、霧雨のふる日に能勢が今から、その足跡をたどろうとしている「男」もたしかにこの小浜から山にむかって登っていったのである。

バスはやっとエンジンをかけ町を通過していった。二階建て三階建ての日本旅館がしばらく続き手すりに両手をかけて、こちらを見おろしている男たちの顔がみえる。人のいない窓にも白や桃色の手拭やタオルがかけてある。だがやがてそうした宿屋がつきると、山にかかる道の両側に古びた石垣や藁屋根《わらやね》のつぶれたような農家が眼につきはじめた。

能勢はそうした農家や石垣があの頃あったか、どうかは知らなかった。あの男ももちろん信徒や警吏が登った道も、この道かどうかもわからなかった。だが彼等が今、能勢の眼にしている灰色の雲に覆われた雲仙の山を時々、たちどまりながら眺めたことは確かだった。

彼は東京から持ってきた本の中に、この雲仙での殉教をローマに報告したイエズス会通信文集を入れてこなかったことを、今更のように口惜《くや》しく思った。どうしたことか鞄《かばん》の中に放りこんだ本の中にはこの旅行には必要でないコリャドの「切支丹告白集」がまじっていたのだから迂闊《うかつ》な話だった。

登るにつれて少し冷えてきたバスの中で、乗客たちは、小浜で買ってきた蜜柑《みかん》の皮をむきながら、時々、バス・ガールが歌うようにしゃべる説明を、気のなさそうな表情できいていた。

「ごらん下さいませ」と彼女は作り笑いを懸命に浮べて言った。

「もうすぐ曲りますあの丘に大きな二本松がございます。この二本松のあたりから昔の切支丹は今一度、小浜の村をふりかえって懐かしんだと申します。見かえりの松とその後よばれている松でございます」

コリャドの「切支丹告白集」は一六三二年にローマで上梓《じようし》されたのだが、一六三二年といえば、あの島原の乱が始まる五年前だから幕府の切支丹弾圧がいよいよ苛酷になってきたとしてもまだ辛うじて、澳門《マカオ》やマニラから、ポルトガルや伊太利宣教師が日本に上陸できた頃だった。「切支丹告白集」はそうした宣教師のために日本語文典の応用篇として編まれた本だが、元来カトリック司祭は信者が彼にだけ打明けた心の秘密を如何《いか》なる事情があっても洩らしてはならぬことになっているのに、なぜその日本信徒の告白をコリャド師が発表したのか、能勢にはよくわからない。

しかし、この本を読んだ夜、能勢は、他のいかなる切支丹史よりも自分の心情にふれえたような気がした。能勢が手に入れたさまざまの切支丹史には、信仰に燃えた教父や信徒や殉教者たちの行為だけが賛美の言葉をもって、つづられていた。それはどんな責苦や拷問にも屈せず自分の信念と信仰とを守った人々の歴史だった。

（俺はとても、こういう人々の真似はできない）

と能勢はそのたび毎に溜息《ためいき》をついた。子供の時、家族ぐるみ洗礼を受けさせられた。いろいろな紆余《うよ》曲折は経てきたが、四十歳の今日まで、まだ棄教もせずに生きてきた。しかし棄教しなかったというのは彼の意志や信仰が強固であるためではない、むしろその反対に能勢は自分のだらしなさやどんなに卑怯《ひきょう》で弱虫かもたっぷり知っている。長崎や江戸や雲仙で迫害をうけ、華々しく殉教をした昔の信徒たちと自分との間に越えることのできぬ距離があると思う。どうして彼等はみな、ああ、強かったのだろう。

切支丹史のなかで能勢はいつも我が身と同じような人を探した。しかしそこに語られている人物たちには、彼のような人間は一人もいなかった。ただ「切支丹告白集」の中でコリャドが名前も伏せて伝えている男だけが、こちらの心にじんとしみてきた。その男だけが能勢と同じような薄弱な意志やまずしい節操を持っていたからである。古本屋でふと見つけたこの本を関心もそれほどなく頁をめくっているうちに、三百年も前、司祭の前に駱駝《らくだ》のように跪《ひざまず》き幾分、自暴自棄と自分の汚さを曝《さら》けだす快感にかられた姿が次第に能勢の心に浮んできた。

「ゼンチョ（仏教徒たちのこと）のところに久しう居りましたれば、その宿の亭主と隣りより切支丹と見知られまい為《ため》に、それを伴《とも》いたいて、たびたびゼンチョの寺へ行って、ゼンチョなみに誦念《じゅねん》もいたしました。また再々ゼンチョ神仏を賞美せらるる時、我も頷《うなず》いて言葉でもなかなか御尤《もっと》もじゃと深い科《とが》を犯しまらした。これは何度でござろうと覚えませねど、大略二、三十度《たび》ほど、せめて二十度あまりであっつろうと思いふくみました」

「またゼンチョと転び切支丹と、互いに切支丹の事をそしりあざけり、デウスに対しても悪口《あっこう》を吐いていらるるところへ、我がつきあうて、その物語をば叶いながらもやめさせまらせいで、もどきもいたさいでござった」

「又、此中《このじゅう》、将軍様の御法度《ごはっと》に従って、その奉行都より下られて、善悪此の辺《あたり》の切支丹衆を転ばせうとて皆に判も据え切支丹の行儀をさしおけ、せめて表面《うわむき》なりとも転べと頻《しき》りに勧められたに依って、我等が女房子供の命を逃れうずるために、終《つい》に口ばかりで転びまらした」

　男がどこで生れ、どんな顔をもっていたのかもちろんわからない。おそらく武士だったことは、なんとなくわかるが、しかし、誰の家来だったかは調べることもできぬ。自分の告白が、こうして異国で印刷され、ふたたび日本人の手に戻って、能勢のような男に読まれるとは彼も生涯、想像しなかったろう。しかし、能勢にはその男の顔はわからぬが表情の動きだけは摑《つか》めるような気がした。もし自分が同じ時代に生れあわせていたならば、男と同じように自分が切支丹であることを知られないために、仏教徒に誘われれば寺にも参ることぐらい平気でやったろう。誰かが切支丹信仰のことを悪しざまに罵《ののし》っても眼を伏せて、知らぬ顔をしていたろう。いや、転べと言われれば、自分や妻子の命を全うするために、転び証文さえ作ったかもしれない。

　今まで雲仙の頂上を覆っていた雲にほんのりと微光がさしてきた。ひょっとしたら晴れるかもしれぬなと彼は思った。夏ならばドライブの車が列をなして往復しているにちがいないこの舗装道路を彼を乗せたバスだけが時々、喘《あえ》ぐような音をたてて登っている。枯れた雑木林がさむざむと拡がっている。その雑木林の中に雨にぬれ戸を閉じたバンガローの群れが押しだまって並んでいる。

「殉教など君、虚栄心だよ」

それは、新宿のある飲屋の隅だった。塩汁《しょつつる》という秋田の鍋料理が、酒のきたなくこぼれた卓子《テーブル》の上で煮つまっていた。その煮つまった塩汁を前にして先輩は、能勢が最近書いた小説の主人公を批評していた。小説は明治の初期における切支丹殉教を素材にして書いたものだったが、先輩は殉教という心理をそのまま、能勢のように鵜呑《うの》みにはできぬと言う。

「殉教などをしようとする気持にはとどの詰り虚栄心があるよ」

「ええ虚栄心もあるでしょう。英雄になりたいという気持も狂気もあるでしょう。しかし……」

能勢は黙ったまま杯をいじった。殉教の動機の中に英雄主義や虚栄心をみつけることはやさしい。しかし、そういうものを除いた後にも、まだ残余の動機が存在する。この残余の動機こそ、人間にとって、大切なものではないのか。

「それに、そう言う見かたをすれば、すべての人間の善意にも行為の裏側にもみな虚栄心や利己主義は見つけられます」

小説を書きだして十年彼はすべての人間の行為の中にエゴイズムや虚栄心などを見つけようとする近代文学が段々、嫌いになってきた。水が笊《ざる》からこぼれるように、そうした人間の視かたのために我々は最も大事なものを喪《うしな》っていったのではないか。

枯草と枯れた林の間を曲り折れながら頂上にむかって登っていく道に、かつて数珠つなぎにくられた一群が歩いていた。彼等の心には虚栄心もあったろう、狂気もふくまれていたろう。しかし別の心も含まれていたはずだ。

「たとえば戦争中の右翼なんかには一種の殉教精神があったろう。ああいう、なにかに酔うという感情にはどこか不純なものが感じられてね。やはりこれも戦争を経てきたものの気持かな」

ひえた酒を口にふくみながら先輩は笑った。能勢は自分とこの人とのどうにもならぬ誤差を感じて、一種、諦《あきら》めの微笑をかえすより仕方がなかった。

やがて、山の中腹のあたりに湯気のように白い煙がたつのが見えてきた。窓はしまっているのに硫黄くさい臭いがかすかに感じられる。煙のたっているあたりは、乳白色の岩や砂がはっきり見える。

「地獄谷ですか。あれが」

「いいえ」バス・ガールは首をふった。「地獄谷はもう少し奥です」

雲は少し割れてほのかだが青い空が覗《のぞ》いた。今までエンジンの音を軋《きし》ませながら喘ぐように山を登っていたバスが急に一息を入れて速度を増しはじめた。道が平坦になり、下り坂となったのである。ハイカー用のためであろう地獄谷と書いた矢じるしがもう葉の落ちた林の樹に見えた。レストハウスの赤い屋根もあらわれた。

あの「告白集」の男がこの地獄谷に来たかどうかは能勢は知らない。しかし別の人物の姿が前の男の影像に重なって今、能勢の眼の前を背をまげてうなだれながら歩いている。新しい男のことはさっきの人物よりも、もう少し、はっきりと伝わっている。それは一六三一年の十二月五日にこの地獄谷で七人の司祭と信徒が拷問を受けた際である。彼の名はキチジローと言った。この男は、自分の面倒を見てくれた司祭たちの運命をここまで見にきたのである。彼はとっくに転んでいた。だから同じように見物に集まった群集の中にまじってキチジローもまた背のびをしながら役人たちの加える残酷な罰を目撃できたのだった。

後になって遂に拷問に屈し日本切支丹史に一点の汚名をつけたといわれるクリストヴァン・フェレイラ師がこの時の生々しい情況を本国あてに報告している。七人の信徒たちは十二月二日の夕方、小浜の港につくと、終日、山に登らされた。山には幾つかの小屋があり、その夜は七人はその一つに足《あし》枷《かせ》と手錠をかけられたまま入れられた。そして日のあけるのを待ったのだった。

「十二月五日、拷問は次のようにして始まった。七人は一人ずつ、煮えかえる池の岸に連れていかれ沸き立つ湯の高い飛沫《ひまつ》を見せられ、信仰を棄てるように命ぜられた。大気は冷たく池からは濛々《もうもう》と熱湯が湧《わ》きたち、神の助けがなければ、見ただけで気を失うほどであった。全員は、拷問にかけよ、自分たちは信仰を棄てぬ、と叫んだ。警吏はこの答えをきくと、囚人の着物をぬがせ、両手、両足を縛って、四人で押えた。それから半カナーラ（四分の一リットル）くらい入る柄杓《ひしゃく》で沸き立つ湯をすくい、それをゆっくりと三杯ほど各人の上に注いだ。七人の信徒のうち、マリアとよぶ娘が苦痛のため気を失って大地に倒れた。三十三日の間、彼等はこの山で各々《おのおの》、六回このような拷問をうけたのである」

バスが止り、乗客の一番あとから下車すると冷たく張った山気になにか腐ったような悪臭が鼻をつきあげてきた。白い湯気が林に包まれた谷から風にのって道路まで流れてくる。

「写真は如何《いかが》。写真は」

大きな写真機を三脚の上にのせ若い男が能勢に呼びかけた。

「郵送費はこちらで持ちますよ」

路ばたには「うで卵」と下手な字をかいた紙をぶらさげて籠に卵を入れた女たちがあちこちに立って、これも大声で客に呼びかけてくる。

彼等の間をぬけて、能勢たちは谷の方角に歩いていった。灌木《かんぼく》に覆われた地面はほとんど白っぽい、皮膚の皮をつるりとはいで肉の表面をみせたような色である。湯気は相変らず、むこうの林から腐ったような臭いをふくんでこちらに流れてくる。細い道が、泡立つ熱湯の泉の間を縫って曲りくねっている。どろっと白く壁土のように静まりかえった噴出孔池もあれば、ぶつぶつと不気味に細かい泡を吹きだしている池もあった。硫黄が流れて作った丘のところどころに赤く焼けただれた松の樹がころがっている。

さきほどの乗客たちは、うでた卵を紙袋から出して、それを頬張りながら蟻《あり》のように列を作り進んでいった。

「来てごらんよ。小鳥の死んじょるから」

「ほんとな。ガスに当って窒息したとじゃろね」

これらの拷問をキチジローとよぶ男が見ていたことだけは確かである。彼がなぜ見に行ったのか。そこで刑をうけている信徒や司祭たちを助けようとしたためか、どうか、全く、摑めない。このキチジローについてわかっているのは、彼が「女房子供の命を逃れうずるために」役人衆の前で転宗を誓ったことだけだ。それなのに彼は七人の切支丹たちのあとをついて、長崎からわざわざ、小浜まで歩き、更に寒気烈しい雲仙までとぼとぼ登ってきたのである。

能勢には、その時、人々の背後から、犬のように怯《おび》えた眼をして、かつての自分の仲間の姿をそっと眺め、恥ずかしそうな眼をそらしたキチジローの表情を思い描くことができる。その表情は自分のものだと思う。少なくとも不気味に泡だつこの池を前に、後ろ手にくくられたまま、毅《き》然《ぜん》として立つことさえ能勢にはとてもできることではなかった。

一面が白く展《ひろが》ったと思うと、今よりも、もっとすさまじい蒸気が流れ悪臭のこもったガスがにおってくる。前にいた母親がしがみつく子供をかかえながら後ずさりをしている。ここより以上は危険と書いた立札が粘土の中に深く差し込まれ、その札の周りに三羽の雀の死骸がミイラのように転がっていた。

切支丹たちが拷問をかけられたのはここにちがいない。霧のように移動する蒸気の割れ目の向うに十字架が黒く姿をあらわした。ハンカチで口を覆い、立札すれすれに立って、足もとを見おろすと、白い濁った熱湯は眼の前で大きな泡を立てながら煮えたぎっている。ほかに足場がないから、信徒たちは今、彼が立っているような場所で拷問を受けた筈だ。そしてキチジローは、ここから大分離れた

――そう、今、ここまで来るのをこわがった子供が、母親と一緒に怯えたようにしゃがんでいるあのあたりで、見物人たちと、光景を眺めていたのだろう。許してくだされとキチジローは心の中で言ったろうか。もし、能勢がキチジローと同じ立場に立たされていたならば、ゆるしてくだされ、ゆるしてくだされと繰りかえすより仕方がなかっただろう。「ゆるしてくだされ。わしはお前さまらのように殉教のできる強か者でござりませぬ。こげんな怖ろしか責苦ば思うただけで胸がつぶれるような気がいたしまする」

もちろん、彼にも言いぶんがあった。たとえば自分が信仰自由の時代に生きていたならば、決して転び者にはならなかったろう。もちろん聖者にはなれなかったかも知れぬが、平凡に信仰を守る人間だったろう。ただ、不幸にも迫害の時代にめぐりあわせ、こわかったから棄教を誓ってしまったのである。人はみな、聖者や殉教者になれるとは限らぬ。しかし、殉教者になれなかった者は、生涯、裏切者の烙印《らくいん》を押されねばならぬのだろうか。そんな訴えを彼は同時に、自分を非難するような信徒たちにしたかもしれぬ。だがこの理窟《りくつ》にもかかわらず、彼はやっぱり心の痛みを感じ自分の弱さを憎んだだろう。

（転び者には、あなたらのわからぬ、転び者としての苦しさがござりまする）

傷ついた小鳥のような歎きが、三百年を経た今日も能勢の耳に届いてくる。「切支丹告白集」の中にたった一行、書かれたこの言葉は能勢の胸に鋭い刃で切りつけてきた。それはまたキチジローが、この雲仙で拷問を受けている昔の仲間の姿を見た時、胸の底で叫んだ声だったにちがいなかった。

またバスに乗った。雲仙から島原までは一時間足らずである。やっと空には一握りほどの晴間がみえてきたが、相変らず寒かった。さきほどのバス・ガールが同じような作り笑いを浮べて、歌うようにガイドをやってくれる。

雲仙の拷問に屈しなかった七人の信徒たちも今、能勢が山をくだるように島原にむけて、歩かされたのである。熱湯でただれた足をひきずりながら杖にすがり、警吏たちに背を突かれながら、この道をおりていくその姿が眼に見えるようだった。

キチジローは彼等と間隔をおきながら、おずおずとあとを従《つ》いていった。信徒たちが、疲れ果てて立ちどまると、遠くでキチジローも、驚いたように足をとめる。役人たちに疑われぬために彼は兎のように急いで茂みの中に、しゃがみこみ、ふたたび一行が歩きだすと起きあがった。それはまるで棄てられた女がなお男のあとから、とぼとぼと従いていくのに似ていた。

中腹から黒い海がみえた。乳色の雲が覆いかぶさるように海のむこうに拡がり、雲間から幾条かの弱々しい光の束がそこにさしている。晴れた日ならば、どんなに海は碧《あお》いだろうと能勢は思った。

「ほれ、向うに一点、染《し》みのような島がございますが、今日は残念ながらよく見えません。あの島は、かつて、島原の乱の時に、切支丹信徒の総大将、天草四郎が仲間の人たちと事を計ったという談合島なのでございます」

バス・ガールの説明に、乗客たちは、ちらっと興味なさそうな眼をその島の方向にむけた。だが、まもなく、雑木林が、今まで遠くに見えていた海をかくしてしまった。

その海を眼にしながら七人の信徒たちは、何を思っただろう。彼等はやがて自分たちが島原の刑場で処刑されることを知っていた。当時殉教した囚人の死体はすぐ灰にして海に投げこまれることになっていた。でないとその衣服や髪の毛などまで、ひそかに残存切支丹が聖物として崇《あが》めるからである。だから今、ここから海を遠望した時、七人の信徒たちは、あそこが自分たちの墓所になることを考えもしただろう。キチジローもまたこの海を眺めたが、彼には別の哀しみが――信仰の世界にも強者と弱者があり、強者は栄光に包まれるが、弱者は負い目を生涯、背負わねばならぬことを思っただろう。

一行は島原につくと牢舎《ろうしゃ》に入れられた。一部屋三尺しかない天井で畳が一畳しいてあるだけの場所だった。この中に彼等のうち四人が放りこまれ、あとの三人もほとんど同じ狭さの場所に押しこめられた。刑の執行を待つ間、彼等はたえず励ましあい、祈りを続けていたが、一方、この間キチジローが島原のどこにいたのかはわからない。

島原の町は暗くひっそりとしている。バスが到着したのは小さな港の桟橋前だったが、そこには天草へ向う古船が一隻、寂しくくくられていた。岸壁をぴちゃぴちゃと叩く小波の上に、木片や埃《ほこり》がきたなく漂っている。猫の死骸が一つ、その間をまるで丸めた古新聞のように浮んでいた。

町は海にそって細長く伸びている。町工場らしい建物の塀がどこまでも長く続き、薬品の臭いが路にまで漂っていた。

能勢は復元したという島原城の方向に歩きだしたが、途中で二、三人の女子高校生が自転車にのって来るのにぶつかっただけだった。

「切支丹が処刑された刑場はどこですか」

彼女たちにそうたずねると、顔を赤らめて、

「さあ、そげんなものあったとかしらん。あんた、知っとる。知らんとでしょう」

首をふっただけだった。

侍屋敷のあとという一角に出た。城の裏側にあたる場所に、細い路が縦横に走っていて、路の間に古びた土塀が続いている。路には、その頃の溝もそのまま残っていた。夕陽のおちた土塀のかげに夏蜜柑の実がのぞいている。いずれも古い暗い湿気の多そうな家ばかりだった。もちろん、これは徳川の末期の頃に建てられた身分の低い侍たちの家だったろう。島原の刑場で処刑された切支丹の数はかなりの数にのぼるが、牢獄がどこなのか書いた史料を能勢はまだ読んでいなかった。

道を引きかえし、しばらく歩くと流行歌のながれる商居街に出た。道幅は狭いがそれでもさまざまの店がならび、土産物屋までがあった。溝の水が、まるで清水のように清冽《せいれつ》だ。

「刑場かねえ。知っとるよ」

煙草屋の親爺《おやじ》が、もう少し行けば池がある、池から更に真直ぐすすむと幼稚園にぶつかるが、その横が切支丹刑場の跡だと教えてくれた。

処刑されるという前日、どうした手づるを経てか、キチジローが七人の囚人たちに会いにいったことは記録に残っている。おそらく警吏たちに金をつかませたのかもしれぬ。

拷問でやつれ果てた囚人たちに、このキチジローは、わずかの食料を手渡すと、

「キチジローさん、言いもどしは、なさったか」

囚人の一人が憐《あわ》れむように声をかけた。言いもどしとは一度転んだ者が、やはり自分は信仰を棄てることはできぬと役人に申し出ることとである。

「言いもどし、なさったのちにここにたずねてこられたのか」

キチジローは、おどおどと彼等を見あげて首をふった。

「とにかくキチジローさん、この食物は頂くわけにはいきませぬ」

「なぜ」

「なぜと申しても」と囚人たちは悲しそうに口を噤《つぐ》んだ。「わしらはもう死を覚悟してますゆえ」

キチジローは眼を伏せて黙っているより仕方がない。彼はとても、あの雲仙の地獄谷で目撃したような拷問に耐えることはできない自分を知っていた。

「そげんにまで耐えしのばなけりゃ」と彼は泣くように呟《つぶや》いた。「わしらはハライソに行けんのじゃろうか。デウスさまはわしらのような者は見棄てなさるのだろうか」

教えられた通りに商店街を通りぬけると、池に出た。池の流れは水門によって遮られた後、地下をくぐって、町の溝を流れるようになっている。島原の町の水が清冽なのはこの池のあるためだと書いた立札を能勢は読んだ。

子供たちが遊んでいる声がきこえる。煙草屋の主人が教えてくれた幼稚園の庭で小学生が、四、五

人、ボール投げをやっているのだ。夕陽は幼稚園のブランコや砂場に弱々しい光を投げ与えていた。葉のおちた薔薇垣《ばらがき》のうしろを廻って、そこだけ枯れた只の林になっている刑場の跡に出た。

刑場と言っても、七、八十坪ほどの空地で褐色の叢《くさむら》と、塵芥《じんかい》の溜り場の上に松の樹がはえ茂っていた。能勢が東京からわざわざ九州まで来たのも、この刑場を一目でも見ておきたいからだった。いや、刑場を一眼、みるというためよりは、ここにも姿をあらわしたキチジローの心底をもっと、はっきり摑んでおきたかったためだった。

翌朝、七人の囚人たちは裸馬に乗せられて島原の町を引きまわされた後、この刑場までつれてこられた。

「引きまわしの後、受刑者たちは、竹矢来で囲んだ刑場に到達すると馬からおろされ三米《メートル》の間隔で並んだ柱の前に立たされた。その下には薪がもう積みかさねられて、上には海水につけた藁屋根がこしらえられていた。これは火が余り早く廻って殉教君たちが苦痛もなく死ぬことを防ぐためである。また彼等は柱にできるだけゆるく、縄でくくられたが、これは死ぬまぎわまで、体を動かして教えを棄てたと叫ぶ自由を与えるためだった」と当時の目撃者がその時の模様を報告している。「警吏が、まさに火を薪につけた時一人の男が、役人の制止もきかず、柱のほうに走ってきた。彼はなにかを叫んでいたが、その声は薪の燃える火の音のためによく聞えなかった。その上、烈しい炎と煙とが受刑者たちに男が近づくのを遮った。役人は急いで彼をつかまえ汝《なんじ》も切支丹かとたずねた。すると男は怯えたように立ちどまり、自分は切支丹ではない、この人たちとは何の関係もない、ただこの光景に気が顛倒《てんとう》したのだと呟いてすごすごと立ち去った。しかし、人々は彼が見物人のうしろで手を合わせながら許してくだされ、許して下されと言いつづけているのを見た。柱を火が覆うまで七人の受刑者たちは歌を歌っていた。その歌声は自分たちが今、受けているむごたらしい刑罰とはおよそ似つかわしくないあかるいものだった。やがてその声が急にやみ、木の燃える鈍い音だけが聞えた。さきほどの男は、うなだれながら去っていった。みなはあの男も切支丹であろうと噂しあった」

能勢は刑場の真中に、そこだけ黒土がのぞいているのに気がついた。よく見ると、焼けこげた石が幾つか、その黒土の中に半分、埋まっているのである。その石が三百年前、ここで火刑に処せられた七人の切支丹たちのために使われたのか、どうか、わからない。しかしその石の一つを彼はそっと拾ってポケットにいれた。そして彼もキチジローと同じように背をまげながら、道の方に歩いていった。

# 影法師

この手紙を本当に出すのかどうかわかりません。今日まで僕は貴方《あなた》へ三度ほど手紙を書いたことがある。しかし途中でやめたり、書き終えても机の引出しに入れたまま、結局、出さずじまいだった。

だがその毎度、筆を動かしながら、これは貴方にむかって書いている手紙ではない、事実は自分に宛《あ》てた手紙ではないか、自分の不安を鎮め、自分の心を納得させるためのものではないかと思うことがありました。結局、手紙を出さずじまいだったのも、書いたところで無意味な気がしたり、心の底がどうしても充たされなかったためでしょう。だが、今は少し違う。今は完全とは言えぬが、僕のなかには貴方が起したあの事件についてもやっと心を納得させるものが少しずつ生れているような気がするのです。

だが何から語りはじめればよいのか。少年時代、日本に来たばかりの貴方に会った思い出からしゃべればいいのか。それとも母が死んだ日、貴方が駆けつけた僕のために玄関の扉をあけて「駄目でした」と首をふられた時から語ればいいのか。

実は昨日、貴方に会ったのです。もちろん貴方は僕がそこにいたことも、自分が見られていることも御存知なかった。貴方はテーブルにつき、一皿の食事が運ばれるまで、古い黒い鞄《かばん》から（その鞄には僕は記憶がありました）本をとりだして読みはじめていた。その姿は昔、貴方が司祭だった時、食事の前に聖務日禱《にっとう》の本をとり出して開いておられた姿を思い出させました。渋谷の小さなレストランですが、霧雨が降って、曇った硝子窓《ガラスまど》のむこうに歩道を歩く人間たちの姿がまるで水族館の魚のように見えた。僕はそこでスポーツ新聞をひろげながら、片手でライスカレーのスプーンを口に運んでいました。僕の好きな大洋の選手がトレードに出るというニュースがその一面に大きく出ていたからです。その下に友人の連載小説が掲載されていました。

ふと顔をあげると隅で、黒服を着た外人が背中をこちらにむけて着席しようとしていた。びっくりしました。六年ぶりで見る貴方だったからです。そして我々二人の席は二十米《メートル》ぐらい離れていて、その間に四、五人の会社員が同じテーブルを囲んでハンバーグ・ステーキを食べていました。「フロントギヤーは使いにくくて仕方がないね」「いや、そんなもんじゃないよ」彼等のそんな声が耳に届きました。その一人のはげあがった額に十円銅貨ほどの赤黒いアザがありました。

貴方は水を入れたコップを運んできた若い給仕に愛想よい笑顔でメニューの一部を指さし、給仕がうなずいて離れると膝《ひざ》の上においた黒い古い鞄から英語の本をとりだして読みはじめた。英語かどうかわかりません。とに角、横文字の本です。（老けたなあ）と思いました。（老けこんだなあ）こんなことを言っては宣教師だった貴方に失礼かもしれぬが、貴方は若い頃非常に美男子だった。初めてあの神戸の病院で貴方に会った頃、少年のくせに僕は貴方の彫刻のような彫りのふかい顔や葡萄色の澄んだ眼をみて、つくづく、男前やなアと思ったのを憶《おぼ》えています。その顔が、今、老いで蝕《むしば》まれ、栗色の髪がうすくなり（もっとも僕のそれもかなり乏しくなりましたが）そして眼の下が、何かセルロイドの一片でもはさんだようにふくらみ赤くなっていました。僕はその顔のなかに、あの事件を起してからの、貴方の孤独を嗅《か》ぎとろうとしました。それにこの異郷のなかで妻子をかかえて、稼がねばならぬ貴方の苦労や、友人もなく助ける者も失ってしまった貴方の辛さを確かめようとしました。

立ちあがって、そばに寄り、やあ、しばらくと言いたかったが言えなかった僕は椅子に坐ったまま、興信所の所員のように新聞で顔をかくしながら貴方を観察していた。たしかに好奇心が働いていました。小説家としての興味も手伝っていました。しかし、それだけではない。心のなかに何か引きとめる大きな力があってそれが貴方のところまで行かせなかったのです。その引きとめた力に似たものを今からこの手紙で書きます。とに角、こっちは貴方をそっと窺《うかが》っていた。やがて給仕が一皿の料理を貴方のところに運んできた。貴方はさっきと同じように笑顔でうなずき、それから、ハンカチをナプキン代りに胸にぶらさげた。こっちはまだじっと観察している。そして貴方は椅子をきちんと引いて姿勢をただすと指を胸まであげ、皆にみられぬくらいの速さで十字を切った。僕はその時、言い知れぬ感動をおぼえました。（そうか）そんな感動でした。（やっぱりそうだったのか）

僕を貴方のテーブルに行かせるのを、とどめた力――それを説明するのはむつかしい。言いかえればそれは僕の人生を形成した重要な流れの一つだからです。今日までその流れに手を入れて小説家として僕は色々な小説を書いてきました。自分の河床に沈澱《ちんでん》したものを拾いあげ、その塵埃《じんあい》を洗い除き、それを組みたてる。その中にはまだ拾いあげていない重要なものがあります。貴方が見たことのない僕の父、貴方が生涯、色々と面倒をみて下さった僕の母、それをまだ小説に書いてはいない。そして貴方自身にも僕は手をつけなかった。いや、嘘だ。僕はあなたのことを、小説家になってから三度、人にわからぬように変形させて書いています。貴方は、あの事件以来、僕にとって長い間、文字通り重要な作中人物でした。重要な作中人物なのに貴方を書いた小説はほとんど失敗してきた。理由はわかっている。それは僕がまだ貴方をしっかり摑《つか》めていなかったからだ。しかし失敗をつづけたにかかわらず、貴方は僕の心の世界にひっかかるのを決してやめなかった。払いのければどんなに楽だったか。しかし、僕にとって母や貴方をどうして払いのけることができましょう。

この河を時折ふりかえる時、どうしても、僕が洗礼を受けさせられたあの阪神の小さな教会が心に浮ぶ。今でもそのままに残っている小さな小さなカトリック教会。贋《にせ》ゴシックの尖塔《せんとう》と金色の十字架と夾竹桃《きょうちくとう》の樹のある庭。あれは、貴方も御存知のように僕の母がその烈しい性格のため父と別れて僕をつれて満洲大連《たいれん》から帰国し、彼女の姉をたよって阪神に住んだ頃です。その姉が熱心な信者でしたし、母は孤独な心を姉の奨めるままに信仰で癒《いや》しはじめていました。そして僕も必然的に伯母や母につれられて、その教会に出かけたのでした。フランス人の司祭が一人、その教会をあずかっていました。やがて戦争が烈しくなるとこのピレネー生れの司祭はある日、踏みこんできた二人の憲兵に連れていかれました。スパイの嫌疑を受けたのです。

だが、それはずっとあとのことだ。中国では戦争が始まっていましたが、時代は日本カトリック教会にとってまだそんなに苦しくなかった。クリスマスになれば、深夜、ハレルヤの鐘を高らかに鳴らすことができましたし、復活祭の日は花が門にも扉にも飾られ、外人の娘たちのように白いヴェールをかぶった女の子を近所の悪童たちが羨《うらや》ましそうに眺め、僕たちは大得意でした。その復活祭にフランス人の司祭が十人の子供たちを一列にならべ一人一人に「あなたは基督《キリスト》を信じますか」とたずねました。すると一人一人が「信じます」と鸚鵡《おうむ》返しに答えたのでした。僕もその一人だった。他の子供たちの口調をまねて僕も「はい、信じます」と大声で叫びました。

夏休み、教会では神学生がよく子供たちに紙芝居をみせてくれました。六甲山にハイキングにもつれていってくれた。その神学生が帰郷すると、僕らはよく庭でキャッチボールをしたものです。球がそれて窓硝子にぶつかると、フランス人の司祭が満面朱をそそいだ顔を窓から出して怒鳴りました。父に別れた母は暗い表情で伯母と何かを相談していましたし、僕にとっては決して仕合せだとはいえなかった毎日でしたが、それでも大連にいた頃にくらべれば両親の争いのなかで一人苦しむ必要はなく、まずまず秩序のあった時だと思います。

その教会に時折、一人の老外人がやって来るのでした。信者たちの集まらぬ時間を選んで司祭館にそっと入る彼を僕は野球をしながら見て知っていました。「あれは誰」伯母や母に訊《たず》ねましたが、彼女たちはなぜか眼をそらせ黙っていました。しかし足を曳《ひ》きずるように歩くこの男のことを僕は仲間から教えてもらいました。「あいつ、追い出されたんやで」神父のくせに日本人の女性と結婚し、教会から追放された彼のことを信者たちは決して口には出さず、まるでその名を口に出しただけで自分の信仰が穢《けが》れると言うように口をつぐんだものです。そっと会ってやるのは、あのピレネー生れのフランス人司祭だけだった。僕自身と言えば、そんなこの老人を怖《おそ》ろしいような、そのくせ好奇心と快感との入りまじった感情でそっと窺っていたものです。幼年の頃、大連で育った僕は、あの植民地の町で故国を追われた白系ロシヤ人の年寄りたちを幾人か見ましたが、その一人でロシヤパンを日本人街に売りにくる老人の顔がこの男のそれに重なりました。どちらも、古びたと言うよりはこわれたと言った方が感じの出る外套《がいとう》を着て、首に手編みの大きな襟巻をまき、リューマチの足を曳きずるようにして、時々、よごれた大きなハンカチで鼻をかむ仕種《しぐさ》までそっくりだったからです。が、今思えば、彼等が持っていたあの孤独な翳《かげ》には、それまで自分たちの芯《しん》の芯まで支えていたものから追放されたものが等しくあったのです。

あれは夏休みの夕暮でした。僕は路を歩いていました。おそらく野球でもやりにいくつもりだったのでしょう。夕暮の光が強く照りつけた教会の門前で僕は突然、この老人にぶつかりそうになりました。こちらは彼がそこから出てくるとは少しも考えていなかった。びっくりして立ちどまり、体を石のように固くしている僕に、この老人は何か言葉をかけました。何を言っているのかわからなかった。ただ気持が悪く、怖ろしいという気持でいっぱいでした。僕は首をふり、急いで、聖堂にのぼる石段を駆けあがろうとしました。と、大きな手が僕の肩にかかりました。「心配はいらない」とか「こわがることはありません」と老人は片言の日本語でそんな意味のことを言っていたのです。彼の息が臭かった。こっちは必死で逃げました。ただ哀しそうに僕をその時、見つめた相手の葡萄色の眼だけがわかりました。家に戻ってから母にこの出来事を話しましたが、黙っていました。そして二、三日もたつと、勿論《もちろん》、僕もそのことを忘れてしまいました。

ふしぎなのはその出来事があってから一カ月して貴方が僕の人生に姿を見せたのです。その偶然が今、僕にはまるで自分の人生の河にとって大きな意味があるもののように思えてなりません。一年前ある長い小説を書きながら、屢々《しばしば》、僕はこの偶然を考えました。その小説のなかで僕はくたびれ、疲れ果て、そして磨滅して凹《へこ》んだ踏絵の基督の顔と、西洋の宗教画に出てくるような静謐《せいひつ》と浄《きよ》らかさと情熱に充ちた基督の顔とを主人公のなかに対比させました。その時、イメージとして心に思いうかべていたのは、あの頃の貴方の顔とあの追放された老人の顔でした。

僕がその年の秋、盲腸炎にかかって灘《なだ》の聖愛病院に入院した時、手術後の抜糸がすんで、伯母と母とからお粥《かゆ》を食べさせてもらっていた僕の病室に突然、貴方は入ってきた。母たちはびっくりして立ちあがりました。いわゆる神父さまが入ってきたから驚いたのではない。それまで僕らの見た司祭は、あの教会の司祭といい、そのほかの神父たちといい、瘦《や》せこけて度の厚い眼鏡をかけたような人たちばかりでした。特に日本人の神父ときたら、日本人か二世かわからぬ恰好にみえました。その時、扉をあけてあらわれた貴方は全くちがっていた。がっしりとした体を真白なローマン・カラーのついた手入れの行き届いた黒服につつみ、栄養のいい顔に紳士的な微笑をうかべた貴方は、僕ら三人の日本人をどぎまぎさせるに充分でした。貴方は丁寧に伯母と母とに挨拶をすると、箸《はし》と茶碗を手に持ったまま体を石のように固くしている僕を見おろしました。貴方の日本語はかなり流暢《りゅうちょう》だった。こっちは額に汗をかきながら懸命に答えたのです。「はい、もう元気です」「いえ、寂しくありません」と。そして貴方が出ていったあと、僕が「男前やなあ」と叫ぶと、母もふかい溜息《ためいき》をつきました。「惜しいわねえ。あんな人が結婚もしないで神父になるなんて」、それから伯母がその母の失言を怒りはじめました。

しかし母はひどく貴方に興味を持ったようでした。病室を訪れると、必ず貴方がもう来たかどうかを僕にたずねました。

「うるせえな、知らねえや」

僕は何か不快な感じがして、わざと下品な言葉遣いをしたものです。しかし女としての好奇心から、母は貴方がスペインの士官学校を出た軍人だったこと、後に考えるところあって軍人をやめ司祭の道をえらび、神学校に入ったことや、日本に来てから、加古川の修道院に一年もいたことなどを聞きこんできました。

「あの人は普通の神父さんと違うのよ。学者の家に生れたんですよ。ああいう立派な息子を持ったお母さんは本当に仕合せだろうな」

母は僕を励ますようにそう言いましたが、こっちは子供心にもそれが息子に言いきかせている言葉ではないのを感じていました。

退院してからも母は僕をつれて、たびたびこの病院をたずねました。彼女は普通の神父たちの話には飽き足りなかったのです。洗礼こそ受けていましたが、きつい性格を持っている彼女には自分の眼の前に突然あらわれた貴方から、渇えていたものを充たされると思えたのでしょう。小心で安全な人生のアスファルト道を歩きたかった父にはこんな母の生き方が耐えられなかったのです。姉にすすめられ、一時の孤独をまぎらわすため通いだした基督教が、今は母にとって本当のものになりはじめました。彼女は阪神の幾つかの学校で音楽を教えるかたわら、次々と貴方が貸してくれる本をむさぼるように読みだしました。そしてその頃から彼女の生活が一変しました。まるで修道女と同じようにきびしい祈りの生活を自分に課し僕にも課したのです。毎朝、僕をつれてミサに行き、暇さえあればロザリオをくっていました。彼女は僕まで貴方のような司祭に育てることさえ考えはじめていたようです。

ここでは僕は貴方と母との精神的な交渉は書かないつもりです。しかし、二年後、貴方は私の伯母や母の指導司祭として家に土曜日ごと訪れるようになりました。伯母の友人や教会の信者たちも集まってきました。今だから白状しますが、僕には貴方が来られるその日はかなり苦痛でした。母はいつもより僕に更にきびしく、手を洗わせ、散髪に行かせ「神父さまがいらしったら、きちんとして頂戴」と厳命するからでした。いや、それよりも大人たちにまじって、貴方の話をきいても何が僕にわかったでしょう。緊張しているせいか、それに疲れやすい体質のせいか（子供の頃から僕が体の弱かったことは、貴方もよくご存知です）僕は母のそばで睡魔と闘うだけでいっぱいでした。旧約聖書も新約聖書も基督もモーゼももうどうでもいい。膝を自分でつねり、他のことを考え、退屈と次第に重くなってくるまぶたと闘うだけで、こっちは精一杯だったのです。母が怖ろしい眼で僕を睨《にら》む。それがこわさに、やっと一時間をどうにか眠らずに防ぎきることができるのでした。

夏の朝ならとも角、冬の朝だって母は僕が教会に行くことを怠るのを許しませんでした。五時半。まだ暗闇が空の大半にひっかかり、どの家も眠りこけている時に、黙って祈りながら歩いている彼女のうしろから僕は手を息で暖めながら霜で凍った路を歩いて教会に通ったものです。例のフランス人の司祭が祭壇の暗い灯のそばで、両手を合わせたり、体をかがめたりして一人でミサを唱え、その影が壁にうつり、冷えきった聖堂のなかで跪《ひざまず》いているのは、二人の老婆と僕たち親子だけでした。祈るようなふりをして僕が居眠りをすると、母がこわい顔をして睨むのでした。

「そんなことで、神父さまのようになれると思うの」

神父さまとは貴方のことでした。貴方が彼女にとって、僕の未来の理想像であり、そうならねばならぬ人間像になったのです。必然的に僕は貴方に反撥し、貴方の清潔な服装、手入れの行き届いた顔や指がイヤになりました。貴方の自信ありげな微笑や、学識や信仰がイヤになりました。憶えておられますか。あの頃から僕の学校の成績が次第に落ちはじめたことを。僕はその頃、中学校二年でしたが、意識的に怠惰なだらしない少年になろうとしはじめたのです。なぜなら怠惰でだらしない人間とはまさしく貴方の反対の人間でしたから。貴方のように自分の信仰や生き方に深い信念と自信をもって生きる男に息子を仕立てようとする母にたいする反抗から、僕はわざと勉強を怠りできるだけ劣等生になろうとしました。もちろん、母の手前、勉強机にむかうふりをしても、僕は何もしなかったのです。

あの頃、僕は一匹の犬を飼っていました。近所の鰻屋《うなぎや》でもらった雑種犬でした。兄弟もなく、また両親の複雑な別居から、本当に哀しみをわかちあう友だちも持てなかった僕は、こののろまな犬を非常に可愛がっていました。今でも僕の小説にはしばしば犬や小鳥が登場しますが、それはたんなる装飾ではありません。あの頃、僕にとっては、あまり人には言えぬ少年の孤独をわかってくれるような気がしたのはこの雑種の犬だけでした。今日でも、犬のうるんだ悲しげな眼をみると、僕はなぜか基督の眼を思いうかべます。もちろん、その基督とは、昔の貴方のように自分の生き方に自信をもっていた基督ではありません。人々に踏まれながらその足の下からじっと人間をみつめている疲れ果てた踏絵の基督です。

例によって成績が悪くなったことに母は怒りだしました。彼女から貴方は相談をうけたらしい。貴方は、母親に心配をかけぬように勉強をすべきであると、僕に少しきびしい顔をして忠告をしました。こっちは、(何を言ってやがる、西洋人のくせに)と心の中で呟《つぶや》いていました。そして忠告したのが貴方だというそれだけの理由から益々、怠惰をきめこみました。貴方は西洋の家庭では子供にもう少し罰を与えている、努力することを怠った少年にはそれだけの罰が与えられねばならぬと、ある日、伯母と母とに教えたようでした。そして三学期に相も変らず成績の悪かった僕を罰するため、犬を棄てることを母に命じたわけです。

あの時の辛さは今でもはっきり憶えています。僕は勿論、その言いつけを聞こうとしませんでした。そして学校から帰ってみると、わが愛犬はもう姿を消していました。母は近所の小僧に頼んで、犬をどこかに連れていかせたのです。このことはもう貴方もきっと憶えておられないでしょう。貴方にとっては犬は勉強にたいする僕の集中力をそらす障碍《しょうがい》にしか見えなかったでしょうし、犬を棄てることは、僕のため良かれかしという気持から出たのですから。今は僕は勿論、あのことを恨んでなどいません。だが、そんな些細《ささい》な思い出をここにとりあげたのは一つには、あれがいかにも貴方らしい行為だったように見えるからです。弱さ、怠惰、だらしなさ、そういうものを貴方は自分のなかにも他人のなかにも一番嫌っていました。おそらくそれは貴方の家庭がそうだったからでしょう。あるいは軍人教育を受けたという貴方の教育がそうさせたのかもしれません。「人間は強くならねばならぬ。努力せねばならぬ。生活でも信仰でも自分を鍛えねばならぬ」貴方はそう口には出して言いませんでしたが、実生活でそれを自分で実践していました。貴方がどんなに活動的に布教という仕事にとりくまれたか、自分の神学研究を怠らなかったか、誰だって知っています。非難の余地は少しもなかった。誰もが貴方を（母と同じように）立派な方だと尊敬した。たった一人、僕だけが子供心にもその非難の余地のない貴方に苦しみはじめたのでした。

僕にとって不幸なことには、その頃、貴方は新しい仕事をやることになった。基督教の学生や生徒のための寮が御影《みかげ》の高台にできて、聖愛病院の専任神父だった貴方がこの寮の指導司祭になったことです。「こういう仕事はあんまり向かないですが」いつものように聖書講義に集まった人たちの前で貴方は困ったような顔をしていました。「しかし、上からの命令で引きうけなければなりませんね」そのくせ、貴方はこの仕事に興味を持っているようでした。母はその帰り道に、僕にその寄宿舎に入ってみる気持はないかと急に言いだしました。母としては少しでも貴方のそばで僕が生活すれば、落ちた成績も元通りになり、信仰的にも向上するのではないかと考えたのです。こちらは幾度も厭だと言いましたが貴方も御存知だったきつい母の性格です。その年また馨《かんば》しくない通信簿をもらって帰った僕は、遂に貴方が舎監になって半年目のあの寄宿舎に入れられました。

厳格な寄宿舎でした。おそらく貴方が当時、模範としたのは西洋の神学校の寄宿舎か、士官学校の寮ではなかったのですか。言いわけをするのではありませんが、僕だってあの頃、努力をしたのだ。しかし、万事が裏目裏目とでた。貴方が僕に「よかれかし」と思うことがそうは思えなかった。僕が悪意でなくやったことも、貴方には僕の弱さに見えた。貴方は僕を「母のために」鍛えなおし、叩きなおそうとした。その槌《つち》が僕をやがては潰《つぶ》してしまうことに気がつかなかった。

色々なその出来事を一つ一つ書いていてもきりがありません。こんなことがあったのを憶えておられますか。寮生は（と言っても大半は専門学校以上の学生で、まだ中学生なのは僕ともう一人のNという男でした）朝六時に起きてミサにあずかったあと、朝食まで貴方を中心にして裏の山路を駆け足で走るのが日課の一つでしたが、僕にはとてもそれが耐えられなかった。軍隊できたえた貴方や大学生の他の寮生にはそんなことは何でもなかったでしょう。しかし幼い時から気管支の弱い僕はたちまちにして息切れがし、眼がくらむのでした。走ったあとは脂汗が額にういて食欲もすっかりなくなり、時には軽い脳貧血になったことがあります。僕はその駆け足をたくみにさぼるようにした。やがてそれが貴方にみつかった。貴方は同じ中学生のNだってやることを僕ができぬ筈はないと言いました。「体だが、体の強い貴方には体の弱い者がどんなにああいう訓練に弱いかがわからなかったのです。

を強くするために駆け足をみな、するだろう。君はその努力をしないのだ」それが貴方の言い分でした。貴方にとって僕は団体訓練を厭がる身勝手な少年にみえたのです。

それぞれ学校に出かけ、その学校から戻ると、晩飯のあと貴方の講話がありました。僕はしばしば居眠りをしました。あとでチャペルで夜の祈りをする時も居眠りをしました。虚弱な体質でしたから、昼間、中学の授業や軍事教練でいい加減つかれているのに、更にむつかしい神学の話を聞かされて何がわかったでしょう。

そんなある夜、皆が貴方の神学講義を聴き、例によって僕が舟を漕《こ》ぎはじめました。一番隅にいたにかかわらず、軽い鼾《いびき》でもたてていたのでしょう。貴方は僕の居眠りに気がつき話を突然やめた。横にいたNがそっと僕の脇腹をつつき、こちらはびっくりして眼をあけた。恥ずかしいことに涎《よだれ》が口もとから垂れ上着をぬらしていました。皆は初めは笑いだしましたが、貴方のきびしい表情にぶつかると急に黙りこみました。突然、貴方は片手をあげ、

「出ていけ」

大声の日本語で叫びました。貴方がそんなに顔を真赤にして怒鳴ったのは初めてでした。僕も、平生は伯母や母やその他の信者に紳士的な微笑をみせる貴方が、こんなに怒りに顔を歪《ゆが》ませたのを見たのは初めてでした。居眠りをしたのを怒ったのではない。彼が万事につけて体の弱さを口実にして寮生活をきちんと守らぬことを怒ったのだと、あとになって貴方は母に説明しました。確かにそうでしょう。僕が何かにつけて寮の日課を守れなかった生徒だったことを認めます。貴方の言うように頑張

りの足りなかったことも認めます。しかし、僕が肉体的に貴方の理想とする生活に耐えられなかったことも真実なのです。今は僕はあの頃の自分を弁解しているのではない。ただ貴方の善意や意志が、強者にたいしては効果があっても弱者にたいしては時として苛酷であり、稔《みの》りをもたらすよりは無意味な傷つけ方をしたと言いたいのです。

結局、十カ月もしないうちに、僕は貴方の寄宿舎を出て母の家に戻りました。それでも母はさすがに女親で、だらしのない息子になお何か長所と美点をみつけようと懸命でしたが、貴方は僕に失望と軽蔑《けいべつ》とをその頃からすっかり持ったようです。もっとも貴方の僕にたいする態度は昔と違うところがありませんでしたが、僕にたいして話しかけるということは次第に少なくなっていきました。こうして母が僕にいだいていた夢——貴方のような司祭にならせようという夢はすっかり、つぶれてしまいました。

ここまで書いた部分を読みかえしてみて、貴方が誤解をされぬかと心配です。僕は決して貴方が我々親子によせて下さった厚情を忘れているのではありません。それどころか、貴方という方がおられればこそ、母も離婚後の突きつめた思いから救われ、死ぬまで心を支えた基督教に入れるようになったのだと思っています。そしてその死に至るまで何かにつけて母を助けて下さった貴方へ感謝の気持を僕はいつも持っています。

ただ、言いたいことは別なのです。人間にもし、強者と弱者があるとするなら、あの頃の貴方は本当に強い人だった。そして僕は意気地なしの弱虫だった。貴方は自分の生き方、自分の信仰、自分の肉体すべてに自信を持っており、確固とした信念で日本の布教をやっておられた。それにたいし、僕は今日に至るまで一度として自分のすべてに自信も信念も所有できなかった男だった。こう申せば、おそらく今の貴方ならもう全《すべ》てを理解して下さるだろう。しかし昔の貴方なら断乎として首をふられたでしょう。首をふって、人間とは生涯、より高いものにむかって努力する存在だと、大声で言われたでしょう。しかし、そのような強さにも思いがけぬ罠《わな》と薄氷のような危険がひそんでいることを――そこから本当の宗教が始まることを、貴方は十五年後に知らねばならなかったのではないでしょうか。

母が死んだのはそんな僕が中学校を卒《お》えて、どこの上級学校にも入れなかった浪人二年目の時です。次々と受けては落ち、受けては落ちる僕に流石《さすが》の母も怒り疲れて深い溜息をつくようになりましたが、あの頃の母の顔を思い浮べると今でも胸が痛む。彼女はこの頃から疲れやすくなり、時々、目まいを感ずると訴えだしました。貴方がその母をある日病院につれていって下さると、血圧がかなり高いという診断でしたが、彼女は相変らず働くのをやめず、毎朝のミサやきびしい生活を欠かしませんでした。

母が死んだ時刻、僕は友だちと映画を観にいっていました。その頃、予備校に行くと言っては彼女をだまし、一日の大半を友だちと三宮の喫茶店や映画館で過していたのです。十二月の末で、映画館を出た時はもうすっかり日は暮れていました。模擬試験があったからという嘘を母につこうとして電話をかけました。受話器に出てきたのは意外にも貴方でした。母が道で倒れ、連絡を受けた貴方が駆けつけ、皆で手わけをして僕を探していることをその時初めて知りました。「どこにいるのか」とたずねる貴方の声に僕は急いで電話を切りました。家まで戻る阪急電車がどんなにのろく感じられたことか。駅からあんなに早く家まで走ったことはありませんでした。ベルを押すと、玄関の戸をあけたのは貴方でした。「もう、死んだ」と貴方は一言、そう呟いた。母は眉と眉との間にかすかな苦悶の痕《あと》を残して寝床の上におかれていました。伯母や教会の人が周りに集まり、その人たちのとがめるような眼差《まなざ》しが自分に注がれているのを感じ、僕は母の蠟色《ろういろ》をした死顔を見つめました。ふしぎに意識は冴《さ》え、辛さも悲しみもその時は感じなかった。ただ、ぼんやりとしていました。貴方も黙っていた。他の人だけが泣いていた。

　葬式が終り、人々が引きあげたあと、空虚になった家に伯母と貴方と僕との三人が残りました。これからの僕の身のふり方をきめねばなりませんでした。貴方は、僕以上にぼんやりとしていた。まるで今まで持っていた何ものかを失ったように、ぼんやりとしていた。だから伯母が僕にどうするかとたずね、僕は僕でもう他の人に迷惑をかけたくないと答えました。伯母はその時、母が別れた僕の父のことを口に出しました。貴方はやっと、茫然とした顔をあげてすべては僕の意志通りだと意見をのべました。そして貴方が、僕の父に事情を話すことに決りました。

　母の家の処分は貴方と伯母にまかせ、僕は東京の父の家に戻りました。親という感情を持てぬ父親夫婦との生活がその日から始まりました。

　父と生活して見て、僕は母が父となぜ別れたかわかるような気がしました。「平凡が一番仕合せだ。

波瀾《はらん》のないのが一番仕合せだ」そのような意味のことを父はたえず口にしていました。経営している会社の余暇には、盆栽をいじり、庭の芝生の手入れをし、ラジオの野球中継をきくような生活。僕の将来についても、安全なサラリーマンの道を選ばせようとする毎日。それは母と二人っきりで過したきびしい日常とは全くちがっていました。あそこでは冬の朝、母に起された僕は霜で固まった道を教会に行った。二人の老婆しか跪いていない暗い聖堂のなかで、フランス人の司祭が十字架とむきあい、その十字架で基督が血を流していた。だが、ここでは人生や宗教について何一つ語ることなく、隣人のラジオがうるさいとか配給米が乏しくなったことだけが話題でした。あそこでは母は僕に、この地上の中では聖なるものこそ一番、高く素晴らしいのだと吹きこもうとした。だがここではそのような言葉を口に出しただけでそっぽをむかれ馬鹿にされる雰囲気でした。物質的にははるかに恵まれた生活のなかで、僕は自分が母を裏切っているのを毎日感じました。苦しかったが、今はなつかしい母との生活を考えない日は一日もありませんでした。そんな僕にとって、わずかに良心の痛みを補償してくれるのは、貴方に手紙をだすことでした。なぜなら、死ぬまで母が一番、尊敬していたのは貴方だったから。貴方に手紙を書くことで、僕は母の意志を裏切りつつあるという自責から一時でも救われるような気がしたからです。

貴方は短い返事を時々くれました。父は貴方の字が書いてある封筒を見ると厭な顔をしました。息子の頭のなかにまだ母の思い出があり、母の言葉が残っており、母の知人と親しくしているのが不快だったのでありましょう。「くだらんアーメンの坊主などと交際するもんじゃない」と彼は横をむいて不機嫌に呟きました。そしてその翌年、僕がどうにかある私大にもぐりこめた時、貴方は、自分は今度、東京の神学校に赴任することになったと知らせてきました。

もう真夜中です。女房も子供もとっくに寝てしまった家の中で、僕だけがこの手紙のために、自分の過去の一つ一つを思いうかべる。しかし、今まで書いた部分を読みかえしても、何と書けなかった出来事のほうが多いことか。貴方を語り、母を語るということがこんなにむつかしいことだと今更のように思います。それを全て書くためには、それによって人々が傷つけられぬ時まで待たねばならぬ、いやそれよりも自分の今日までを全て語らねばならぬ。それほど貴方と母とは僕の人生にひっかかり、その根を深くおろして離れない。やがて僕は自分の小説のなかで貴方と母とが僕に与えてくれた痕跡《こんせき》と、その本質的なものを語ることができるでしょう。

だがこの素描を続けるために話を元に戻さねばなりません。東京に貴方が来るとすぐ、僕は貴方に会いに行きました。貴方は変っていなかった。他の神父や神学生のように血色のわるい顔色もしていなかった。靴はいつも丁寧にみがかれ、大きな体をいれた黒服にはきちんとブラッシとアイロンがかけられ、そして、例の確信ある物の言い方も変っていなかった。僕がともかくも浪人生活から足を洗ったことを貴方は悦んでくれた。「基督を信じているか。ミサは欠かしていないか」僕が黙っていると、貴方は不快な顔をしました。「暇がない筈はない。それとも昔のように体の弱いせいにするのか」貴方の寄宿舎から出された時のように、失望と軽蔑の色がその表情に浮びました。

それが僕に少年時代と同じ反撥心を起させた。もっとも貴方が神学校での新しい仕事に忙しくなったという理由もありましたが、次第に二人は会うことが少なくなりました。だが僕の心から貴方の存在がなくなったのではない。父との生活のなかで僕の母にたいする愛着はますます深まり、かつて母について恨めしく思ったことも懐かしさに変り、その烈しい性格まで美化されていきました。少なくともこの母のおかげで、ぐうたらな僕は、より高い世界の存在せねばならぬことを魂の奥に吹きこまれたのです。そして貴方は少なくともその母の大きな部分でした。僕が大学の文学部に進んだのも、母の生き方をおそらく見たからでしょう。母や貴方のような生き方が、父のような多くの生き方とは別の世界であることを知ったためでもありましょう。自分の生活が、貴方たちのそれに離れれば離れるほど、遠ざかれば遠ざかるほど、僕はいつも貴方たちのことを考え自分を恥ずかしく思いました。

やがて戦争が僕と貴方とを更に別れ別れにしました。ある日、貴方は突然手紙で、東京から離れて軽井沢に住まねばならなくなったと知らせてきました。貴方は他の外人神父たちと軽井沢に強制疎開を命ぜられたというのです。疎開といっても日本の憲兵と警察に監視された一種の収容所生活であることは明らかでした。

その頃、僕のほうも、学校の授業などはなく、川崎の工場で空襲に怯《おび》えながらゼロ戦の部品を作らされていました。軽井沢へいく汽車の切符さえ買うのが困難でした。しかし、やっと手に入れた切符を持って冬のある日、僕はあの信州の小さな町に出かけました。駅をおりると頬が切られるように冷たかったのをまだ憶えています。平和な時には華やかだったにちがいないこの避暑地の町は、全くさびれ、陰気に暗く静まりかえっていました。駅前の憲兵事務所に鋭い眼をした男が二人、火鉢にあたっていました。裸になった落葉松《からまつ》林のなかに疎開客が雑炊をたく煙がわびしくたちのぼっていました。町会事務所をたずね、その町会長につれられて、貴方たちの泊らされている大きな木造の洋館に行くことができ、凍てついた庭の中で貴方とやっと顔を合わせました。町会長は少し離れたところで、背中をこちらに向けて立ち、「ミサは欠かしてないね。基督を信じなさい」と貴方は言いました。貴方はここでも、すっかり古びてはいるがブラッシをかけた服を着ていました。だが、その手は凍傷でふくれていた。貴方は一度、建物の中に入り、間もなく新聞紙で包んだものを持ってきました。「持って帰りなさい」貴方は口早に言い、僕の手にその新聞紙をのせました。見とがめた町会長が怪しんで近よって来ました。「何ですか、それは」貴方は憤然として答えました。「私の配給のバターだ。私のものをやることがなにが悪いか」

戦争が終りました。貴方は軽井沢から東京に戻り、応召寸前の僕も兵役をまぬがれて勤労動員の工場から崩れ落ちた大学に帰ることができました。日本の基督教界にとって新しい時代が始まりました。戦争中、警察からスパイの嫌疑をかけられた外人司祭も強制疎開を受けていた貴方たちも今は大手をふって布教しはじめ、日本人のある者は生きる力を求め、他の者は食糧や物がほしさに、別の者は外人と接触するために教会に行くようになりました。その頃、僕はしばしばジープを運転して神学校を出て行く貴方を見ましたが、あの頃の貴方はひどく忙しかった。それまで小さくなっていた神学校を大きく再建する仕事が貴方の任務だったからです。たずねていくと、当時、珍しかったジュラルミンのかまぼこ型の事務所で、秘書が次から次へとかかってくる電話を懸命にさばいていました。「神父さまは御不在ですわ」その秘書はよく、にべもなく言いました。「さあ、いつお目にかかれるかわかりません」

そんなことはどうでもいいことだ。そんなくだらぬことを書いているのも、実は僕がこの手紙の中心部に触れるのをどうしてもためらっているからなのです。今、あのことを語らねばならぬ段階に来て、筆がにぶるのをさっきから感じてます。貴方を深く傷つけるのではないかという怖れが、ここまで書き進んできたものを抑えつけます。しかし許して下さい。

だが、どう書いたらいいのか。一体なぜこういうことになったのか。僕には今もってさっぱりわからない。貴方の心に少しずつ起ったものを、僕はどう解釈していいのかわからない。サマセット・モームの小説に「雨」という作品があって、そこに少しずつ禁をやぶり、一人の女を愛しはじめる聖職者が出てくるのですが、モームはそれを長い、単調な雨によって外部から説明しようとしている。技法としてはうまいのだが、今の僕には貴方のことを考える時、そんな誤魔化しをするわけにはいかぬ。あの事件が起きたあと、誰もが言いました。「そんなことが……。そんな馬鹿げたことはないですよ」僕も信じられなかった。しかし事実だった。そしてあの事件が終って長い歳月のたった今日でも、はどう貴方の心理の変化を追っていいのかわからない。

あれは僕が大学を出て間もなくです。まだ父の家にいましたが、アルバイトでモード雑誌や機械雑誌の翻訳をやりながら、どうにか稼いでいました。文学で身をたてようとは思っていたものの、まだ小説家になる自信など少しもありませんでした。そしてその頃、父が次から次へと持ってくる縁談から身をかわすため、余り冴えない娘と親しくしていました。後に女房となったこの娘に、僕が出した条件は一つだけでした。「僕はしようのない基督教信者だが、君が僕と結婚してくれるなら、あの宗教に無関心では困る」僕は母にたいする愛着から信仰をどうにか持ちつづけていました。たとえ時にはミサをさぼり、教会に足を向けないことがあっても、母が信じ、貴方がそれに生きたものを、畏敬し軽々と棄てる気持は毛頭ありませんでした。そして僕はその娘に基督教の教理を学ばせるために貴方のところに頼みにいったのです。

貴方は驚きの色を少し顔にあらわしました。僕のような男が婚約したのを驚いたのか、それとも僕のような男が柄にもなく誰かに基督教を学べと命じたことが意外だったのかわかりません。もちろん貴方は引きうけてくれましたが、その時、僕は妙なことにさっきから気がついていました。貴方がほんの少しだが不精髭《ぶしようひげ》をはやしていることと、それから、靴があまり磨いてなかったことです。他の司祭にたいしてなら、ほとんど気にもしないそんなだらしなさも、貴方には考えもできぬことでした。あの長い戦争の間でも、軽井沢の収容所でも、貴方はその意志の強さをきちんとした服装にみせていました。ブラッシをかけ、泥を落した靴。それは同時にあの寄宿舎で貴方自身が我々にきびしく命じたことだった。僕は自分のだらしなさのゆえにそういう貴方を一方では憎み一方では畏《おそ》れていた。貴方は僕と娘を戸口まで送ってきてくれた。戸口では、一人の女が貴方の秘書と話をしていました。和服を着た顔色のよくない女でした。日本人の眼からみると、決して美しいとは言えぬ女でした。

僕は一人で寿司詰めの汽車にのって母と過した阪神に行きました。母の思い出はますます心に強く根を張っていましたし、父には内緒でとりかわした娘との婚約を母の墓にだけはそっと報告しようと思ったからです。僕の家だった付近もすっかり空襲で焼け、伯母の一家は疎開した香川県にそのまま住みつき、たずねた知人たちも大半が、姿を消していました。ただ、母と一緒に、まだ闇がひっかかっている冬のあけがた、教会に行くために黙々と歩いた道と、その教会だけが昔のまま残っていました。フランス人の司祭の代りに日本人の神父がその頃と同じように、まだ誰も来ない聖堂で一人、ミサを唱え、その影が蠟燭《ろうそく》の火に照らされて壁にうつっています。僕は母と住んだ家の前に立って（その家は第三国人の持物になっていました）母の葬式が終った日うつろだった貴方の顔を思いだしました。あの時、貴方の顔にも何かが喪《うしな》われてしまったような気がしたのはどうしてだろうと考えました。それから、貴方の命令で棄てられた犬をさがして歩きまわった松林も見てきました。あの犬のうるんだような哀しそうだった眼が急に心を横切りました。焼けあとには、黄色いつむじ風が巻きあがり、疲れ果てたような男がシャベルで地面を掘っていました。

そして貴方について馬鹿馬鹿しい噂《うわさ》が僕の耳に入ってきたのはその頃からでした。実に貴方を知らぬくだらぬ悪口でした。貴方が聖職者でありながら日本人の一人の女と限界をこえた交際をしていると言うゴシップです。僕はその噂をきいた時、いつか戸口でみた顔色のよくない日本人の女のことを思いだしました。しかし僕は日本人の信者たちの、外見だけで人を判断したり、形式だけで他人を評価したり、そしていつも自分を正しいと思っている態度が嫌いでした。「馬鹿言うとるわ」と僕はそのゴシップを一笑しました。なぜなら貴方がどんな人であり、どんなに強い意志の人かを知っていたからです。少なくとも母が尊敬した貴方がまかり間違ってもそんなことをする筈はなかった。

噂は色々なところから耳に入ってきた。貴方がジープにその女性と乗っていたのを見たとか、その女性と店屋で買物をしていたというような賤《いや》しい好奇心のまじった陰口です。「なぜ、ジープで一緒やったらいかんのや」と僕はその噂を口にした男にくってかかりました。「用事があれば女の人とも車ぐらい一緒に乗るやないか」その男はびっくりしたように僕の顔を見て顔を赤らめました。「だってその女は離婚した女なんだぜ、君」男は問題の女性についても、どこからか聞きこんでいました。「しかもねえ、子持ちの女なんだ」僕の母親だって離婚した女だった。子供のある離婚した女だった。その女に信仰をふきこみ、より高い聖なる世界を教えてくれたのはあの人なのだと言う言葉が咽喉《のど》もとまで出かかって、しかし僕は口を噤《つぐ》みました。厭な——非常に厭なものが、その咽喉もとから同時にこみあげてきたからです。それではあの頃、母もそのような中傷や噂を信者たちからされていたことがあったのか。貴方との間にまるで何かがあったような噂があったのか。僕はその男の顔を睨みつけ「誰が何と言おうともな、俺はあの人を信じとんのやで。信じとるのや」と怒鳴りました。

信じる。たしかに僕は貴方を信じていました。なぜなら、貴方も亦《また》、僕に「自分を信じてくれ」と言ったからです。あの時のあの貴方の言葉も貴方の声も今日まで忘れてはおらぬ。憶えていますか。ああした詰らぬ噂にたまりかねた僕が貴方の事務室にそれを知らせに行った時のことを。貴方は相変らず忙しそうだった。そして今度も不精髭こそ生やしていなかったが、どこか、その服装にも投げやりなものが感ぜられました。どこが投げやりだと指すことはできない。ズボンもプレスがされていて、そこに窓から差しこんだ夕陽が染みのようにあたっていた。にもかかわらず、昔の貴方には決して感じられなかっただらしない何かがあったのです。僕はその貴方にむかって、くだらぬ風評が飛んでいると申しました。貴方は上眼づかいにじっと僕を見ていた。本当に僕の話をきいていられたのか、どうか。僕が話し終ると、貴方はしばらく黙っていた。僕は貴方のズボンにあたった夕陽の染みを眺めていました。やがて、「私を信じなさい」貴方は力強くそう言った。

貴方は力強くそう言った。むかし貴方が、僕にむかって「基督を信じなさい。神とその教会とを信じなさい」そう言った時のようにその時の声にはあの確信と自信とが重い石のようにこもっていた。僕にはそう聞えた。信じなさい。洗礼を子供の時うけた復活祭、僕は他の子供たちと同じように大声で叫んだ。「信じます」と。どうして信じない筈がありましょうか。母が生涯信頼しきった貴方をどうして疑う筈がありましょう。告悔の秘蹟《ひせき》を受けたあとの、安らかな心。あの時に似た安心感が久しぶりに心に拡がり、思わず苦笑をしました。「さようなら」椅子から立ちあがると貴方はうなずきました。

娘との結婚には色々な曲折がありましたが、どうにか父を説得することができました。ただ父は条件を出しました。式はアーメンの教会などでやってくれるなと。僕と母との心理的な関係を父はどこまでも断ち切りたかったのでしょう。僕はこの馬鹿馬鹿しい申し出を聞き入れ、娘と相談して二つの結婚式をやろうと考えました。一つは父とその知人を集めたホテルでの式とそれからその娘と僕と二人っきりの教会での結婚式を。なぜなら、僕の妻になった彼女はその時、もう洗礼をうける決心をしていたのですから。勿論、その二人きりの式にミサをたててくれるのは貴方でなければなりませんでした。

いわゆる世間向きの式をホテルであげるという日の前日、父たちに怪しまれぬように普通の背広を着た僕と同じ色のスーツを着た娘とはひそかに貴方の神学校をたずねました。誰も来てくれぬ我々二人、この結婚式に僕は死んだ母が遠くから祝福してくれているような気がしていました。「とも角、俺は俺の嫁さんだけは信者にしたぜ」僕はそう母にむかって誇りたい気持だった。娘はそれでも神学校の前までくると、そっと買いたての真白なハンカチを僕の胸ポケットに入れ、自分はカトレヤの花をスーツにつけたのが憐《あわ》れでした。「あんた、俺たちが来たと、神父さんに言ってこいよ」その彼女に僕はそう命じました。

僕は御堂の前で待っていた。晴れた日でした。ジュラルミンの蒲鉾《かまぼこ》型の建物がずらっと並んでいる。そのジュラルミンが陽にキラキラと光っている。僕は母のことを考え、彼女が僕の妻をみたら、どう言ったろうかと一人笑いをうかべました。その妻になる娘が、向うからゆっくりと歩いてくる。少し体がふらついている。あいつ、すっかり、上《あが》っているじゃないか、と僕は苦笑して口にくわえた煙草を棄てました。

「どうしたのさ、知らせてきたのか」娘は顔を強張《こわば》らせたまま黙っていました。「気分でもわるいのかい」「いいえ」「じゃ、変な顔をするなよ」それでも彼女は顔をゆがめたまま物を言いませんでした。

それから靴のさきで地面をこすりながら「帰りましょうよ」と突然言ったのです。

「なぜ」

「なぜって」

「今になって突拍子もないことを口にするな」

「わたし」急に彼女は顔をクシャクシャにさせて呟きました。「見たのよ」

彼女は見たと言いました。貴方に僕らの到着したことを知らせるため事務室の扉を押しあけた時、貴方はあのいつか我々が戸口で出会った顔色のよくない女性と体を離した瞬間だった。貴方の顔のすぐ真下にその女の顔があり、娘は何も言えず、扉を開いたまま戻って来たと言うのです。

「なんだって」怒りが胸を突きあげました。「そんなことがありえるか」僕は娘の頬を平手で叩きました。「変なかんぐりを、君までするのか」叩かれて娘は頬を押えていました。「私を信じなさい」という貴方の言葉がゆっくりと甦《よみがえ》ってきました。

式。娘は涙ぐみ眼を赤くしていた。貴方はあれを彼女の嬉し泪《なみだ》とでも思ったですか。そんな筈はない。貴方がそんなことをする筈はない。泥沼の水面にのぼってくる穢《きたな》い泡のように、胸にこみあげるその疑惑を僕は我々の結婚式のミサをあげてくれている貴方と祭壇とをみつめながら、無理矢理に抑えつけようとしていた。「基督を信じなさい」と貴方は言った。その基督のミサを貴方が、あのあとで、唱えられる筈はない。僕はその時も貴方を信じようとしていました。

結婚したあと、まだあの朝の記憶に顔をゆがめる妻に僕はしばしば怒鳴りつけました。「君は僕の母がもっとも信頼した人を疑うのか」すると妻は首をふりました。だがもしそれが事実としたら、妻は自分の生涯一度の純白な結婚式をよごれた指をもった司祭にあげられたと言うことになる。それは余りに残酷でした。だから僕はその疑惑から遠ざかるため貴方に会うのを避けました。そして三カ月後、貴方が神学校を出たという決定的なニュースを僕は耳にしました。

どうしてこんなことになったのか。茫然としました。とも角、貴方に会ってすべてを教えてもらわねばならぬ。人が何と言おうと、まだ貴方を信じたいという欲望が、裏切られたという感情にまざりあい胸を締めつけていました。だが神学校では、貴方の行先はわからぬと言う。そんな無責任な返事があるものかと憤慨しましたが仕方ありません。結局、あれこれ手をつくして、貴方が同国人であるスペイン貿易商の家に身を寄せていることを知りました。

手紙を出しました。だが返事の代りに、貴方の友だちと称するスペイン人から、今は放っておいてくれという言伝が伝えられただけです。貴方が、今は僕にも——いや、僕だから尚更《なおさら》、会いたくないという気持がわかるような気がしました。今、どんな恥ずかしさと屈辱のなかで貴方が一人ぼっちかも想像できました。僕は遂に貴方を追うことを断念しました。

だが受けた衝撃が治まったわけではない。一体、これは何なのだろう。いつからこんな馬鹿げたことが始まったのだ。それが皆目わからない。ただ一つだけ、いつか妻を初めて貴方の事務所に連れていった時、貴方の顎に埃のように栗色の不精髭が生えていたことが記憶の底から蘇《よみがえ》ってきました。ひょっとすると、あの頃、貴方はもう腐蝕《ふしょく》しはじめていたのでしょうか。眼に見えぬものが、貴方の生活、貴方の信仰を少しずつ、蝕《むしば》みはじめていたのかもしれぬ。そんな気がしました。が、もちろん、それは僕のむなしい想像にしかすぎません。

だがどうして貴方は、貴方を信じようとした僕にまで嘘をついたのだろう。僕の忠言にたいしあれほどの自信をもった声で「私を信じなさい」と言ったのだろう。怒りと情けなさとがこもごも胸に突きあげ、時としてはその怒りはもっと怖《おそ》ろしい想像に――貴方は長い長い間、僕や母をも騙《だま》していたのではなかろうかなどという怖ろしい想像にまで導かれることがありました。そしてそのたび毎に首をふりその想念を追い払いました。

妻はもう貴方のことは口に出しませんでした。「教会なんか、もう行かないわ。信じられないんですもの」そう呟く彼女にたいして何の自信ある反駁《はんばく》もできない。「お前、一人の宣教師のことで、基督教全体を批判するのか」そう答えはしても、その答えが自分自身の心を充たさぬぐらい、僕が一番感じていたのです。そして僕だけではない、多くの聖職者や信者たちもこの唐突な事件にどう説明を与えてよいのかわからず、ただひそひそと声をひそめ、戸惑っていました。結局、いっさいを不問にし、沈黙の灰に埋めること、言いかえれば、臭いものには蓋をする態度をとっていました。

だが僕は困る。僕にとっては他の人のように歳月がその噂を消し、全てが忘却のなかに消えるのを待つという方法ではすまされぬ。僕にとっては、貴方を忘れることは母を忘れることであり、貴方を拒むことは、自分の今日までの大きな流れを否定することでした。僕は、多くの改宗者のように自分の意志で信仰を選んだのではない。長い間、僕の信仰はある意味では母への愛着に結びつけられ、貴方への畏敬につながっている。その部分が根柢《こんてい》から裏切られようとしている。今となって、どうして他の人のように貴方を忘れ、問題を誤魔化すことができようか。

だから僕は色々な司祭に「あの人のところに行って下さい」と頼みもしました。僕としては貴方が(僕にはまだわからぬが)今までよりもっと大きな信仰で——たとえば、もっと大きな愛の行為で、神学校を棄て一人の女のところに走ったなどと思いたかったのです。そして今でも、いや今だからこそ、貴方がかつてよりも強い信仰を持っていることを僕に証明してもらいたかったのです。だがそんな子供じみた空想はすぐに崩れてしまいました。大半の司祭は僕の願いを拒み、僕を初めは憤慨させました。基督は決して仕合せな人、充ち足りた人のところには行かなかった。孤独な人間や屈辱をうけている人間のところには走って行ったと彼等はいつも言っていた。にもかかわらず、こういう事態になると貴方に誰も手を差しのべぬと思ったのです。だが僕の考えはやや浅はかでした。なぜなら一人の司祭が貴方に連絡してみた結果、戻ってきた返事は「会いたくない」という一語でした。「今は彼を静かにしておくほうがいいんだよ。あの人の気持がわからないのかね」とその司祭に言われた時、僕は自分の無神経さとエゴイズムにやっと気がつきました。

こうして貴方との長い長い接触が終りました。思えばあの聖愛病院で初めて貴方が僕の病室に入ってこられてから三十年以上の歳月が流れています。ねむかった貴方の話。犬を棄てられた思い出。貴方と山道を駆けた時の苦しさ。寄宿舎での出来事。母の死。そしてあの軽井沢で僕に自分のバターをくれた貴方の霜やけでふくれた手。それらは一つ一つ、僕の人生の河のなかに重要な素材として沈澱《ちんでん》していました。一人の人間がもう一人の人生に残していく痕跡。我々は他人の人生の上にどのような痕跡を残し、どのような方向を知らずに与えているのか、気がつきませぬ。ちょうど、風が砂浜に植えられた松の形をゆがめ、その枝の向きを変えるように、貴方と母とが、他の人にもまして、僕という人間をこちらの方向にねじ曲げた。そして今、その貴方はどこかに去ってしまったわけです。

貴方がその後、英語の会話学校で教鞭《きょうべん》をとったりスペイン語の個人教授をして生活していることは風のたよりで聞きました。貴方とあの日本女性との間に子供ができたことも誰かが教えてくれました。それらは前よりはもっと少ない衝撃で僕の心に受け入れられましたし、あれほど一時は信者を困惑させた事件も、少しずつ忘れられていきました。

あの結婚式の出来事は二度と妻との間に話題にのぼりませぬ。話題にのぼらぬのではなく、それに触れるのをお互い避けているのです。にもかかわらず、夕食のあとなど、食堂から自分の書斎にはいり、扉をきっちりしめて机にむかう時、あるいは深夜、本から顔をあげる時、貴方の声がふと浮ぶことがあります。「私を信じなさい」と。そして僕は貴方をまだ信じるため何とかして自分のものにしようとする。貴方を（勿論、変形こそしましたが）自分の三つの小説のなかに登場させて探ろうとしたのは一つにはそんな気持からでした。僕は色々と貴方の心理をたどろうとする。ひょっとすると貴方は僕の母をより高い世界に導いたように、あの顔色の悪い女を高めようとして足をすくわれたのかもしれぬ。初めは司祭としての感情や憐憫《れんびん》の情に男の感情が次第に混じていくのを貴方は気がつかなかった。貴方は余りに自信がありすぎた。強い木は突然折れることを知らなかった。自己への過信が、逆にその足を突然すくったのかもしれぬ。そして足が一度すくわれると、貴方のような男には傾斜を滑り落ちる速度も早かった。そんな図式的な想定を僕は幾度もくりかえし、失敗しました。貴方の失落の真相が結局はわからぬからです。そして、よし、そんな仮定をたてたところで、僕の心が治まるわけではなかった

だが、ある日、何年ぶりかで、貴方を遂に見ました。土曜日の夕方のデパートの屋上でした。僕は当時、駒場《こまば》に住んでいましたから、時々、息子を遊ばせるためにその屋上にある遊園場に出かけたのです。そんな一日でした。小学校一年生になる息子は、ぐるぐる廻るカップに乗ったり、小銭を入れると声の出る人造人間に夢中になっていました。飛行機を幾つもつけた大きな輪が、音楽にのって、ぐるぐると、空に回転していました。僕と同じような父親や母親が、あっちの椅子、こっちのベンチに腰かけて子供に眼をやりながら休み、その中にまじって僕も一本のコーラを買い、新聞を読みながら、それを少しずつ飲んでいた。何げなく顔をあげた時、貴方のうしろ姿を見た。

屋上の縁には危険のないように高い金網がはりめぐらしてありました。金網の手前には十円を入れると、しばらくの間、街を遠望できる望遠鏡が幾つか並び、そこにも親につれられた子供たちが群がっていました。貴方はその望遠鏡と金網との間にたって、一人でじっと暮れていく街に向きあっていた。その市街の上に鉛色の大きな雲の層がどこまでもひろがり、西の一部分だけが乳色に白んで、わずかに、わびしい陽がもれていました。何の変哲もない東京の夕暮の空で、貴方の体は、こちらから

眺めると向うのビルやアパートよりはやや低く見えました。スモッグのせいか、ビルにはもう灯をともした窓があり、その灯が妙ににじんで光り、アパートのほうには下着や蒲団が干してありました。貴方はもうカトリックの聖職者が着るあの黒い服もローマン・カラーもつけていなかった。灰色のくたびれたような背広だったと思います。その背広のせいか、昔、あれほど堂々としていた体が、なんだか貧弱でみすぼらしくなったような気がした。こんな言葉を使っては失礼ですが、田舎者の西洋人のようにも見えたのです。意外だったのは、その時それほど驚きの気持が、僕に起きなかったことです。むしろ、それが自然であり、当り前のような気さえした。なぜかわからない。その貴方には、かつて貴方がもっていた確信も自信も消えうせて、その夕暮、デパートの屋上で時間をつぶす多くの日本人の平凡な親子からもふりかえられもしなかった。僕は思わず立ちあがろうとした。しかしその時、見憶えのあるあの女性が白い毛糸の服をきた子供の手を引いて貴方に近よってきた。貴方がたは背をこちらにむけ、子供をかばうようにして、向うの出口に去っていった。

貴方に会ったと言っても、ただそれだけでした。勿論、そのことは妻にも黙っていた。とるに足りぬようなその再会が、近年、夜など、ふと心に浮んでくる。そしてその貴方のうしろ姿を幾度か嚙《か》みしめる時、それは僕の人生の河のなかで、他の幾つかの影法師に重なります。たとえば、小さい時、大連《たいれん》の街でロシヤパンを売っていた白系ロシヤの老人。それから、あの教会でくたびれた足を曳《ひ》きずりながら、人眼につかぬように司祭館をたずねていた老外人。（あの老外人も貴方と同じように結婚したため司祭職を追われた人でした）夏の黄昏《たそがれ》、その人は逃げようとする僕にこわがらないでくれと言った。彼の哀しそうだった眼に、貴方が無理矢理に棄てさせた雑種の犬の眼が重なります。動物や鳥たちはなぜ、あのように悲しみにみちた眼をするのか。僕にはそれらすべてが、僕の裡《うち》で一つの系列をつくり血縁の関係を結び、僕に何かを語りかけようとしている気がしてならぬ。と同時に、それらを一つの系列として自分の人生のなかに場所を与える時、貴方がもはや、自信と信念に充ちた強い宣教師としてではなく、灯をつけたビル、おむつを干したアパートの間にはさまって、もはや、人生を高みから見おろし裁断する人ではなく、貴方が棄てた犬の悲しい眼と同じ眼をする人間になったことを考える。そして、そのために貴方が僕を裏切ったとしても、もうそれを恨む気持は少なくなった。むしろ貴方のかつて信じていたものは、そのためにあったのだとさえ思う。あるいは貴方はそれをもう知っているのではないか。なぜなら、霧雨のふる渋谷のレストランで、貴方はボーイが一皿の食事を運んできた時、他の客に気づかれぬよう素早く十字を切ったのだから。僕が貴方についてやっとわかるのはまだそれだけです。

# 召使たち

夏の夜、ポルトガル大使の私邸でパーティがあって出席した。着いた時は広い客間には既に日本人や外人の客がぶつかり合うほど集まって、その声や煙草の煙が部屋をひどくむし暑くしていた。溢《あふ》れた人たちは植込みの多い庭で涼をとっていたが、そのなかにローマン・カラーをつけて額に汗をかいた顔見知りの神父たちもかなりいた。給仕たちが歩きまわってマルティーニやジュースをすすめている人ごみに、私は切支丹《きりしたん》学者のM先生の姿を見つけなつかしい気持で声をかけた。

「いつ、お帰りになりました」

数年前、私はある小説を執筆していた時、たびたび教えを乞うた先生が、最近、大隅《おおすみ》や薩摩《さつま》のほうに旅行されたことを知っていた。

「三日前です」

「ありましたか、収穫が」

先生から切支丹の話を伺う時ほどこちらの創作欲が刺激されることはない。他の切支丹学者が著書に決して書いたことのない思いがけない当時のエピソードや裏面史を先生はお目にかかるたび毎に惜しまずに話してくださるからだ。その裏面史やエピソードは先生が文字通り血のにじむような文献研究や実地の探訪で発見されたことなのに淡々と教えてくださる。たとえば先生から伺った支倉常長《はせくらつねなが》とソテーロ神父の奇怪な悲劇やヴァリニャーノ巡察師の驚くべき計画など（それらは他の切支丹学者の著作には記述されていない）の話は私を非常に興奮させた。

ありましたか、収穫がとおたずねした時、私は好奇心にかられた一人の小説家に戻っていた。そのくせ、一方では、先生が努力して獲られたものをはいえなのように貪《むさぼ》る自分を恥じる気持も多少あった。

「屋久島《やくしま》に行って来ましたよ。シドッティの上陸した入江を発見しました」

「シドッティの上陸した入江？」

「ええ。唐の浦という岩だらけの場所でしてね。島の町長さんもそれを知らんのです。勿論《もちろん》、尋ねた研究家は私が始めてでしょう」

「シドッティは一人で上陸したのですか」

「いや、彼をマニラから運んできたスペイン船トゥリニダード号の船長と数人の船員と一緒に上陸したのです。しかし間もなく彼等は船に戻り、シドッティは一人になったわけです」

会話に出てくるシドッティとは言うまでもなく苛烈な切支丹禁教の日本に宝永五年八月二十八日、上陸した最後の宣教師ジョバンニ・バッティスタ・シドッティである。すべての潜伏司祭が拷問と処刑を受け、信徒たちも悉《ことごと》く根だやしにされたかに見えた日本に、一人、マニラから渡り屋久島に上陸、直ちに捕縛、江戸に投獄されて、新井白石《あらいはくせき》の尋問《じんもん》を受けたあのイタリア人神父のことだった。

「あなたは、シドッティが屋久島でどうなったか、御存知ですか」

　M先生は急に学生に口頭試問をする教師のような口調になった。だが、こういう口調をされる時にはきまって小説家の私を刺激するような裏話を先生が用意されていることをこちらも心得ていた。

「その日、一人の百姓が木を伐《き》っていた時、突然、鷲《わし》のような顔をして日本の着物に刀をさした異様な男があらわれ、手まねで水を乞うたのでしょう。それがシドッティだったのでしょう」

「そう、藤兵衛という百姓でしてね」

「藤兵衛は驚いて後《しり》ごみをするとシドッティは自分の刀を鞘《さや》のまままさし出した。藤兵衛はその刀を木の根もとにおいてすぐ村に戻り役人に知らせたとか記憶しています」

「少し違いますよ。藤兵衛は村に急いで帰ると、村人二人とシドッティを自分の家に連れていった。連絡を受けた役人たちは藤兵衛の家に押しかけ、しばらくシドッティを休息させた後、島奉行所に連行したのです」

　そのあとのことは私も多少、本を読んで承知していた。島津藩は長崎奉行所の指示を受け、シドッティを長崎に護送、それから江戸の切支丹牢《ろう》に送ったのである。

　日本が基督教《キリスト》迫害国であることは既に全世界に知れわたっていた。切支丹の疑いのある者が火責め水責めの拷問を受け、潜伏した宣教師も次々と、穴吊《あなづる》しという残酷な方法で殺されるか転宗を誓わされていることもマニラやマカオの教会では手にとるようにわかっていた。日本にはシドッティが単独で密行してくるまで六十年近くにわたって、たえて一人の宣教師も修道士もこの危険な国に近よることを諦《あきら》めていたのである。一七〇八年八月二十二日、マニラを日本に向けて出発したシドッティには殉教死の決意があったことは言うまでもない。

「ところでね」

M先生は時々、彼に挨拶をする神父や外人に目礼しながら、

「あなたに是非、書いて頂きたい面白いことがあるんですよ」

ほら、来た、と私は思った。私は唾をゴクリと飲む気持で、

「何でしょう」

「実はね、屋久島に一緒に上陸したトゥリニダード号の船員たちと別れるまでのシドッティの行動は船長の手で劇的に記録されているんです。ローマの図書館に文書がありましてね、その最後の頁には今夜上陸を敢行するというシドッティの署名まである。一方、藤兵衛と出会ってからの彼の行動については日本側の文書があります。長崎奉行の取調べ文書です。ところがね。この二つの文書に書かれていないのは――屋久島で一人になってから日本人百姓藤兵衛に会うまでのシドッティのことです。それはおそらく時間にして一時間ぐらいでしょうがその一時間ぐらいの間のシドッティについては、両文書とも何も語っていません。語れぬ筈です。シドッティはその一時間、誰にも目撃されず一人ぽっちだったのだから」

「なるほど」

「あなたは小説家として、誰も知らないその一時間のシドッティの心のうごきを書いてみませんか」

先生は片手にコップを持ったまま悪戯《いたずら》っぽい微笑を浮べられた。

家に戻ると夜は大分ふけていたが私は書庫から切支丹に関する本を次々と出して、それらを畳の上に拡げた。だが正直言って私にはシドッティを小説にしようとする欲望は余りなかった。小説家は滅多鱈《やたら》に興味ある人物をモデルにすると言うわけにはいかぬし、その人物と自分とが重なりあう部分を見つけなければ作中人物にしにくいものなのだ。私のような弱虫には、波濤《はとう》万里、あらゆる辛苦をなめて日本に渡り、江戸の牢獄でもその信仰を示しつづけたシドッティはあまりに強い人でありすぎた。

にもかかわらず、シドッティに関する文献を次々と拡げて、暗い灯の下で頁をめくっていた時、私はふとそのなかに記憶にある日本人の男女の名を見つけて思わず腹這《はらば》いになった体を起し、書物を膝《ひざ》の上に乗せた。

日本人の男女の名は長助、はるという。

あまりにも、ありきたりのこの二人の名が記憶にまだ残っていたのは、かつて私が切支丹時代を背景にした小説を執筆していた時、主人公のモデルともいうべき南蛮宣教師キャラが、背教後、江戸の切支丹屋敷で孤独な生活を送っていた時、その身の周りの世話をしていたのが、この長助、はるだったからである。

切支丹屋敷は現在、文京区小日向《こびなた》町にその跡がある。今でもその名残りがわかるが丘陵が多いので、またの名を山屋敷と呼び、宣教師キャラやその仲間を穴吊しの拷問にかけた宗門奉行井上筑後守《ちくごのかみ》の下屋敷を改造したものである。拷問に耐えかねて転宗を誓った南蛮宣教師や転び者を世間から全く遠ざけて幽閉するのを目的としたこの屋敷は三井家所蔵の絵図によると、長さ十六間、幅三間の牢屋に八棟の長屋を持ち、周囲を土手にめぐらした塀でかこんでいた。囚人は七人扶持《ぶち》と若干の銭を給せられ、召使をも与えられたが、外出は禁じられて、墓参か特別の事情のない限りは屋敷外に一歩も踏み出すことができず、また囚人同士の交流も番人の立合いがなければ許されなかった。

私の小説のモデルになった南蛮宣教師キャラは寛永二十年からこの屋敷に閉じこめられている。キャラは伊太利《イタリー》のシシリー島パレルモに生れ、イエズス会の司祭だったが、フィリピンのマニラからひそかに切支丹弾圧下の日本に潜伏することを考え、同僚五人と中国のジャンクを利用して渡日を試み筑前大島に上陸したところを直ちに捕えられて穴吊しの拷問にかけられた。拷問は苛酷をきわめ、キャラはその苦痛に耐えかねて転宗を誓った。

以後、彼は岡本三右衛門と名も改められ、女房をあてがわれて、江戸の切支丹屋敷に入れられたのである。先にも書いたようにシドッティの屋久島上陸に先だった六十年前のことだった。

こうした転び宣教師の後半生は一言で言えば生ける屍《しかばね》にひとしい。肉体の苦痛に耐えかねて自分の人生の支えであった信仰と信念とを放棄せざるをえなかった男たち。それにはたんなる転向などという言葉では片附けられぬ暗い内面の劇がある。暗夜、切支丹屋敷の牢舎のなかで長雨の音を聞きながら、彼等の心には自己軽蔑《けいべつ》と自己弁解とが、うすぎたない泥水の泡のように次々と胸に浮びあがったことであろう。屈辱にまみれた口からは後悔と共に神に許しを求める声も洩れたであろう。その矛盾した心理の動きを語る文献は、勿論、残っていないが、たった一つ、「査祅余録《さようよろく》」におさめられたこの牢屋敷の役人の日記がその心理を我々にかすかに覗かせるのである。

「正月廿日より二月八日まで岡本三右衛門儀、宗門之書物、相認《あひしたた》め申候様《さうらふ》に遠江守《とほたふみのかみ》に申付られ候。之によつて加用伝右衛門、星野源助、右之用かゝり申付けられ、二月十六日、岡本三右衛門、書物仕《つかまつり》候」

キャラはこのようにして幕府の命令で、切支丹についての報告書を書かされたが、その時、彼は自分が拷問の結果、放棄した基督教を彼の信じていた通りに書いたようである。切支丹が日本人の考えているような邪宗でないことを改めて吐露したのである。おそらくその結果、ふたたび拷問死刑に処せられるのを覚悟してのことだったろう。にもかかわらず、彼は死の代りに、生涯、恥辱の人生を生きつづけることを強いられた。そして貞享《じようきよう》二年、七月の暑い日に岡本三右衛門ことキャラは八十四歳の高齢で、故国伊太利からあまりに遠く離れた江戸で息を引きとった。だが生ける屍にひとしいこの背教の男の身の周りを世話した従僕は、どのような人間だったろうか。

最初、キャラの召使となったのは才三郎という男である。才三郎が何処《どこ》で生れ、どのような事情で背教者の召使となったかはわからない。

才三郎のあとに角内《かくない》という男がキャラの召使となった。この男も、生国《しようこく》越前の出というほか、家族、経歴、ことごとく不明である。

延宝四年九月、この牢屋敷に起った盗難事件から、何人かの嫌疑者の身体を検査したところ、角内の守袋から聖ポーロの姿を彫ったメダイユが出てきた。角内はこの時、四十二歳だったが、キャラの身の周りを世話している男だけに、きびしい詮議《せんぎ》にかけられた結果、前に使われていた才三郎が捨てたものを守袋に入れていたのだと弁解するだけである。才三郎は才三郎で役人が取り調べると屋敷内の畠で拾ったのだと答える。両者とも切支丹ではないと言いはるが、切支丹でないものがメダイユを守袋に入れて首にかけているのはまことふしぎである。弁解は結局みとめられず、二人とも即刻、処刑された。処刑場はおそらく屋敷の外であったろう。

役人たちの記録には彼等が切支丹だという確たる証拠はないが、合点のいかぬ所行《しょぎょう》ゆえ成敗したと書いてある。だが、切支丹でないものが、禁制の切支丹メダイユを大事に大事に守袋に入れる筈はない。キャラの二人の召使はキャラの世話をしているうちに次第にこの南蛮背教者に同情し、その話にひそかに耳を傾け、教えを信ずるようになったことはほとんど明らかであろう。

キャラは穴吊しという苛烈な拷問に負けて転んだものの、その牢獄の自己軽蔑と後悔の毎日のなかで最後の布教を召使たちにひそかに行ったのではないだろうか。だがキャラ自身はこの従僕たち二人の罪には連座せず、殺されるかわりに、再び生きつづけることを強要された。日本の役人たちはキャラが自殺できぬことを本能的に知っていた（基督教徒には自殺は罪である）。そして殺すよりも屈辱の世涯を一日でも長く強要するほうが彼により多くの苦痛を与えることも承知していたからである。

だが、そう簡単に従僕、才三郎や角内の心理を割りきってしまっても、食い足りぬ気がする。下賤《げせん》な身分ではあったが、切支丹牢屋敷で働く身として、もしこの異国の宗教に心惹《ひ》かれれば、どのような仕置を受けるかはわかりすぎるほど一番承知していたのは彼等である。仕置を覚悟してまで切支丹になった以上、そこに簡単には語れぬ心の動きが二人の胸にながれていたにちがいない。しかしその心の動きを探る手掛りとなるような文献は何一つなかった。暗い灯の下で何冊かの書物を膝の上に拡げながら、私は一応、才三郎や角内の内面を追うのをやめて、彼等のあとに岡本三右衛門とキャラの召使となった長助、はるを調べることにした。

キャラは穴吊しで棄教を誓うと、ある死刑囚の女房だった女をあてがわれてこの屋敷に住んだのだが、四十年にわたる生ける屍の後半生の後に八十四歳の高齢で病死すると、幕府は彼の女房に今まで通り扶持を給与することを認め、同時に彼女のためにキャラの世話をしていた長助、はるの二人を再び召使として与えた。

長助、はるに関しては、出生、経歴いずれも何も語られておらぬ。我々が知っているのは、彼等が共に罪人の子であり、父親の処刑後は官奴《かんぬ》として育てられ、長じて官命によって夫婦となったと言うことだけである。切支丹牢屋敷の役人日記ともいうべき「査祆余録」によれば、キャラが死んだ時、彼等には母親が生き残っていたようであり、親類たちも二人が牢屋敷から出て自由の身になれるよう願い出たが許されなかった。「両人共、奴に候間、返し成り難く」という役人の冷たいこの時の返事には、官奴がいかなる自由も意志も認められぬ奴隷だったことをはっきりと示している。

のみならず彼等にはたとえキャラの老妻が死んだ後さえも牢屋敷から出てはならぬという命令がその直後に与えられた。二人はここで南蛮の背教司祭たちと共に一生涯住んで彼等の世話をなし、彼等と同様自由も意志もすべて奪われて生きつづけねばならなくなったのである。

それを考えれば、朝夕、キャラの身のまわりの世話をしている間、彼等日本人の下男夫婦がどのような気持でこの南蛮人の主人を見ていたかを想像するには難くない。彼等はこの遠い国から日本に来て屈辱だけにまみれて生きているキャラこと三右衛門に自分たちの似姿を感じ、自分を憎むように彼を憎んだこともあったろう。三右衛門もまた、生涯、官奴として生きねばならぬ彼等におのれを見つけ、時には烈しい憎悪を感じ、時には相擁して泣きたい気持になったであろう。やがてそれらのまだ夾雑物《きょうざつぶつ》のまじった感情が歳月と共に濾過《ろか》されると、次第に相手をいたわる憐憫《れんびん》の情に変っていったにちがいない。

転びばてれんとその召使、わびしい一対の姿を私は瞼《まぶた》に描きながら、ふと、冬空に身をすり寄せあっている二羽の小禽《ことり》を連想したが、その時寝しずまった我が家のまわりでは、雑木林の枯葉を落す風の音のほか、何も聞えなかった。

キャラこと三右衛門が亡くなって五年たった。十年たった。二十年たった。

この二十年の歳月の間に三右衛門の老妻も病没し、他の転び者も次々と死んでいった。この間に切支丹牢で起った事件と言えば、寿庵《じゆあん》と呼ぶ広東《カントン》生れの中国人の棄教者が三右衛門の死後七年目の元禄四年に突然、棄教を取り消すと申し出て、つめ牢を仰せつかったことである。つめ牢に入れられた後、六年後に彼は病没した。

こうして召使われる主人を次々と失ったにかかわらず、長助とはるとは依然として自由の身にはさせられなかった。死ぬまで彼等はここで働くことを強いられたのである。


シドッティが屋久島から長崎奉行所で取調べを受けた後に江戸の切支丹牢屋敷に送られたのは宝永五年十一月のことであり、キャラが死んでから二十三年後である。長助、はるもその時は既に四十五、六歳になっていた。幕府としてはシドッティをどのように扱うかについては議論を重ねたろうが、一つにはこの宣教師が単独で日本に上陸し、イエズス会やフランシスコ会などの宗派に属さず、西葡両《せいほ》国の指令を受けている形跡も見えないので、直ちに断罪はせず、当分幽閉することを決めたのだった。

十一月一日のよく晴れた寒い日に品川に着いたシドッティは即日、かつてキャラが住んだ切支丹屋敷に入れられた。

その日、年老いた長助、はるはどのような思いで彼を迎えたであろうか。かつて彼等が世話をしたキャラと同じような面貌と姿をなし、哀《かな》しい運命を自分らと分ちあうこの異人を見て、二人は過ぎ去った長い歳月の一こま一こまを心に蘇《よみがえ》らせたにちがいない。

シドッティを入れた部屋は、牢屋を大きな厚板でしきった西側の一間で、彼はその壁に十字に切りとった赤い紙をはりつけその下で祈りをたやさなかったと言う。その食事も新井白石の記録によれば「よのつねの日には、午後と日没との後と、二度、食ふ。飯汁は小麦の団子をうすき醤油にあぶらさしたるに、魚と、蘿蔔《らふく》とひともじ（葱《ねぎ》のこと）とを入れて煮たるなり。酢と焼塩とを少しく副《そ》ふ。菓子には焼栗四ツ、蜜柑《みかん》二ツ、干柿二ツ、丸柿二ツ、パン一ツ。その斎戒の日には午後にただ一度食ふ。但《ただ》し、菓子はその日も両度食ひて、その数を加ふ。焼栗八ツ、蜜柑四ツ、干柿十、丸柿四ツ、パン二ツを二度食ふ。その果実の皮等はいかにやするらむ。捨てしあとも見えず。斎戒の日とても魚をも食ふ。また、ここに来《きた》りしよりつひに浴せし事もあらず、されど垢《あか》づきけがれし事もあらず。これらの食事の外に湯も水をも飲みし事もなしと言ふ」

文中の斎戒の日とは、基督教が一週に一度イエスの死を偲《しの》んで食を控える日を指すのである。

十一月二十二日、シドッティの吟味が牢屋敷の庭で新井白石の手により、いよいよ始まった。

この取調べの模様は白石自身が「西洋紀聞」のなかで語っている通りだし、あまりにも有名だからここに改めて書く必要もあるまい。白石は取調べに先だってキャラが牢屋敷で強制的に書かされた基督教についての解説にも眼を通し、準備おさおさ怠りなかった。

訊問は三日にわたって、連日、続けられたが、シドッティの態度は毅然《きぜん》として誠実、しかも謙虚そのもので傲岸《ごうがん》なところが少しもなく、白石を非常に感心させたらしい。初日の取調べが終った時、シドッティは、突然、通辞に発言を要求して、自分は、波濤万里、遠い国からこの国にわが教えを伝えるべく来た者ゆえ、逃亡の意志はない。逃亡の意志のない自分のために、この年の暮、天寒く、雪の気配もある日に、人々が日夜のさかいもなく監視される労を見るのは心苦しい。何とぞ自分に手かせ足かせをかけられて、これらの人々の苦労を免除されたいと訴えた。

座にいる人々はその言葉を聞いて心動かされたが、白石だけは少し気色ばみ、それほどの心がけがあるものならばなぜ、度々、お上《かみ》から与えられている衣服を着用せぬかと声を荒らげた。けだしシドッティはそれまで役人から支給された冬用の衣に手を通さず、島津藩からもらった着物を身にまといつづけていたからである。

白石は「奉行所の者たちは事故なからんことを思うゆえ、肌寒からぬよう衣服を与えおるのに汝《なんじ》はそれをすげなく拒絶している。汝が本心から、警護の者の心労を安んぜん気持ならば、何故に冬の衣を拒むのか。汝の言うこととまこと矛盾しているではないか」

と言った。シドッティは素直に自分の非をみとめ、いかにも衣服、たまわりて御奉行を安心さすべきであった。ねがわくば絹紬《つむぎ》の類でなく、木綿の類を給わりたしと申し出た。

取調べが終ると、シドッティの扱いは緩くなった。警備の人数も減らされ、ただ牢屋敷内に住む与力、同心の監視にまかせ、その住む部屋も、かつてキャラのいた家に移された。そして長助、はるの夫婦は二十三年前と同じように、眼碧《あお》く、鼻たかき人の世話をしはじめたのである。

キャラこと岡本三右衛門とはちがって、シドッティには苦しい拷問も加えられず棄教を迫られるということもなかった。シドッティは、かつて同じ場所で生活したキャラのように、信仰を裏切り、信念を捨て、誇りを失ったという屈辱の気持はなかった。同じ秋の長雨の音を聞きながらも、彼には自分の運命を呪《のろ》い、自分の弱さを憎み、屈辱のなかに神のゆるしを切望する必要もなかった。むしろ逆に、彼は信念を貫き通しえた悦びのなかに生きることができたのであろう。

長助やはるは、シドッティにこの牢屋敷に連れて来られ、そして死んでいった転びばてれんの一人一人の話を語ったであろう。そうした転びばてれんの悲しい運命の話をシドッティはどのような気持で耳にしたであろうか。彼はおそらく、それらユダたちの救いを、深夜、ふと眼をさました折にも祈ったことであろう。

にもかかわらず、長助やはるの眼にはシドッティもキャラも同じように薄幸な身の上とうつったにちがいない。シドッティとキャラとの心のちがいはこの二人の召使には摑《つか》めなかった。キャラを見た時と同じように彼等はシドッティを、生涯、ここに生ける屍として生きねばならぬ希望のない囚人として考えた筈である。そしてその希望のない囚人の上に自分たちを重ねあわすことによって、誰も気のつかぬ両者の交流がはじまったようである。

昔と同じように、長い歳月がながれた。白石の取調べが行われた年から六年たった。正徳《しょうとく》四年の冬、牢屋敷の役人たちは、長助、はるがただならぬ面持で訴えたきことのございますと言う言葉を聞いた。それはシドッティのことではなくて、意外にも長助、はる自身のことであった。長助、はる夫婦が、自分たちは切支丹になりましたと自首してでたのである。

二人が、どのような心から切支丹になったのかは、しかと書かれてはいないが、書かれていなくても我々には窓からほの暗い部屋の内側を覗くように推測できる気がする。

洗礼をさずけたのはシドッティにちがいなく、シドッティが役人たちの眼の届かぬ折、この二人に教えを説いたことは言うまでもなく、また長助、はる夫婦がシドッティの毅然とした信仰に心うたれたことも事実であろうが、しかし本当に彼等が切支丹になったのは、キャラこと岡本三右衛門の苦しい孤独な生涯を見た時からであろう。その老いた南蛮人の皺《しわ》だらけの顔に屈辱の泪《なみだ》の流れるのを見た時からであろう。その泪の上に、長助、はるは、自分たちの泪を同時に見つけたからであろう。転びばてれんは知らずして自分の悲惨な生涯を通して、その召使たちに神の存在を語っていたのだ。

長助とはるの自首を聞いて驚愕《きょうがく》した役人たちは、ただちに夫婦を引き離して別々の牢に入れ、また翌年、オランダ人江戸参府の折、その通辞をしてシドッティの罪を糺問《きゅうもん》した。

申渡之覚

宝永五年戊子《つちのえね》八月

其《その》方事七年以前此《この》国え(ママ)渡り来候時、速《すみや》かに御国法に行はるべき事に候へども、本国の師より申付候旨を承り候て、渡り来り候由を申候付《つい》て、別の御恩を以《もつ》て、其儘《そのまま》差おかれ候其節其方申候趣は、本国の師申付候は、いか様に被仰付候共《おほせつけられさうらふとも》御所《ごしょ》様の仰《おほせ》に任すべく由にて、幾利支丹《きりしたん》教の事は全く不忠不義をすすめ候て上《かみ》にそむき奉り候法にては無之《これなく》候、何とぞ此旨を申ひらき、御ゆるしを蒙《かうむ》り候て、其法をひろめ申度存候故に、最初より江戸へ罷越《まかりこし》たき由を望み候、然《しか》るに、願え(ママ)通に当地へ罷越、食物、衣類等まで御大恩蒙り候事、難有存《ありがたくぞんじ》候由、返々《かへすがへす》申述候処《ところ》に、此度、ひそかに望み申人有之に付て、クルス等をさづけ候事は、御国法を背き候儀は申すに及ばず、本国の師いかやうにも仰にそむくまじき由申付候旨共違ひ、御国恩をも顧みず候段、不忠不義の至《いたり》、其罪重畳し候、只今迄《まで》は本国の師の申付候旨をうけ候由に候へども、自今以後は其方心よりして、重罪を犯し候上は其科《とが》のがれべからず候、これによりて、まづ此国に於《おい》て大罪のものを沙汰し候法に任せて急度《きつと》禁獄せしむる者也。

牢につながれると、シドッティは昼間は温和《おとな》しくしていたが夜になると長助とはるの名を大声で呼び、いかなる責苦に会うとも死ぬまで信仰を棄ててはならじと叫びつづけた。

声はもちろん同じ獄内にいる夫婦の耳にはっきり聞えた。つめたい板敷に彼等は正座したまま黙然とその声を聞いた。役人たちもあえてその声を妨げようとはしなかった。彼等は官命によってこの夫婦の僅かな食に少しずつ毒を入れ、その死を待っていたようである。予想通り、二カ月たった十月のはじめのある冷えた朝、役人がのぞくと、夫婦は牢舎の壁に靠《もた》れるようにして死んでいた。

二人の死を知ったシドッティはその日から一言も口をきかぬようになった。そして彼もまた同じ月の二十一日の夜半に長助とはるのあとを追ってみまかった。キャラこと岡本三右衛門が同じ屋敷内で息を引きとってから二十九年後のことである。

晩秋のある夕暮、私は思いたって、キャラこと岡本三右衛門とシドッティが死に、長助、はるも死んだこの切支丹牢屋敷の跡をたずねようと思った。地下鉄の茗荷谷《みようがだに》駅から拓大に向う細い坂道をおりた頃は、先ほどまでまだうす明るかった空がとっぷり暮れて、両側の店々の灯が夕靄《ゆうもや》のなかでうるみ、私は二、三度、道に迷っては道ゆく人にたずねてまた別の坂道をのぼった。このあたり一帯は既に切支丹牢屋敷の敷地だったのだが、山屋敷と当時呼ばれた通り、今でも坂の多い場所だった。

ひっそりとした住宅街のなかに現代思潮社という出版社があった。そのすぐ先に斑目さんという表札の出た古い洋館がみえて、その門に、東京都史蹟《しせき》切支丹屋敷と彫った石碑がたっていた。門のそばには古い大きな柳の木が残っていたし、樹木の多い庭が何となく昔の面影をほのかに残しているようで、私はもうすっかり暗くなった路を徘徊《はいかい》しながら、三右衛門やシドッティが住んだ家はどのあたりにあり、長助、はるの死んだ牢はどこだったのかと考えた。ちょうど満月の夜で、空にまるい月が出ていて、その月光が庭の樹木を光らせ、塀の間からなかを覗くと、家の一室で赤いスェーターを着た婦人がアイロンをかけているのが見えた。この月光や月を、キャラもシドッティも、長助、はると同じ場所からきっと眺めたにちがいないのである。

# 母なるもの

夕暮、港についた。

フェリー・ボートはまだ到着していない。小さな岸壁にたつと、藁屑《わらくず》や野菜の葉っぱの浮いた灰色の小波が、仔犬《こいぬ》が水を飲むような小さな音をたてて桟橋にぶつかっていた。トラックの一台駐車した空地の向うに二軒の倉庫があり、その倉庫の前で男が燃やしている焚火《たきび》の色が赤黒く動いている。

待合室には長靴をはいた土地の男たちが五、六人ベンチに腰かけて切符売場があくのを辛抱づよく待っている。足もとには魚を一杯つめこんだ箱や古トランクがおいてあったが、その中に、鶏を無理矢理に押しこんだ籠が転がっていた。籠の隙間から、鶏は首を長くだして苦しそうにもがいている。ベンチの人たちは私に時々、探るような視線をむけながら、だまって坐っている。

こんな光景をいつか、西洋の画集で見たような気がする。しかし誰の作品か、何時《いつ》見たのかも思いだせぬ。

海の向う、灰色に長くひろがった対岸の島の灯がかすかに光っている。どこかで犬が鳴いているがそれが島から聞えるのかこちら側なのかわからない。

灯の一部だと思っていたものが、少しずつ動いている。それでやっと、こちらに来るフェリー・ボートだと区別がついた。ようやく開《あ》いた切符売場の前に、さっきベンチに腰かけていた長靴の男たちが列をつくり、そのうしろに並ぶと魚の匂いが鼻についた。あの島では、たいていの住人は半農半漁だと聞いている。

どの顔も似ている。頬骨がとび出ているせいか、眼がくぼんで、無表情で、そのため何かに怯《おび》えているようにみえるのだ。つまり狡《ずる》さと臆病さとが一緒になってこの土地の人のこの怯えた顔を作りだしているのだ。そう思うのは、私が今から行く島について持っている先入観のせいなのかも知れぬ。なにしろ江戸時代、あの島の住人は、貧しさと重労働とそれから宗門迫害とで苦しんできたからだ。やっと、フェリー・ボートに乗り、港を離れることができた。一日に三回しか、九州本土と、この島との間には交通の便がない。二年前までは、このボートも朝晩おのおの一度しか往復していなかったそうである。

ボートと言っても伝馬船《てんません》のようなもので椅子もない。自転車や魚の箱や古トランクの間で乗客は窓から吹きこむ冷たい海風にさらされたまま立っている。東京ならば愚痴や文句を言う人も出ようが、誰もだまっている。聞えるのは船のエンジンの音だけで、足もとに転がった籠のなかで鶏までウンともスンとも言わない。靴先で少しつつくと、鶏は怯えた表情をした。それがさっきの人たちの表情に似ていておかしかった。

風が更に強くなり、海も黒く、波も黒く、私は幾度か煙草に火をつけようとしたが、いくらやっても、風のためマッチの軸が無駄になるだけで唾にぬれた煙草は船の外に放り棄てた。もっとも風のため船のどこかへ、転がったかもしれぬ。今日半日、バスにゆられて長崎からここまで来た疲労で背中から肩がすっかり凝り、眼をつぶってエンジンの音をきいていた。

エンジンの響きが幾度か真黒な海のなかで急に力なくなる。すぐまた急に勢いよく音をあげ、しばらくして、また、ゆるむ。そういう繰りかえしを幾回も聞いたあと、眼をあけると、もう島の灯がすぐ眼の前にあった。

「おーい」

呼ぶ声がする。

「渡辺さんはおらんかのオ。綱を投げてくれまっせ」

それから綱を桟橋に投げる重い鈍い音がひびいた。

土地の人たちのあとから船をおりた。つめたい夜の空気のなかには海と魚との匂いがまじっている。改札口を出ると、五、六軒の店が、干物や土産物を売っている。このあたりでは飛魚を干したアゴという干物が名物だそうである。長靴をはいた、ジャンパー姿の男がその店の前で、改札口を出てくる我々をじっと見つめていたが、私の方に近よってきて、

「御苦労さまでござります。先生さまを教会からお迎《むか》えにあがりました」

こちらが恐縮するほど、頭を幾度もさげ、それから、私の小さな鞄《かばん》を無理矢理にひったくろうとした。いくら断っても、鞄をつかんだまま離さない。私の手にぶつかった彼の掌は、木の根のように大

きく、固かった。それは私の知っている東京の信者たちの湿ったやわらかな手とちがっていた。

いくら肩を並べて歩こうとしても、彼は頑《かたく》なに一歩の距離を保って、うしろから、ついてきた。先生さまと言われたさっきの言葉を思いだして私は当惑していた。こう言う呼び方をされると土地の人は警戒心を持つようになるかもしれない。

港から匂っていた魚の臭いは、どこまでも残っていた。その臭いは、両側の屋根のひくい家にも、狭い道にも長い長い間、しみついているように思えた。さっきとは全く反対に、今度は左手の海のむこうに、九州の灯がかすかにみえる。私は、

「お元気ですか、神父さんは。手紙をもらったので、すぐ飛んで来たんだが……」

うしろからは何の返事もきこえない。なにか気を悪くさせたのかと、気をつかったが、そうではないらしく、遠慮をして無駄口をたたかぬようにしているのかもしれぬ。あるいは長い昔からの習性で、ここの土地の者たちはむやみにしゃべらぬのが、一番、自分の身を守る方策と考えているのかもしれない。

あの神父には、東京であった。私は当時、切支丹《きりしたん》を背景にした小説を書いていたので、ある集まりで九州の島から出てきた彼に自分から進んで話しかけた。その人もまた眼がくぼみ、頬骨のとび出たこのあたりの漁師特有の顔をしていた。東京のえらい司教や修道女たちの間にまじってすっかり怯えたせいか、話しかけても、ただ強張《こわば》った表情をして、言葉少なく返事する点が、今、私の鞄をもっている男とそっくりだった。

「深堀神父を知っておられますか」

その前年、私は長崎からバスで一時間ほど行った漁村で、村の司祭をやっている深堀神父に随分、世話になった。浦上町出身のこの人は海で私に魚つりを教えてくれた。まだ頑として再改宗しない、かくれの家にもつれていってくれた。言うまでもなくかくれ切支丹たちの信じている宗教は、長い鎖国の間に、本当の基督教《キリスト》から隔たって、神道《しんとう》や仏教や土俗的な迷信まで混じはじめている。だから長崎から五島、生月《いきつき》に散在している彼等を再改宗させることは、明治に渡日したプチジャン神父以来、あの地方の教会の仕事である。

「教会に泊めてもらいましてね」

話の糸口を引きだしても、向うは、ジュースのコップを固く握りしめたまま、はい、はいとしか返事をしない。

「おたくの管区にも、かくれ切支丹はいるのですか」

「はい」

「この頃は、連中、テレビなどで、写されて収入になるもんだから、次第に悦びだしましたね。深堀神父の紹介した爺さんなどは、まるで、ショーの説明役みたいでしたが。そちらの、かくれ切支丹はすぐ会ってくれますか」

「いや、むつかしか、とです」

それで話は切れて私は彼から離れて、もっと話しやすい連中のところに行った。

だが、思いがけなくこの朴訥《ぼくとつ》な田舎司祭から一カ月前、手紙がきた。カトリック信者が必ず使う「主の平安」という書きだしから始まるその手紙には、自分の管区内に住んでいるかくれたちを説得した結果、その納戸神やおらしょ（祈り）の写しを見せるそうだというのが手紙の内容だった。字は意外と達筆だった。

「この町にもかくれは住んでますか」

うしろをふりむいて、そうたずねると、男は首をふって、

「おりまっせん。山の部落に住んどるとです」

半時間後ついた教会では、入口の前に、黒いスータンを着た男が手をうしろに組んで、自転車をもった青年と一緒に立っていた。

一度だけだが前にともかく、会ったので、こちらが気やすく挨拶すると、向うは少し当惑したような表情で、青年と迎えに来てくれた男を見た。それは私が迂闊《うかつ》だったのである。東京や大阪とちがって、この地方では、神父さまはいわばその村では村長と同じように、時にはそれ以上に敬われている殿さまのような存在だということを忘れていたわけだ。

「次郎。中村さんに、先生が来たと」と司祭は青年に命令した。「言うてこいや」青年は恭しく頭をさげて自転車にまたがると、闇のなかにすぐ消えていった。

「かくれがいる部落はどちらですか」

私の質問に、神父は、今来た道とは反対の方向を指さした。山にさえぎられているのか灯もみえな

い。かくれ切支丹たちは、迫害時代、役人の眼をのがれるために、できるだけ探しにくい山間や海岸に住んだのだが、ここも同じなのにちがいない。明日はかなり、歩くなと、私はあまり強くない自分の体のことを考えた。七年前に私は胸部の手術を受けて直ったものの、まだ体力には自信がないのである。

母の夢をみた。夢のなかの私は胸の手術を受けて病室に連れてきたばかりらしく、死体のようにベッドの上に放りだされていた。鼻孔には酸素ボンベにつながれたゴム管が入れられて、右手にも足にも針が突っこまれていたが、それはベッドにくくりつけた輸血瓶から血を送るためだった。

私は意識を半ば失っている筈なのに、自分の手を握っている灰色の翳《かげ》が、けだるい麻酔の感覚のなかでどうやら誰かかはわかっていた。それは母だった。病室にはふしぎに医師も妻もいなかった。

そういう夢を、今日まで幾度か見た。眼が醒《さ》めたあと、その夢と現実とがまだ区別できず、しばらく寝床の上でぼんやりしているのも、それから、やっとここが三年間も入院した病院のなかではなく自分の家であることに気づいて、思わず溜息《ためいき》をつくのも何時《いつ》ものことだった。

夢のことは、妻には黙っていた。実際には三回にわたるその手術の夜、一睡もしないで看病してくれたのは、妻だったのに、その妻が夢のなかには存在していないのが申し訳ない気がしたためだが、それよりもその奥に自分も気づいていないような、私と母との固い結びつきが、彼女の死後二十年もたった今でも、あるのが夢にまで出て厭《いや》だったからである。

精神分析学など詳しくはない私にはこうした夢が一体、なにを意味するのか、わからない。夢のなかで母の顔が実際にみえるわけではない。その動きも明確ではない。あとから考えれば、それは母らしくもあるが、母と断言できもしない。ただそれは、妻でもなく、附添婦でも看護婦でもなく、もちろん医師でもなかった。

記憶にある限り、病気の時、母から手を握られて眠ったという経験は子供時代にもない。平生、すぐに思いだす母のイメージは、烈しく生きる女の姿である。

五歳の頃、私たちは父の仕事の関係で満洲の大連《たいれん》に住んでいた。はっきりと瞼《まぶた》に浮ぶのは、小さな家の窓からさがっている魚の歯のような氷柱《つらら》である。空は鉛色で今にも雪がふりそうなのに雪は降ってはいない。六畳ほどの部屋のなかで母はヴァイオリンの練習をやっている。もう何時間も、ただ一つの旋律を繰りかえし繰りかえし弾いている。ヴァイオリンを腭《あご》にはさんだ顔は固く、石のようで、眼だけが虚空の一点に注がれ、その虚空の一点のなかに自分の探しもとめる、たった一つの音を摑《つか》みだそうとするようだった。そのたった一つの音が摑めぬまま彼女は吐息をつき、いらだち、弓を持った手を絃《げん》の上に動かしつづけている。私はその腭に、褐色の胼胝《たこ》がまるで汚点のようにできているのを知っていた。それは、音楽学校の学生の頃から、たえず、ヴァイオリンを腭の下にはさんだためだったし、五本の指先も、ふれると石のように固くなっていた。それはもう幾千回と、一つの音をみつけるために、絃を強く抑えるためだった。

小学生時代の母のイメージ。それは私の心には夫から棄てられた女としての母である。大連の薄暗い夕暮の部屋で彼女はソファに腰をおろしたまま石像のように動かない。そうやって懸命に苦しみに耐えているのが子供の私にはたまらなかった。横で宿題をやるふりをしながら、私は体全体の神経を母に集中していた。むつかしい事情がわからぬだけに、うつむいたまま、額を手で支えて苦しんでいる彼女の姿がかえってこちらに反射して、私はどうして良いのか辛かった。

秋から冬にかけてそんな暗い毎日が続く。私はただ、あの母の姿を夕暮の部屋のなかに見たくないばかりにできるだけ学校の帰り道、ぐずぐずと歩いた。ロシヤパンを売る白系ロシヤの老人のあとを何処《どこ》までもついていった。日がかげる頃、やっと、道ばたの小石を蹴《け》り蹴り、家への方角をとった。「母さんは」ある日、珍しく私を散歩につれだした父が、急に言った。「大事な用で日本に戻るんだが……お前、母さんと一緒に行くかい」

父の顔に大人の嘘を感じながら、私はうんと、それだけ、答え、うしろからその時も小石をいつまでも蹴りながら黙って歩いた。その翌月、母は私をつれて、大連から、神戸にいる彼女の姉をたよって船に乗った。

中学時代の母。その思い出はさまざまあっても、一つの点にしぼられる。母は、むかしたった一つの音をさがしてヴァイオリンをひきつづけたように、その頃、たった一つの信仰を求めて、きびしい、孤独な生活を追い求めていた。冬の朝、まだ凍るような夜あけ、私はしばしば、母の部屋に灯がついているのをみた。彼女がその部屋のなかで何をしているかを私は知っていた。ロザリオを指でくりながら祈ったのである。それからやがて母は私をつれて、最初の阪急電車に乗り、ミサに出かけていく。誰もいない電車のなかで私はだらしなく舟をこいでいた。だが時々、眼をあけると、母の指が、ロザリオを動かしているのが見えた。

暗いうち、雨の音で眼がさめた。急いで身支度をすませ、この平屋の向い側にある煉瓦づくりのチャペルに走っていった。

チャペルはこんな貧しい島の町には不似合なほど洒落《しゃ》れている。昨夜、神父の話を聞くと、この町の信者たちが石をはこび、木材を切って二年がかりで作ったのだそうである。三百年前、切支丹時代の信徒たちもみな、宣教師を悦ばすために、自分らの力で教会を建築したというが、その習慣はこの九州の辺鄙《へんぴ》な島にそのまま受けつがれているのである。

まだ薄暗いチャペルのなかには、白い布をかぶった三人の農婦が、のら着のまま跪《ひざまず》いている。作業着をきた男たちも二人ほどいた。祈禱台《きとうだい》も椅子もない内陣でみんな畳の上で祈っているのである。彼等はミサがすめばそのまま鍬《くわ》をもって畠《はたけ》に行くか、海に出るようだった。祭壇では、あの司祭が、くぼんだ眼をこちらにむけてカリスを両手でかかえ、聖体奉挙の祈りを呟《つぶや》いている。蠟燭《ろうそく》の灯が、大きなラテン語の聖書を照らしている。私は母のことを考えていた。三十年前、私と母とが通った教会とことが、どこか似ているような気がしてならなかった。

ミサが終ったあと、チャペルの外に出ると雨はやんだが、ガスがたちこめている。昨夜、神父が教えてくれた部落の方角は一面に乳色の霧で覆われ、その霧のなかに林が影絵のように浮んでいる。

「こげん霧じゃとても行けんですたい」

手をこすりながら神父は私のうしろで呟いた。
「山道はとても滑るけん。今日は一日、体ば休められてだナ、明日、行かれたらどうですか」
この町にも、切支丹の墓などがあるから、午後から見に行ったらどうだというのが神父の案だった。かくれたちのいる部落は山の中腹だから、土地の者ならともかく、片肺しかない私には雨に濡れて歩く肺活量はなかった。
霧の割れ目から、海がみえた。昨日とちがって海は真黒で冷たそうだった。舟はまだ一隻も出ていない。白い牙《きば》のように波の泡だっているのが、ここからでも良くわかる。
朝食を神父とすませたあと、貸してもらった六畳の部屋で、寝ころんだまま、この地域一帯の歴史を書いた本を読みかえした。細かい雨がふたたび降りつづけ、その砂のながれるような音が部屋の静けさを一層ふかめる。壁にバスの時刻表がはりつけてあるほかは何もない部屋だ。私は急に東京に戻りたくなった。
記録によるとこの地方の切支丹迫害が始まったのは一六〇七年からでそれが一番、烈しくなったのは一六一五年から一七年の間である。
ペトロ・デ・サン・ドミニコ師
マチス
フランシスコ五郎助
ミゲル新右衛門

ドミニコ喜助

それらの名は、私が今いるこの町で一六一五年に殉教した神父、修道士だけを選んだものだが、実際には名もない百姓の信者、漁師の女のなかにも、教えのため命を失った者が、まだまだ沢山いたかも知れない。前から切支丹殉教史を暇にまかせて読んでいるうちに、私は、一つの大胆な仮説を心のうちにたてるようになった。これらの処刑は、一人一人の個人によりも部落の代表者にたいして見せしめのため行われたのではないかという仮定である。もっともこれは当時の記録が裏うちをしてくれぬ限り、いつまでも私の仮定にすぎないが、あの頃の信徒たちは一人一人で殉教するか背教するかを決めたよりは、部落全体の意志に従ったのではないかという気がするのである。

部落民や村民の共同意識は今よりずっと血縁関係を中心にして強かったから、迫害を耐えしのぶのも、屈して転ぶのも、一人一人の考えではなく、全村民で決めたのではないかというのが、前からの私の仮定だった。つまりそうした場合、役人たちも信仰を必死に守る部落民を皆殺しにすれば、労働力の消滅になるので、代表者だけを処刑する。部落民側も部落存続のため、どうしても転ばざるをえない時は全員が棄教する。その点が日本切支丹殉教と外国の殉教の大きなちがいのような気がしていたのである。

南北十粁《キロ》、東西三・五粁のこの島には往時、千五百人ほどの切支丹がいたことは記録でわかっている。当時、島の布教に活躍をしたのは、ポルトガル司祭カミロ・コンスタンツォ神父で、彼は一六二二年に田平《たびら》の浜で火刑に処せられた。薪に火がつけられ、黒い煙に包まれても、彼の歌う讃美歌「ラウダテ」は群集にきこえたという。それを歌い終り、「聖なる哉《かな》」と、五度大きく叫び彼は息たえた。

百姓や漁師の処刑地は島から小舟で半時間ほど渡った岩島という岩だらけの島だった。信徒たちはその小島の絶壁から、手足を括《くく》られたまま、下に突きおとされた。最もその迫害がひどかった頃には、岩島で処刑される信徒は月に十人をくだらなかったそうである。役人たちも面倒がり、時にはそれらの何人かを菰《こも》に入れて、数珠つなぎにしたままつめたい海に放りこんだ。放りこまれた信徒たちの死体は、ほとんど見つかっていない。

昼すぎまで、島のこんな凄惨《せいさん》な殉教史を再読して時間をつぶした。霧雨はまだ降りつづけている。昼食の時、神父はいなかった。日にやけた、頬骨の出た中年のおばさんがお給仕に出てくれた。私は彼女のことを漁師のおかみさんぐらいに考えていたのだが、話をしているうちに、なんと、おばさんは生涯を独身で奉仕に身を捧《ささ》げる修道女だと知って驚いた。修道女といえば、東京でよく見かけるあの異様な黒い服を着た女たちとばかり思っていた私は、俗称「女部屋」とこのあたりで言われている修道会の話を初めて聞いた。普通の農婦と同じように田畠で働き、託児所で子供の世話をし、病院で病人をみとり、集団生活をするのがこの会の生活で、おばさんも、その一人だそうである。

「神父さまは不動山のほうにモーターバイクで行かれましたけん。三時頃、戻られるとでしょ」

彼女は雨でぬれた窓のほうに眼をやりながら、

「生憎《あいにく》のわるか天気で、先生さまも御退屈でしょ。じきに役場の次郎さんが切支丹墓ば御案内に来ると言うとります」

次郎さんというのは昨夜、神父と教会の前で私を待っていてくれたあの青年のことである。

その言葉通り、次郎さんが、昼食が終ってまもなく、誘いに来てくれた。彼はわざわざ長靴まで用意してきて、

「そのお靴では泥だらけになられると、いかん思うて」

こちらが恐縮するほど、頭を幾度もさげながら、その長靴が古いのをわび、

「先生さまにこげん車、恥ずかしかですたい」

彼の運転する軽四輪で、町を通りぬけると、昨夜、想像したように、屋並はひくく、魚の臭いが至るところにしみついていた。港では十隻ほどの小舟がそれでも出発の用意をしていた。町役場と小学校だけが鉄筋コンクリートの建物で、目ぬき通りと言っても、五分もしないうちに藁ぶきの農家に変るのである。電信柱に雨にぬれたストリップの広告がはりつけてあった。広告には裸の女が乳房を押えている絵が描かれ、「性部の王者」というすさまじい題名がつけられていた。

「神父さんは、こげんものを町でやることに、反対運動をされとるです」

「でも若い連中なら、チョクチョク行くだろう。信者の青年でも……」

私の冗談に次郎さんはハンドルを握りながら黙った。私はあわてて、

「今、信者の数は島でどのくらいですか」

「千人ぐらいはおりますでしょ」

切支丹時代は千五百人の信徒数と記録に載っているから、その頃より五百人、下まわったわけであ

る。

「かくれの人数は?」

「ようは知りまっせん。年々、減っとるではなかですか。かくれの仕来《しきた》りば守っとるのも年寄りばっかりで、若い衆はもう馬鹿らしかと言うとります」

次郎さんは面白い話を私にしてくれた。かくれたちは、いくらカトリックの司祭や信者が再改宗を説得しても応じない。彼等の言い種《ぐさ》は、自分たちの基督教こそ祖先の頃から伝わったのだから本当の旧教で、明治以後のカトリックは新教だと言い張っているのである。その上、代々、聞きつたえた宣教師《パーデレ》さまたちの姿とあまりにちがった今の司祭の服装が、その不信の種を作ったようで、

「ばってん、フランスの神父さまが、智慧《ちえ》ばしぼられて、あの頃の宣教師の恰好ばされて、かくれば訪ねられたですたい」

「で?」

「かくれの申しますには、これは良う似とるが、どこか、違うとる。どうも信じられん……」

この話には次郎さんのかくれにたいする軽蔑《けいべつ》がどこか感ぜられたが、私は声をたてて笑った。わざわざ、切支丹時代の南蛮宣教師の恰好をしてかくれをたずねたフランス人司祭もユーモアがあるが、いかにもこの島らしい話でよかった。

町を出ると、海にそった灰色の道が続く。左は山が迫り、右は海である。海は鉛色に濁り、ざわめき、車の窓を少しあけると、雨をふくんだ風が、顔にぶつかってきた。

防風林に遮《さえぎ》られた場所で車をとめ、次郎さんは傘を私にさしかけてくれた。砂地にはそれでも、小さな松の植木が点々と植わっている。そして切支丹の墓は、ちょうどその砂の丘が海のほうに傾斜していく先端に転がっている。墓といっても私だって力をだせば抱えあげられるような石で、三分の一は砂に埋まり、表面は風雨に晒《さら》されて鉛色になり、わずかに何かで引っかいたような十字架とローマ字のM、とRとが読めるだけである。そのM、とRとから私はマリアという名を聯想《れんそう》し、ここに埋まっている信徒は女性ではないだろうかと思った。

どうしてこの墓ひとつだけが町からかなり離れたこんな場所にあるのか、わからぬ。迫害後、その血縁がひそかに人目につかぬここに移しかえたのかもしれぬ。あるいは迫害中、この女は、この浜のあたりで処刑されたのかもしれぬ。

見棄てられたこの切支丹の墓のむこうに荒海が拡がっていた。防風林にぶつかる風の音は電線のすれ合うような音をたてている。沖に黒く、小島が見えるが、あれがこの辺の信徒たちを断崖《だんがい》から突き落したり、数珠つなぎにしたまま、海に放りこんだ岩島である。

母に嘘をつくことをおぼえた。

私の嘘は今、考えてみると、母にたいするコンプレックスから出たようである。夫から棄てられた苦しさを信仰で慰める以外、道のなかった彼女は、かつてただ一つのヴァイオリンの音に求めた情熱をそのまま、ただ一つの神に向けたのだが、その懸命な気持は、現在では納得がいくものの、たしかに、あの頃の私には息ぐるしかった。彼女が同じ信仰を強要すればするほど、私は、水に溺《おぼ》れた少年のようにその水圧をはねかえそうともがいていた。

級友で田村という生徒がいた。西宮《にしのみや》の遊郭《ゆうかく》の息子である。いつも首によごれた繃帯《ほうたい》をまいて、よく学校を休んだが、おそらくあの頃から結核だったのかもしれない。優等生から軽蔑されて友だちも少ない彼に私が近づいていった気持には、たしかにきびしい母にたいする仕返しがあった。

田村に教えられて、初めて煙草をすった時、ひどい罪を犯したような気がした。学校の弓道場の裏で、田村は、まわりの音を気にしながら、制服のポケットから、皺《しわ》だらけになった煙草の袋をそっとだした。

「はじめから強く吸うから、あかんのやで。ふかすようにしてみいや」

咳《せ》きこみながら鼻と咽喉《のど》とを刺す臭いに、私はくるしかったが、その瞬間、まぶたの裏に母の顔がうかんだ。まだ暗いうちに、寝床から出て、ロザリオの祈りをやっている彼女の顔である。私はそれを払いのけるために、さっきよりも深く、煙を飲みこんだ。

学校の帰りに映画に行くことも田村から習った。西宮の阪神駅にちかい二番館に田村のあとから、かくれるように真暗な館内に入った。便所の臭気がどこからか漂ってくる。子供の泣き声や、老人の咳払いの中に、映写機の回転する音が単調にきこえる。私は今頃、母は何をしているかと考えてばかりいた。

「もう帰ろうや」

何度も田村を促す私に、彼は腹をたてて、

「うるさい奴やな。なら、一人で帰れ」

外に出ると、阪神電車が勤め帰りの人を乗せて、我々の前を通りすぎていった。

「そんなにお袋に、ビクビクすんな」と田村は嘲《あざけ》るように肩をすぼめた。「うまいこと言うたらええやないか」

彼と別れたあと、人影のない道を歩きながら、どういう嘘をつこうかと考えた。家にたどりつくまで、その嘘はどうしても思いつかなかった。

「補講があったさかい。そろそろ受験準備せないかん言われて」

私は息をつめ、一気にその言葉を言った。そして、母がそれを素直に信じた時、胸の痛みと同時にひそかな満足感も感じていた。

正直いって、私には本当の信仰心などなかった。母の命令で教会に通っても、私は手を組み合わせ、祈るふりをしているだけで、心は別のことをぼんやりと空想していた。田村とその後たびたび出かけた映画のシーンや、ある日、彼がそっと見せてくれた女の写真などまでが心に浮んでくる。チャペルの中で信者たちは立ったり跪いたりしてミサを行う司祭の祈りに従っていた。抑えようとすればするほど、妄想は嘲るように、頭のなかにあらわれてくる。

真実、私はなぜ母がこのようなものを信じられるのか、わからなかった。神父の話も、聖書の出来事も十字架も、自分たちには関係のない、実感のない古い出来事のような気がした。日曜になると、皆がここに集まり、咳ばらいをしたり、子供を叱りながら、両手を組み合わせる気持を疑った。私は時々、そんな自分に後悔と、母へのすまなさとを感じ、もし神があるならば、自分にも信仰心を与えてほしいと祈ったが、そんなことで気持が変る筈はなかった。

もう、毎朝のミサに行くこともやめるようになった。受験勉強があるからというのが口実で、私はその頃から心臓の発作を訴えだした母が、それでも、冬の朝、ひとりで教会に出かける足音を、平気で寝床で聞いていた。やがて、一週に一度は行かねばならぬ日曜日の教会さえ、さぼるようになり、母の手前、家を出ても西宮の、ようやく買物客が集まりだした盛り場を、ぶらぶらと歩き、映画館の立看板をみながら時間をつぶすのだった。

その頃から母は屢々《しばしば》、息ぐるしくなることがあった。道を歩いていても、時折、片手で胸を押え、顔をしかめたまま、じっと立ちどまる。私は高を括っていた。十六歳の少年には死の恐怖を想像することはできなかった。発作は一時的なもので、五分もすれば元通りになったから、大した病気ではないと考えていた。実は長い間の苦しみと疲労とが、彼女の心臓を弱らせていたのである。にもかかわらず、母は毎朝五時に起き、重い足をひきずるようにして、まだ人影のない道を、電車の駅まで歩いていくのだった。教会はその電車に乗って二駅目にあったからである。

ある土曜日、私は、どうにも誘惑に勝てず、登校の途中、下車をして、盛り場に出かけた。鞄はその頃、田村と通いはじめていた喫茶店にあずけることにした。映画がはじまるまで、まだかなりの時間があった。ポケットには一円札が入っていたが、それは、数日前、母の財布から、とったものである。時折、私は母の財布をあける習慣がついていた。夕暮まで映画をみて、何くわぬ顔をして家に戻った。

玄関をあけると、思いがけず、母が、そこに、立っていた。物も言わず、私を見つめている。やがてその顔がゆっくりと歪《ゆが》み、歪んだ頬に、ゆっくりと涙がこぼれた。学校からの電話で一切がばれたのを私は知った。その夜、おそくまで、隣室で母はすすり泣いていた。耳の穴のなかに指を入れ、懸命にその声を聞くまいとしたが、どうしても鼓膜に伝わってくる。私は後悔よりも、この場を切りぬける嘘を考えていた。

役場につれて行ってもらって、出土品を見ていると、窓が白みはじめた。眼をあげるとやっと雨もやんだようである。

「学校のほうへ行かれると、もうチトありますがなア」

中村さんという助役が横にたって心配そうにたずねる。まるでここに何もないのが自分の責任のような表情をしている。役場と小学校にあるのは、私の見たいかくれの遺物ではなく、小学校の先生たちが発掘した上代土器の破片だけだった。

「たとえばかくれのロザリオとか十字架はないのですか」

中村さんは更に恐縮して首をふり、

「かくれの人たちア、かくしごとが好きじゃケン。直接、行かれるより、仕様がなか。何しろ偏窟《へんくつ》じやからな。あの連中は」

次郎さんの場合と同じように、この中村さんの言葉にもかくれにたいする一種の軽蔑心が感じられる。

天気模様をみていた次郎さんが戻ってきて、

「恢復《かいふく》したけえ。明日は、大丈夫ですたい。なら、今から岩島ば見物されてはどうですか」

と奨めてくれた。さきほど、切支丹の墓のある場所で、私が何とかして岩島を見られないかと頼んだからである。

助役はすぐ漁業組合に電話をかけたが、こういう時は、役場は便利なもので、組合では小さなモーターつきの舟を出してくれることになった。

ゴム引きの合羽《かっぱ》を中村さんから借りた。次郎さんも入れて三人で港まで行くと、一人の漁師がもう舟を用意している。雨でぬれた板に茣蓙《ござ》をしいて腰かけさせてくれたが、足もとには汚水が溜っていた。その水のなかに、小さな銀色の魚の死体が一匹漂っていた。

モーターの音をたてて舟がまだ波のあらい海に出ると、揺れは次第に烈しくなる。波に乗る時はかすかな快感があるが、落ちる時は、胃のあたりが締められるようだ。

「岩島は、よか釣場ですたい。わしら、休日には、よう行くが、先生さまは釣りばなさらんとですか」

私が首をふると、助役は気ぬけした顔をして漁師や次郎さんに、大きな黒鯛《くろだい》を釣った自慢話をはじめた。

合羽は水しぶきで容赦なく濡れる。私は海風のつめたさにさっきから閉口していた。そう言えば、さっきまで鉛色だった海の色がここでは黒く、冷たそうである。私は四世紀前に、ここで数珠つなぎになって放りこまれた信徒たちのことを思った。もし、自分がそのような時代に生れていたならば、そうした刑罰にはとても耐える自信はなかった。母のことをふと考えた。西宮の盛り場をうろつき、母親に嘘をついていたあの頃の自分の姿が急に心に甦《よみがえ》った。

島は次第に近くなった。岩島という名の通り、岩だけの島である。頂だけに、わずかに灌木《かんぼく》が生えているようだ。助役にきくと、ここは郵政省の役人が時々、見に行くほかは、町民の釣場として役にたつだけだという。

十羽ほどの鳥が嗄《しわが》れた声をあげながら頂の上に舞っていた。灰色の雨空をそれら鳥の声が裂き、荒涼として気味がわるかった。岩の割れ目も凸凹がはっきりと見えはじめた。波がその岩にぶつかり壮絶な音をたてて白い水しぶきをあげている。

信徒たちを突き落した絶壁はどこかとたずねたが、助役も次郎さんも知らなかった。おそらく一箇所ときめたわけでなく、どこからでも、落したのであろう。

「怖《おそ》ろしか、ことですたい」

「今じゃとても考えられん」

私がさっきから思っているようなことは、同じカトリック信者の助役や次郎さんの意識には浮んではいないらしかった。

「この洞穴は蝙蝠《こうもり》がようおりましてなア。近づくとチイチイ鳴き声がきこえよる」

「妙なもんじゃな。あれだけ、速う飛んでも、決してぶつからん。レーダーみたいなものが、あるとじゃ」

「ぐうっと一まわりして先生さま、帰りますか」

兇暴《きょうぼう》に白い波が島の裏側を嚙《か》んでいた。雨雲が割れて、島の山々の中腹が、漸《ようや》くはっきりと見えはじめた。

「かくれの部落はあそこあたりですたい」

助役は昨夜の神父と同じように、その山の方向を指さした。

「今では、かくれの人も皆と交際しているんでしょう」

「まアなア。学校の小使さんにも一人おられたのオ。下村さん、あれは部落の人じゃったからな。しかし、どうも厭《いや》じゃノオ。話が合わんですたい」

二人の話によると、やはり町のカトリック信者はかくれの人と交際したり結婚するのは何となく躊躇《ちゅうちょ》するのだそうである。それは宗教の違いと言うよりは心理的な対立の理由によるものらしい。かくれは今でもかくれ同士で結婚している。そうしなければ、自分たちの信仰が守れないからであり、そうした習慣が彼等を特殊な連中のように、今でさえ考えさせている。

ガスに半ばかくれたあの山の中腹で三百年もの間、かくれ切支丹たちは、ほかのかくれ部落と同じように「お水役」「張役」「送り」「取次役」などの係りをきめ、外部の一切にその秘密組織がもれぬように信仰を守りつづけた筈である。祖父から父親に、父親からその子にと代々、祈《オラシヨ》りを伝え、その暗い納戸に、彼等の信仰する何かを祭っていたわけである。私はその孤立した部落を何か荒涼としたものを見るような気持で、山の中腹に探した。だが、もちろん、それはここから眼にうつる筈はなかった。

「あげん偏窟な連中に、先生、なして興味ば持たれるとですか」

助役さんは、ふしぎそうに私にたずねたが、私はいい加減な返事をしておいた。

秋晴れの日、菊の花をもって墓参りに行った。母の墓は府中市のカトリック墓地にある。学生時代から、この墓地に行く道を幾度、往復したか知らない。昔は栗や橡《とちのき》の雑木林と麦畑とが両側に拡がって、春などは結構、いい散歩道だったここも、今は、真直ぐなバス道路が走り、商店がずらりと並んだ。あの頃、その墓地の前にぽつんとあった小屋がけの石屋まで、二階建ての建物になってしまった。来るたびに一つ一つの思い出が心に浮ぶ。大学を卒《お》えた日も墓参した。留学で仏蘭西《フランス》に行く船にのる前日にもここにきた。病気になって日本に戻った翌日、一番、先に飛んできたのもここである。結婚する時も、入院する時も、欠かさず、この墓にやってきた。今でも妻にさえ黙ってそっと詣《もう》でることがある。ここは誰にも言いたくない私と母の会話の場所だからである。親しい者にさえ狎々《なれなれ》しく犯されまいという気持が私の心の奥にある。小径《こみち》を通りぬける。墓地の真中に聖母の像があって、その回りに一列に行儀よく並んだ石の墓標は、この日本で骨をうずめた修道女たちの墓地である。それを中心に白い十字架や石の墓がある。すべての墓の上に、あかるい陽と静寂とが支配している。母の墓は小さい。その小さな小さな墓石をみると心が痛む。回りの雑草をむしる。虫が羽音をたて一人で働いている、私の回りを飛びまわる。その羽音以外、ほとんど物音がしない。

柄杓《ひしゃく》の水をかけながら、いつものように母の死んだ日のことを考える。それは私にとって辛い思い出である。彼女が、心臓の発作で廊下に倒れ、息を引きとる間、私はそばにいなかった。私は田村の家で、母が見たら泣きだすようなことをしていたのである。

その時、田村は、自分の机の引出しから、新聞紙に包んだ葉書の束のようなものを取りだしていた。そして、何かを私にそっと教える際、いつもやるうすら笑いを頬にうかべた。

「これ、そこらで売っとる代物《しろもの》と違うのやで」

新聞紙の中には十枚ほどの写真がはいっていた。写真は洗いがわるいせいか、縁が黄色く変色している。影のなかで男の暗い体と女の白い体とが重なりあっている。女は眉をよせ苦しそうだった。私は溜息をつき、一枚一枚をくりかえして見た。

「助平。もうええやろう」

どこかで電話がなり、誰かが出て、走ってくる足音がした。素早く田村は写真を引出しに放りこんだ。女の声が私の名を呼んだ。

「早う、お帰り。あんたの母さん、病気で倒れたそうやがな」

「どないしてん」

たんやろな」
「どないしたんやろ」私はまだ引出しの方に眼をむけていた。「どうして俺、ここにいること、知っ

私の母が倒れたと言うことよりも、なぜ、ここに来ているのがわかったのかと不安になっていた。彼の父親が遊廓をやっていると知ってから、母は、田村の家に行くことを禁じていたからである。それに母が心臓発作で寝こむのは、近頃、そう珍しいことではなかった。しかし、その都度、名前は忘れたが、医師がくれる白い丸薬を飲むことで、発作は静まるのだった。

私はのろのろと、まだ陽の強い裏道を歩いた。売地とかいた野原に錆《さ》びたスクラップが積まれていた。横に町工場がある。工場では何を打っているのか、鈍い、重い音が規則ただしく聞えてくる。自転車にのった男が向うからやってきて、その埃《ほこり》っぽい雑草のはえた空地で立小便をしはじめた。

家はもう見えていた。いつもと全く同じように、私の部屋の窓が半分あいている。家の前では近所の子供たちが遊んでいる。すべてがいつもと変りなく、何かが起った気配はなかった。玄関の前に、教会の神父が立っていた。

「お母さんは……さっき、死にました」

彼は一語一語を区切って静かに言った。その声は馬鹿な中学生の私にもはっきりわかるほど、感情を押し殺した声だった。その声は、馬鹿な中学生の私にもはっきりわかるほど、皮肉をこめていた。

奥の八畳に寝かされた母の遺体をかこんで、近所の人や教会の信者たちが、背をまげて坐っていた。だれも私に見向きもせず、声もかけなかった。その人たちの固い背中が、すべて、私を非難している

のがわかった。

母の顔は牛乳のように白くなっていた。眉と眉との間に、苦しそうな影がまだ残っていた。私はその時、不謹慎にも、さっき見たあの暗い写真の女の表情を思いだした。この時、はじめて、自分のやったことを自覚して私は泣いた。

桶《おけ》の水をかけ終り、菊の花を墓石にそなえつけた花器にさすと、その花に、さきほど顔の回りをかすめていた虫が飛んできた。母を埋めている土は武蔵野《むさしの》特有の黒土である。私もいつかはここに葬られ、ふたたび少年時代と同じように、彼女と二人きりでここに住むことになるだろう。


助役は私に、何故、かくれなどに興味を持つのかとたずねたが、いい加減な返事をしておいた。かくれ切支丹に関心を抱く人は近頃、随分、多くなっている。比較宗教学の研究家たちには、この黒教と呼ばれる宗教は恰好の素材である。ＮＨＫも幾度か、五島や生月のかくれたちをテレビで写したし、私の知っている外人神父たちも、長崎に来ると、たずねまわる方が多いようである。だが、私にとって、かくれが興味があるのは、たった一つの理由のためである。それは彼等が、転び者の子孫だからである。その上、この子孫たちは、祖先と同じように、完全に転びきることさえできず、生涯、自分のまやかしの生き方に、後悔と暗い後目痛《うしろめた》さと屈辱とを感じつづけながら生きてきたという点である。

切支丹時代を背景にしたある小説を書いてから、私はこの転び者の子孫に次第に心惹《ひ》かれはじめた。

世間には嘘をつき、本心は誰にも決して見せぬという二重の生き方を、一生の間、送らねばならなかったかくれの中に、私は時として、自分の姿をそのまま感じることがある。私にも決して今まで口には出さず、死ぬまで誰にも言わぬであろう一つの秘密がある。

その夜、神父や次郎さんや助役さんと酒を飲んだ。昼食の時、給仕をしてくれたおばさんの修道女が、大きな皿に生海胆《なまうに》と鮑《あわび》とをいっぱいに盛って出してくれた。地酒は、甘すぎて、辛口しか飲まぬ私には残念だったが、生海胆はあの長崎のものが古いと思われるほど、新鮮だった。さっきまで、やんでいた雨がまた降りはじめた。酔った次郎さんが、唄を歌いはじめた。

むむ　参ろうやなア　参ろうやなあ
パライゾの寺にぞ、参ろうやなあ
むむ
パライゾの寺とな　申するやなあ
広い寺とは申するやなあ
広いなあ狭いは、わが胸にであるぞやなア

この歌は私も知っていた。二年前、平戸に行った時、あそこの信者が教えてくれたからである。リズムは把《と》えがたく憶《おぼ》えられなかったが、今、どこかもの悲しい次郎さんの歌声を聞いていると、眼にかくれたちの暗い表情が浮んでくる。頬骨が出て、くぼんだ眼で、どこか一点をじっと見ている顔。長い鎖国の間、二度とくる筈のない宣教師たちの船を待ちながら、彼等はこの唄を小声で歌っていたのかもしれぬ。

「不動山の高石つぁんの牛が死んだとよ。よか牛じゃったがなア」

神父はあの東京のパーティであった時とは違っていた。一合ほどの酒で、もう首まで赤黒くなりながら、助役を相手に話している。今日一日で、神父も次郎さんもどうやら私に他国者《よそもの》意識を棄ててくれたのかも知れぬ。東京の気どった司祭たちとちがって農民の一人といったこの司祭に、次第に好意を感じてくる。

「不動山の方にもかくれはいますか」

「おりまっせん。あそこは、全部、うちの信者ですたい」

神父は少し胸を張って言い、次郎さんと助役さんは重々しい顔でうなずいた。朝から気づいたことだが、この人たちはかくれを軽蔑し、見くだしているようである。

「そりゃア、仕方なかですたい。つき合いばせんとじゃから。いわば結社みたいなもんですたい、あの人たちは」

五島や生月ではかくれは、もうこの島ほど閉鎖的ではない。ここでは信者たちでさえ彼等の秘密主義に警戒心を抱いているようにみえる。だが、次郎さんや中村さんだって、かくれの先祖を持っているのである。それに二人が今、気がついていないのが、少し、おかしかった。

「一体、何を拝んでいるのでしょう」

「何を拝んどりますか。ありゃア、もう本当の基督教じゃなかです」神父は困ったように溜息をついた。「一種の迷信ですたい」

また、面白い話をきいた。この島では、カトリック信者が、新暦でクリスマスや復活祭を祝うのにたいし、かくれたちは旧暦でそっと同じ祭を行うのだそうである。

「いつぞや、山ばのぼっとりましたらな、こそこそと集まっとるです。あとで聞いたら、あれがかくれの復活祭でしたたい」

助役と次郎さんとが引きあげたあと、部屋に戻った。酒のせいか、頭が熱っぽいので窓をあけると、太鼓を叩くような海の音が聞える。闇はふかくひろがっていた。海の音が更にその闇と静寂とを深くしているように私には思えた。今まで色々なところで夜を送ったが、このような夜のふかさは珍しかった。

私は、長い長い年数の間、この島に住んだかくれたちも、あの海の音を聞いたのだなと感無量だった。彼等は肉体の弱さや死の恐怖のため信仰を棄てた転び者の子孫である。役人や仏教徒からも蔑《さげす》まれながら、かくれは五島や生月や、この島に移住してきた。そのくせ、祖先たちからの教えを棄てきれず、と言っておのが信仰を殉教者たちのように敢然とあらわす勇気もない。その恥ずかしさをかくれはたえず嚙みしめながら生きてきたのだ。

頰骨が出て、くぼんだ眼で、じっと一点を見つめているような、ここ特有の顔は、そうした恥ずかしさが次第につくりあげたものである。昨日、一緒にフェリー・ボートに乗った四、五人の男たちも次郎さんも助役も、そんな同じような顔をしている。そしてその顔に、時折、狡さと臆病との入りまじった表情がかすめる。

かくれの組織は、五島や生月やここでは多少の違いがあるが、司祭の役割をするのが、張役とか爺役で、その爺役から、みんなは、大切な祈り《オラショ》を受けつぎ、大事な祭の日を教えられる。赤ん坊が生れると洗礼をさずけるのは、水方である。所によっては爺役と水方とを兼任させる部落もある。そうした役職は代々、世襲制にしているところが多い。その下に更に五軒ぐらいの家で、組を作っている例を、私は生月で見たことがある。

かくれたちは勿論《もちろん》、役人たちの手前、仏教徒を装っていた。檀那寺《だんなでら》をもち、宗門帳にも仏教徒として名を書かれていた。ある時期には、祖先たちと同じように、役人たちの前で踏絵に足をかけねばならない時もあった。踏絵を踏んだ日、彼等は、おのが卑怯《ひきょう》さとみじめさを噛みしめながら部落に戻り、おテンペンシャと呼ぶ緒でつくった縄で体を打った。おテンペンシャは、ポルトガル語のデシピリナを、彼等が間違えて使った言葉で、本来「鞭《むち》」という意味だそうである。私は東京の切支丹学者の家で、その鞭《おテンペンシャ》を見たことがある。四十六本の縄をたばねたもので、実際、腕を叩いてみるとかなり痛かった。かくれたちはこの鞭で身を打つのである。

だがそんなことで、彼等の後目痛《うしろめた》さが晴れるわけではなかった。裏切者の屈辱や不安が消えるわけではなかった。殉教した仲間や自分たちを叱咤《しった》した宣教師のきびしい眼が遠くから彼等をじっと見つめていた。その咎《とが》めるような眼差《まなざ》しは心から追い払おうとしても追い払えるものではなかった。だから彼等の祈り《オラシヨ》を読むと、今の基督教祈禱書の翻訳調の祈りとはちがった、たどたどしい悲しみの言葉と許しを乞う言葉が続いているのだ。字をよめぬかくれたちが、一つ一つ口ごもりながら呟いた祈りはすべてその恥ずかしさから生れている。「でうすのおんはあ、サンタマリア、われらは、これが、さいごーにて、われら悪人のため、たのみたまえ」「この涙の谷にて、うめき、なきて、御身にねがい、かけ奉る。われらがおとりなして、あわれみのおまなこを、むかわせたまえ」

私は闇のなかの海のざわめきを聞きながら、畠仕事と、漁との後、それらのオラショを嗄れた声で呟いているかくれの姿を心に思いうかべる。彼等は自分たちの弱さが、聖母のとりなしで許されることだけを祈ったのである。なぜなら、かくれたちにとって、デウスは、きびしい父のような存在だったから子供が母に父へのとりなしを頼むように、かくれたちはサンタマリアに、とりなしを祈ったのだ。かくれたちにマリア信仰がつよく、マリア観音を特に礼拝したのもそのためだと私は思うようになった。

寝床に入っても、寝つかれなかった。うすい蒲団《ふとん》のなかで、私は小声で、さっき次郎さんが教えてくれた唄の曲を思いだそうとしたが無駄だった。

夢を見た。夢のなかで、私は胸の手術を受けて病室に運ばれてきたばかりらしく、死体のようにベッドに放り出されていた。鼻孔には酸素ボンベにつながれたゴム管が入れられ、右手にも右足にも針が突っこまれていたが、それはベッドに括りつけた輸血瓶から血を送るためだった。私は意識を半ば失っている筈なのに、自分の手を握ってくれている灰色の翳《かげ》が誰かわかっていた。それは母で、母のほか病室には医師も妻もいなかった。

母が出てくるのはそんな夢のなかだけではなかった。夕暮の陸橋の上を歩いている時、ひろがる雲に、私はふと彼女の顔を見ることがあった。酒場で女たちと話をしている時、話が跡切《とぎ》れて、無意味な空白感が心を横切る折、突然、母の存在を横に感じることもある。真夜中まで、上半身を丸めるようにして仕事をしている時、急に彼女を背後に意識することもある。母はうしろから、こちらの筆の動きを覗《のぞ》きこむような恰好をしている。仕事の間は、子供はもちろん、妻さえ、絶対に書斎に入れぬ私なのに、その場合、ふしぎに母は邪魔にならない。気を苛立《いらだ》たせもしない。

そんな時の母は、昔、一つの音を追い求めてヴァイオリンを弾き続けていたあの懸命な姿でもない。車掌のほかは誰もいない、阪急の一番電車の片隅でロザリオをじっと、まさぐっていた彼女でもない。両手を前に合わせて、私を背後から少し哀しげな眼をして見ている母なのである。

貝のなかに透明な真珠が少しずつ出来あがっていくように、私は、そんな母のイメージをいつか形づくっていたのにちがいない。なぜなら、そのような哀しげなくたびれた眼で私を見た母は、ほとんど現実の記憶にないからだ。

それがどうして生れたのか、今では、わかっている。そのイメージは、母が昔、持っていた「哀しみの聖母《マーテル・ドロロサ》」像の顔を重ね合わせているのだ。

母が死んだあと、彼女の持物や着物や帯は、次々と人が持っていった。形見分けと言って、中学生の私の眼の前で叔母たちはまるでデパートの品物をひっくりかえすように、簞笥《たんす》の引出しに手を入れていたが、そのくせ、母には最も大事だった古びたヴァイオリンや、長年使っていたボロボロの祈禱書や針金が切れかかったロザリオには見向きもしなかった。そして叔母たちが、棄てていったもののなかに、どこの教会でも売っているこの安物の聖母像があった。

私は母の死後、その大事なものだけを、下宿や住まいを変えるたびに箱に入れて持って歩いた。ヴァイオリンはやがて絃も切れ、罅《ひび》がはいった。祈禱書の表紙も取れてしまった。そしてその聖母像も昭和二十年の冬の空襲で焼いた。

空襲の翌朝は真青な空で、四谷《よつや》から新宿まで褐色の焼けあとがひろがり、余燼《よじん》は至る所にくすぶっていた。私は自分のいた四谷の下宿のあとにしゃがみ、木切れで、灰の中をかきまわし、茶碗のかけらや、僅かな頁の残った字引の残骸をほじくり出した。しばらくして何か固いものにさわり、まだ余熱の残った灰のなかに手を入れると、その聖母の上半身だけが出てきた。石膏《せっこう》はすっかり変色して、前には通俗的な顔だったものが更に醜く変っていた。それも今では歳月を経るにしたがって、更に眼鼻だちも、ぼんやりとしてきている。結婚したあと、妻が一度、落したのを接着剤でつけたため、余計にその表情がなくなったのである。

入院した時も私はその聖母を病室においていた。手術が失敗して二年目がきた頃、私は経済的にも精神的にも困《こう》じ果てていた。医師は私の体に半ば匙《さじ》を投げていたし、収入は跡絶《とだ》えていた。

夜、暗い灯の下で、ベッドからよくその聖母の顔を眺めた。顔はなぜか哀しそうで、じっと私を見つめているように思えた。それは、今まで私が知っていた西洋の絵や彫刻の聖母とはすっかり違っていた。空襲と長い歳月に罅が入り、鼻も欠けたその顔には、ただ、哀しみだけを残していた。私は仏蘭西に留学していた時、あまたの「哀しみの聖母《マーテル・ドロロサ》」の像や絵画を見たが、もちろん、母のこの形見は、空襲や歳月で、原型の面影を全く失っていた。ただ残っているのは哀しみだけであった。

おそらく私はその像と、自分にあらわれる母の表情とをいつか一緒にしたのであろう。時にはその「哀しみの聖母」の顔は、母が死んだ時のそれにも似て見えた。眉と眉との間にくるしげな影を残して、蒲団の上に寝かされていた、死後の母の顔を私ははっきりと憶えている。

母が、私に現われることを妻に話したことはあまりない。一度、それを口に出した時、妻は口では何かを言ったが、あきらかに不快な色を浮べたからである。

ガスは一面にたちこめていた。

そのガスのなかから、からすの鳴く声がきこえてきたので、部落がやっと近くなったことがわかる。ここまで来るまでは、やはり肺活量の少ない私には相当の難儀だった。山道の傾斜もかなり急だったが、それより次郎さんから借りた長靴では粘土の道が滑るので閉口した。

これでも良い方なのだと、中村さんが弁解する。昔は、このガスでは見えぬが南にある山道しかなくて、部落まで行くには半日がかりだったそうである。そういう尋ねにくい場所に住んだのも、かくれたちが役人の眼を避ける智慧だったのだろう。

両側は、段々畠で、ガスのなかに樹木の黒い翳がぼんやりみえ、からすの鳴き声が更に大きくなった。昨日たずねた岩島の上にも、からすの群れが舞っていたのを思いだした。

畠で働いていた親子らしい女と子供に中村さんが声をかけると、母親は頬かぶりを取って丁寧に頭を下げる。

「川原菊市つぁんの家は、この下じゃったな。東京から、話ばしといた先生さまが来なさったばってん」

子供は私のほうを珍しそうに見つめていたが、母親に叱られて畠のなかを駆けていった。

助役さんの智慧で、町から手土産の酒を買ってきていた。道中は次郎さんが持ってくれたのだが、その一升瓶を受けとり、私は二人のあとから部落に入った。部落のなかで、ラジオの歌謡曲が聞えてきた。モーターバイクを納屋においてある家もある。

「若い者はみなここを出たがりますたい」

「町に行くのですか」

「いや、佐世保や平戸に出かせぎに行っとる者の多かですたい。やはり島ではかくれの子と言われれば働きにくかとでしょう」

からすはどこまでも追いかけてきた。今度は藁《わら》ぶきの屋根にとまって鳴いている。まるで我々の来たことをここの人たちに警告しているようである。

川原菊市さんの家は、ほかの家よりやや大きく、屋根も瓦ぶきで、うしろ側に楠《くすのき》の大木がある。その家を見ただけで、私は菊市さんが「爺役」――つまり、司祭の役をしているのだとすぐわかった。

私を外に待たしたまま、中村さんは、しばらく家の中で、家族と交渉していた。さっきの子供が、ずりさがったズボンに手を入れて、少し離れたところで私たちを見ていた。気がつくとこの子供は泥だらけのはだしである。からすがまた鳴いている。

「厭《いや》がっているようですね、我々に会うのを」

次郎さんに言うと、

「ナーニ、助役さんが話せば、大丈夫ですたい」

私を少し安心させてくれた。

やっと話がついて土間のなかに入ると、一人の女が、暗い奥からこちらをじっと見ている。私は一升瓶を名刺代りだと差し出したが返事はなかった。

家のなかはひどく暗い。天候のせいもあるが、晴れていてもこの暗さはそれほど変りあるまいと思われるほどだった。そして、一種独得の臭いが鼻についた。

川原菊市さんは六十ほどの年寄りで、私の顔を直視せず、どこか別のところを見つめているような怯《おび》えた眼つきで返事をする。その返事も言葉少なく、できれば、早く帰ってほしいような感じだった。話が幾度か跡切れるたび、部屋のなかは勿論、土間の石臼《いしうす》や莚《むしろ》や藁の束にまで私は視線をむけた。爺役の杖《つえ》か、納戸《なんど》神《がみ》のかくし場所を探していたのである。

爺役の杖は、爺役だけの持つもので、洗礼を授けに行く時は樫《かし》の杖を使い、家払いにはグミの杖を使うが決して竹は用いない。それは切支丹時代に、司祭が持った杖を真似たことは明らかである。注意ぶかく見たのだが、もちろん杖も納戸神のかくし場所もわからない。私はやっと菊市さんたちの伝承している祈り《オラショ》をきいたが、そのオラショは、他のかくれたちの祈りと全く同じで、たどたどしい悲しみの言葉と許しを乞う言葉で埋められていた。

「この涙の谷にてうめき、なきて御身にねがい、かけ奉る」菊市さんは一点を見つめたまま、一種の節をつけながら呟《つぶや》いた。「我等が御とりなして、あわれみのおまなこを、むかわせたまえ」その節まわしは昨夜、次郎さんが歌った歌と同じように、不器用な言葉をつなぎあわせ、何ものかに訴えているようだった。

「この涙の谷にて、うめき、なきて」

私も菊市さんの言葉を繰りかえしながら、その節を憶えようとした。

「御身にねがい、かけ奉る」

「御身にねがい、かけ奉る」

「あわれみのおまなこを」

「あわれみのおまなこを」

瞼《まぶた》の裏に、年に一度、踏絵を踏まされ寺参りを強いられた夜に部落に戻った後、この暗い家の中でそれら祈りを唱えるかくれたちの姿が浮んでくる。「われらが、おとりなして、あわれみの、おまなこを……」

からすが鳴いている。私たちはしばらくの間、黙って、縁側のむこうに一面ながれてくるガスを眺めていた。風が出てきたのか、乳色のガスの流れは速くなっている。

「納戸神を、見せて……もらえないでしょうか」

私は口ごもりながら頼んだが菊市さんの眼は別の方向にむいたまま、返事がない。納戸神とは、言うまでもなく別に切支丹用語ではなくて、納戸に祭る神の意味だったが、かくれたちの間では自分の祈る対象を、人目に最もつかぬ納戸にかくして、世間には納戸神と呼び役人の眼を誤魔化していたのである。そしてその納戸神の実体を、信仰の自由を認められた今日でさえ、かくれたちは異教徒《ゼンチヨ》に見せたがらない。異教徒《ゼンチヨ》に見せれば、納戸神に穢《けが》れを与えると信じているかくれも多いのである。

「折角、東京から来なさったんじゃ。見せてあげたらよか」

中村さんが少しきつく頼むと、菊市さんはやっと腰をあげた。

そのあとから我々が土間を通りすぎると、さっきの暗い部屋から女が異様なほど眼をすえてじっとこちらを見つめていた。

「気をつけなっせ」

腰をかがめねば通れぬ入口を通り納戸にはいる時、次郎さんが背後から注意してくれた。土間よりも、もっと薄暗い空間には、藁と馬鈴薯《ばれいしよ》の生ぐさい臭いがする。真向いに蠟燭《ろうそく》をおいた小さな仏壇がある。偽装用のものであろう。菊市さんの視線は左の方に向いている。その視線の方向に入口から入ってもすぐには眼に入らぬ浅黄色《あさぎいろ》の垂幕が二枚、垂れている。棚の上には餅《もち》と、神酒《みき》の白い徳利とが置かれている。菊市さんの皺《しわ》だらけな手が、その布をゆっくりとめくりはじめる。黄土色の掛軸の一部分が次第に見えてくる。「絵ですたい」うしろで次郎さんが溜息《ためいき》をついた。

キリストをだいた聖母の絵――。いや、それは乳飲み児をだいた農婦の絵だった。子供の着物は薄藍《うすあい》で、農婦の着物は黄土色で塗られ、稚拙な彩色と絵柄から見ても、それはここのかくれの誰かがずっと昔描いたことがよくわかる。農婦は胸をはだけ、乳房を出している。帯は前むすびにして、いかにものら着だという感じがする。この島のどこにもいる女たちの顔だ。赤ん坊に乳房をふくませながら、畠を耕したり網をつくろったりする母親の顔だった。私はさきほど頬かむりをとって助役さんに頭をさげていたあの母親の顔を急に思いだした。次郎さんは苦笑している。中村さんも顔だけは真面目を装っていたが、心のなかでは笑っていたにちがいない。

にもかかわらず、私はその不器用な手で描かれた母親の顔からしばし、眼を離すことができなかった。彼等はこの母の絵にむかって、節くれだった手を合わせて、許しのオラショを祈ったのだ。彼等もまた、この私と同じ思いだったのかという感慨が胸にこみあげてきた。昔、宣教師たちは父なる神の教えを持って波濤《はとう》万里、この国にやって来たが、その父なる神の教えも、宣教師たちが追い払われ、教会が毀《こわ》されたあと、長い歳月の間に日本のかくれたちのなかでいつか身につかぬすべてのものを棄てさりもっとも日本の宗教の本質的なものである、母への思慕に変ってしまったのだ。私はその時、自分の母のことを考え、母はまた私のそばに灰色の翳のように立っていた。ヴァイオリンを弾いている姿でもなく、ロザリオをくっている姿でもなく、両手を前に合わせ、少し哀しげな眼をして私を見つめながら立っていた。

部落を出るとガスが割れて、はるかに黒い海が見えた。海は今日も風が吹き荒れているらしかった。昨日たずねた岩島はみえぬ。谷には霧がことさらふかい。からすが霧にうかぶ木々の影のどこかで鳴いている。「この涙の谷にて、われらがおとりなして、あわれみのおまなこを」私は先程、菊市さんが教えてくれたオラショを心のなかで呟いてみた。かくれたちが唱えつづけたそのオラショを呟いてみた。

「馬鹿らしか。あげんなものば見せられて、先生さまも、がっかりされたとでしょ」

部落を出た時、次郎さんは、それがいかにも自分の責任のように幾度かわびた。助役さんは我々の前を途中で拾った木の枝を杖にして、黙って歩いていた。その背中が固い。彼が何を考えているのかはわからなかった。

# Ⅱ　もし……

# 四十歳の男

## I

人は自分がいつ頃、死ぬかと、時々考えるだろうが、どんな場所や部屋で息を引きとるかほとんど想像しないと能勢は思った。

病院では誰が死んでも、死が小包でも発送するように扱われる。

ある夕方、隣室で腸癌《ちょうがん》の男が死んだ。家族の泣き声がしばらく聞えた。やがて看護婦が運搬車に死んだ男をのせて霊安室に運んでいった。だが翌朝、あいたその部屋を掃除婦が歌を歌いながら消毒をした。

午後には次の患者がもう入院してくる。だれも、ここで昨夕、一人の人が死んだのだと彼に告げはしない。新入りの患者もそんな事実に気づきはしない。

空は晴れている。病院ではなにもなかったように平常通り、食事が運ばれてくる。窓の下の路に自動車やバスが走っている。みんな何かを誤魔化している。

三度目の手術まであと二週間という日、彼は妻に九官鳥を買わせた。十姉妹《じゅうしまつ》やカナリヤと違って、値のはるこの鳥の名を口にだした時、その顔にかすかな当惑の色がうかんだが、

「ええ、いいわよ」

看病で少しやつれた頰に無理に微笑を作ってうなずいた。

この微笑を、病気の間、能勢は幾度も見た。まだ薬液でぬれたレントゲン写真を灯にすかしながら、医師が、

「手術を必要としますなあ、この病巣では……」

と、肋骨《ろっこつ》を六本、切りとることを告げた時、一瞬、黙りこんだ彼の心をこの気丈な微笑で妻は支えようとした。苦しい手術が終った真夜中、やっと麻酔からさめて、まだ朦朧《もうろう》としている彼の眼にまずこの微笑をうかべた妻の顔がうつった。そして二度目の手術さえ失敗して、能勢が力尽きたというような気持に襲われた時でさえ、彼女の頰からこの微笑は消えなかった。

三年間の入院で貯金も残り少なくなっている、その中から高価な九官鳥を買えというのは確かに思いやりのない註文にちがいない。しかし能勢は今、どうしてもある理由のためにあの鳥がほしい。けれども妻はたんに病人の我儘《わがまま》と思ったのか、

「明日、デパートの売場に行ってきますわ」

そう言って、うなずいた。

翌日の夕暮、子供をつれて大きな荷物を二つ、両手にぶらさげながら彼女は病室に入ってきた。十

二月のどんより曇った日だった。一つの風呂敷包みの中には洗濯した彼のパジャマや下着が入っている。そしてもう一つの唐草模様の風呂敷のなかからは鳥が体を動かすかすかな音がきこえてきた。

「高かったか」

「心配しなくていいのよ。まけてもらったんですから」

五歳になる子供は大悦びで鳥籠の前にしゃがみながら中を覗《のぞ》きこんでいる。

真黒な九官鳥の首には鮮やかな黄色の線があった。電車でゆられて運ばれてきたため、止り木の上で胸毛を震わせながらじっと動かない。

「これで、あたしたちが帰ったあとも、寂しくなくなりますね」

病院の夜は暗くて長い。六時以後は病室に家族も居残ることは禁じられている。一人で晩飯をくい、一人で寝台に横になり、あとは天井をじっと見ることとしかすることがない。

「餌《えさ》のやり方が一寸《ちよつと》、大変よ。この餌を水で溶かして親指ほどのお団子にするんですって」

「そんなものを食べさせて、咽喉《のど》にひっかからないのか」

「いいえ。かえって色々な声をまねできるそうよ」

子供が指でつつくと、九官鳥は怯《おび》えたように鳥籠の端にしがみついた。妻は能勢の副食をつくるために患者用の炊事場に姿を消した。

「この鳥、もの言うんだってね。今度、ぼく来るまでに、パパ、色んな言葉、言わせといてよ」

子供にそう言われて、能勢は笑いをうかべながらうなずいた。六年前、この子もここの病院の産婦人科で生れたのである。

「そうだな。何を教えるか。君の名を言うようにさせてみようか」

夕靄《ゆうもや》は次第に病室をつつみはじめていた。窓のむこうの病棟にも一つ一つ、暗い灯がともる。廊下を配膳用の車が軋《きし》んだ音をたてて通りすぎていった。

「じゃあ、あたしたち、今日、留守番がいないから帰らせて頂くわ」

副食をつくり終った妻は、セロファン紙で皿を包むと椅子の上に置きながら、

「食欲がなくても全部、召上るのよ、手術前に体力だけはうんとつけなくっちゃあ」

子供にさようなら、パパ、お大事に、と言わせると彼女は病室の戸口でもう一度ふりかえり、

「しっかり、頑張ってね」

そしてその顔にまた、あの微笑がうかんだ。

病室は急にひっそりとなった。鳥籠のなかでかすかな物音をたてて九官鳥が動いた。寝台の上に坐ったまま彼は止り木にとまっている鳥の哀しそうな眼をじっと見ていた。彼が我儘だと知りながら妻にねだってこの高価な鳥を買わせたのは色々な理由があった。

二度の手術が失敗して今度は片肺を全部とるときまってから能勢は人に会うのが苦しくなっている。医師たちは三度目の手術の話となると口だけは確信ありげなことを言うが、その表情と眼のそらしかたとで彼は成功率は少ないのだなと思った。特に彼の場合いけないのは二度の手術の失敗で肋膜が胸壁にすっかり癒着していることである。その癒着を剝《は》がす時の大出血が最も危険なのだ。既に自分と

同じ状態で手術中に息を引きとった患者の例を幾人か耳にしている。彼には見舞い客に会って陽気をよそおったり、冗談を言う気力は、もうなくなっていた。一つにはそんな自分に九官鳥は恰好の相手のように思えたのである。

四十歳ちかくになって能勢は犬や鳥の眼を見るのが好きになった。ある角度から眺めると冷たく、非人間的なのに、別の角度から見ると哀しみをじっとたたえたような眼である。彼は十姉妹を飼ったことがあるが、ある日、その一羽が死んだ。息を引きとる前、小鳥は彼の掌のなかで、次第に瞳孔を覆ってくる白い死の膜に懸命に抗《あらが》うように一、二度、眼をみひらいた。

その鳥と同じような、哀しみをたたえた眼を彼は自分の人生の背後に意識するようになった。その眼は特にあの日の出来ごと以来、能勢をいつもじっと見つめているような気がする。見つめているだけではなく、何かを自分に訴えているような気がする。

## II

手術前の準備の一つとして気管支鏡検査があった。これは鏡のついた金属の管を直接、口から気管支に突っこんで中を覗くのである。患者たちはこれをバーベキュウとよんでいるが、寝台に仰むけになって金属の棒を入れられたみじめな自分の姿がバーベキュウとそっくりだからである。やられる者が口から血と唾を洩らし苦痛のあまり、もがくのを看護婦たちが必死で押えつける。

その検査をすませて、傷ついた歯ぐきから流れる血を紙でぬぐいながら病室に戻ると、また妻が子供をつれて病室に来ていた。

「真蒼《まつさお》よ。お顔が」

「検査があったのさ。例の焼鳥の串差しだよ」

二度も手術を受けてきた能勢は肉体の苦痛には鈍感になっている。痛いということがそんなに怖ろしいことではなくなっている。

「パパ。九官鳥は?」

「まだ何も覚えないんだ」

彼は寝台に腰かけて、乱れた呼吸をしばらく整えていた。

「さっき来る前に大森の康子ちゃんから電話があったのよ。今日こちらに御主人と見舞いに来てくれるんですって」

妻はうしろをむいて、白いエプロンをかけながらそう言った。うしろをむいているためにその表情はこちらにわからない。

「亭主とか」

「ええ」

大森の康子とは妻の従妹《いとこ》である。四年前に経済企画庁の役人と結婚している。その夫というのは、首もふとく、肩幅も厚いいかにも精力的な実務家という感じの男だった。

「大森の康子ちゃん……あなたが、検査で疲れてらっしゃるなら、電話かけて断りますわ」

妻は彼が黙っているので気がねをしたように言った。

「いいさ。折角、来てくれるんだろ」

彼は寝台の上に仰向けになって、手枕をしながら雨もりの染みのついた病室の天井を見あげた。雨もりの染みはその縁だけが黄ばんでいる。あの夕方も雨がふっていたな。この病室よりも、もっと小さい、もっと暗い、告悔室のなかで、自分は葡萄酒くさい臭いを口から発散させている外人の老司祭と金網を隔てながら跪《ひざまず》いていたのだ。

「Misereatur tui Omini potens Deus……」

片手をあげながらラテン語の祈りを唱え終ると、その老司祭は体を横にむけて能勢の言葉をじっと静かに待っていた。

「私は……」

能勢はそこまで言いかけて口を噤《つぐ》んだ。彼は長い間、この告悔室に入ることも、あのことを打ちあけるのもためらっていたのだ。しかし、今、やっと勇気をだして、傷口に肉と一緒にくっついたガーゼを剝ぎとろうと思ってここに来たのである。

「私は……」私は……子供の時、自分の意志ではなく親の意志で洗礼を受け、だから長い間、形式と習慣とで教会に通ったまでです。しかしあの日から、私は自分の背丈にあわせず親がきめて着させた服を捨てられぬことをはっきり知ったのです。ながい歳月の間にその服そのものが彼自身の一部となり、それを棄ててしまえば、ほかに体も心もまもる何も持っていないのを知ったのです。

「早くしなさい」葡萄酒の臭いと口臭とをまじえてその老神父は小さな声で促した。

「次の人が待っている」

「弥撒《ミサ》に長い間、行きませんでした。愛徳に欠ける行為は毎日のようにやりました……」

能勢は口に次から次へと出るあたりさわりのない罪を呟《つぶや》きつづけた。

「家庭の中で夫として父として模範的でありませんでした」

俺が今言っているこの言葉はなんと滑稽なんだろうか。脆いて、こんな愚劣なものを呟いている。もしこれを眼にしたら心から自分を嘲笑し軽蔑《けいべつ》するであろう友人たちの顔が一人一人、彼の脳裏をかすめた。その言葉には滑稽なだけではなく、もっとも賤《いや》しい彼自身の偽善さえふくまれていた。

しかし、そんなことではなかった。能勢がこの酒くさい老司祭のむこう側にいるものにむかって、告げねばならぬのは、こんなやくざな軽薄なことではなかった。

「それだけ？」

能勢は今、自分がもっとも不誠実な行為をやりつつあるのを感じた。

「ええ。それだけです」

「天使祝詞を三回、唱えて下さい、いいですか。我々の罪をすべて背負って、彼は死んだのですから……」

簡単な訓戒と簡単な償いとをほとんど事務的な口調で命じると、外人司祭はまた片手をあげてラテン語の祈りを唱えた。

「さあ……安心して、行きなさい」

能勢は立ちあがって、小さな部屋の戸口まで歩いていった。こんな簡単なことで人間の罪がなぜ許されるというのか。我々の罪を背負って彼は死んだのだという司祭の言葉はまだ耳に残っている。跪いていた膝《ひざ》がまだ少し痛くよろめいた。自分の背後にあの哀しそうな眼を感じ彼の掌の中で死んでいった十姉妹のそれよりも、もっと辛そうに自分を見つめている眼を感じる……。

「おはよう、おはよう、おはよう」

「そんなに早くしゃべっちゃあ、九官鳥さんが迷っちゃうな」

彼は寝台から床のスリッパをひっかけると息子と一緒にベランダにおいた鳥籠の前にしゃがんだ。鳥は首をかしげてふしぎそうに子供の声に耳を傾けている。

「こら、おはようだよ。おはようと言えよ」

金網にかこまれた鳥籠はあの夕暮の告悔室に似ている。自分と外人の老司祭との間にはこれと同じような金網をはった衝立《ついたて》があった。そして自分は遂にあのことを言わなかった。言えなかった。

「言葉を言えよ。言わないの、九官鳥」

「言えなかったんだ、よ」

妻が彼の声に驚いてこちらをふりむいた。能勢はうつむいた。その時、病室のドアをノックして白い女の顔が中を覗いた。妻の従妹の康子だった。

「伺おう、伺おうと思いながら、本当に申し訳なかったわ。主人にも叱られちゃったの」

白地の大島に小紋の羽織を着た康子はハンドバッグを膝の上において、夫と一緒に腰かけながらそう言った。

「つまらないもんだけど、召上ってよ」

彼女が妻にさしだしたのは泉屋のクッキーだった。長崎屋のカステラと同じように、義理で、見舞いにくる客が、必ずと言ってよいほど持ってくる菓子である。

そのクッキーと同じように、経済企画庁に勤めている康子の夫の顔には、いかにも親戚の義務上、見舞いにきたという表情があった。彼は俺が死んだら葬式の日、義務的に黒い腕章をつけてやってくるだろう。しかし自宅に戻れば大急ぎで妻の康子に家の入口で塩を体にかけさせるだろうなと能勢はぼんやり思った。

「血色なんかほんとにいいじゃないの。今度は大丈夫ね。そうそう悪いことはないものだわ。厄年を、先にすませたと思ったら、それでいいのよ」

そう言って康子は隣の夫の同意を促すように横をむくと、

「でしょう、あなた」

「うん」

「うちの旦那さまなんか、今まで病気知らずだから、かえって危ないのね。会議だなんだといいこと言って、夜遅くまで宴会つづきでしょう。一病息災って言うけど、お宅の御主人の場合は、かえって長生きするわよ。気をつけてよ、あなたも」

「うん」

うん、うんと言いながら康子の夫はポケットからピースの箱をとりだし、チラッと能勢を見るとあわてて、しまった。

「すって下さいよ。かまわんですから」

「いや」

彼は当惑したように首をふった。

康子と妻との間で女同士の会話が始まった。それは能勢も康子の夫も知らない昔の友人たちの話しかった。誰々が何処《どこ》にお嫁にいったとか、踊りの取立《とりたて》師匠さんがおさらい会を開いたというような話題の中で、圏外におかれた二人の男たちは黙ってぼんやり向きあっているより仕方がない。

「いい帯、してるわね。康子ちゃん」

「とんでもないわ。安物よ」

白地の大島に康子は朱色の献上帯を締めていた。

「その朱色が似合ってよ。どこで作ったの」

「みつだ屋さんよ、四谷の……」

妻にしては珍しい皮肉だった。彼女は献上帯のようなものを締める趣味を下品だと考えるような女だ。その妻が今康子にそんな皮肉を言ったのはなぜだろうと能勢は考える。一つにはもう彼女はそんな帯も持っていないためかもしれぬ。結婚した時、妻が持ってきた和服や帯は次々となくなっていったのだ。三年間の入院生活の間彼女が黙って次々とその着物を売っていっているのを彼は気づいていた。しかし妻の皮肉はそのためだけではないと気づいた時、彼はドキリとした。

康子の帯の朱色は血の色を思わせた。彼女を伴った世田谷の小さな産院の医者の診察着に血がとび散っていた。それは康子の血にちがいなかった。というよりは、彼の血の一部分でもあった。彼と康子の間にできたものの血でもあった。

当時、妻は能勢が今いるこの病院の産婦人科で寝ていた。出産のためではなく、早産の危険が非常に大きくなったので、妻は半月ほどここに入院したのである。赤ん坊はこのまま生れれば七百グラムに足りなく、硝子箱《ガラスばこ》のなかで育てねばならぬというので、医師は特殊のホルモンを妻にうちつづけたのである。

康子はその時、まだ結婚していなかったから、見舞いによく姿をあらわした。泉屋のクッキーではなくババロアを持ってきた。妻の病室の、色あせた花を捨てて、その代り薔薇《ばら》を花瓶に投げ入れていった。すぐ近くの左門町に彼女が習いにいっている踊りの稽古場があったから、帰り道に病院に寄るのに便利だったのだ。

面会時間の終りを告げるベルがなると、能勢はオーバーの襟をたてて康子と肩を並べながらよく外に出た。ふりかえると産婦人科の病棟はまるで夜の港に着いた船のようにその小さい窓の一つ一つにあかりをつけていた。

「これから、一人でお家に戻って、一人で食事なさるわけ。……大変ね。女中さん、いないんでしょう」

ショールの中に首を縮めながら康子はよくそんなことを言った。

「仕方ないさ。鑵詰《かんづめ》でも買って帰るよ」

「なんなら……あたしが……お夕食の支度をしてあげましょうか。いかが?」

今から考えると能勢が康子を誘惑したのか、それとも康子が彼を誘うようにしむけたのかはっきりしない。しかしそんなことはどうでもいいのだ。恋情とか寂しさのための結合とかもっともな理由さえつけられぬ関係が二人の間にすぐ始まったのである。能勢が康子の腕を引張ると、待っていたように彼女はうす眼をあけて倒れてきた。二人は能勢の妻が嫁入りの時、実家から持ってきたベッドの上に折り重なった。事がすむと康子は妻の鏡台を使って白い両腕を頭にあげながら乱れた髪をととのえていた。

そして妻が今度は本当の出産のために再入院する前日に彼女は怯えながら能勢に告げた。

「あたし、できたらしいの。どうするの」

彼がみにくい顔をして黙っていると、

「ああ、あなたはこわいのね。そうだわ。そうよ。生めと、言えないんだから」

「そうじゃないが……」

「卑怯者《ひきようもの》ね。あなたは……」

彼女はそう言って泣きはじめた。

妻が病院に入ったあと、能勢は空虚になった家の六畳にぽつんと坐っていた。硝子窓から二つの寝台に西陽がさしている。その一つはあの日、康子と彼とが折り重なって絡みあった妻のベッドだった。西陽がさしたその下の畳の隅に、能勢はふと、針のような小さな黒いものの光っているのを見た。女のヘア・ピンだった。それが妻のものかそれともあの日の康子のものか、区別できない。しかし、長い間、能勢はその黒い小さいものを掌にのせたまま、じっと見つめていた。

中学時代の友人に教えられて、能勢は世田谷の小さな産婦人科医院に康子をつれていった。中絶とか堕胎とかをどのような言葉で言っていいのか、世事になれぬ彼にはわからなかった。

「御夫婦ですか」

受付の小さな硝子戸をあけて看護婦がたずねた時、強張《こわば》った顔をして黙っている能勢の横で、康子がはっきりと答えた。

「ええ、そうよ」

彼女が看護婦と姿を消したあと、彼は冷えびえとした小さな待合室に坐りながら、たった今、はっきり、「ええ、そうよ」と言った康子の表情を思いだした。その表情のどこにもためらいなどなかった。

油虫が待合室の壁を走っていった。その壁には手のようなしみがあった。膝の上で表紙のちぎれた古い週刊誌をめくりながら、心はもちろんながい間別のことを考えていた。子供の時にカトリックの洗礼をうけた彼には堕胎という行為がもちろん許されないことを承知していた。しかし、今、彼を脅かしているのはこの行為と共に康子のことが、妻や自分の家族に知られるという想像だった。家庭の幸福のためにもすべてに眼をつぶりたかったのである。やがて、年とった医者が扉をあけて姿をあらわしたが、診察着には康子の血痕《けっこん》らしいものが斜めに飛び散っていた。能勢は思わず眼を横にそらせた。

「この間、伊豆に行ったのよ。いいえ、温泉なんかじゃないわ。この人のゴルフの荷物もちよ。段々、あたし肥ってきたでしょう？　お前もゴルフをやれなんて奨められるんだけど、猫も杓子《しゃくし》も近頃はゴルフさまさまだから。今更、みんなのすることをするなんていやねえ……」

妻は例の微笑をうかべて従妹の言葉をきいていた。少女の時から康子はなにかにつけて能勢の妻とはり合おうとしたと義兄から聞いたことがある。二人は一緒に踊りを習っていたが、おさらい会の時、妻が玉屋をおどると、康子は鷺娘《さぎむすめ》をやるといって泣いたそうである。だから今、彼女がゴルフのことを口に出したのも、病弱な主人をもった従姉と自分の夫とを意識的に比較してみせたにちがいない。その夫のほうは相変らず、能勢とむきあったまま、一言もものを言わずにこの退屈な見舞いが早くすむのを待っているようだった。

「御夫婦ですか」「ええ、そうよ」あの小さな産院で、答えた康子の平然とした表情をその後、もう一度、能勢は見ることが出来た。彼女の結婚式の時である。

Ｐホテルで開かれた披露宴の入口で、新婚夫婦は仲人にはさまれて、次々と挨拶する客に会釈を繰りかえしていた。その列についた能勢が妻と前を通りすぎた時、彼の視線と純白の衣裳《いしよう》を着た康子のそれとが交錯した。康子は仏像のように眼を細めて能勢の顔をじっと見つめた。そして静かに頭をさげた。

「お、め、でとう」

能勢は小さな、小さな、声で呟いた。その時、彼の心をふたたび影絵のようにあの世田谷の産院の壁のしみや医師の診察着についていた彼女の血痕がかすめた。新郎は手を前に組みあわせたまま人形のように直立している。もちろんこの男がなにも知らぬのを能勢はすぐ気がついた。

披露宴がすみ、能勢が妻とホテルの人影のない玄関を出てタクシーの空車をさがそうとした時、妻が、一人ごとのように、

「康子ちゃん、ホッとしたでしょうね」

「そりゃあ、結婚という完全就職がきまったからな」

月並な返事をしたが能勢の声はやはりすこしかすれていた。と突然、

「これで、すべてがうまくいくのよ。……あなたにも……わたしたちにも……」

能勢は足をとめ、彼女を盗み見るようにふりかえった。なぜか妻の顔にゆっくりとあの微笑がうかんだ。そして彼女は素早く彼等の前に停ったタクシーに乗った。

(ああ、こいつ、なんでも知ってたんだ) 車の席に腰をおろしながら二人はしばらくの間だまっていた。妻の顔には微笑がまだ残っている。その微笑の意味が能勢にはつかめない。ただ、わかっていることは、この妻なら今後おそらく二度と、今のことを口に出さないだろうと言うことだった。

「手術さえ、すめばすべてがうまく、いくのよ。でもえらかったわねえ。淑《よし》べえ……三年間も看病したんですものね」

康子はベッドのほうに向いて、

「退院したら、この奥さまを大事に大事にしないと罰があたるわよ」

「既に罰はあたっているのさ」能勢は天井をみあげながら呟いた。「この通りだ」

「まア、あんなことを言ってるわ」康子はわざと高い声をだして笑うと、

「主人とも何時《いつ》も話してるのよ。ねえ……あなた。そうでしょう? 淑べえがどんなに大変だろうって」

「そうでもないわ。わたし……鈍感でしょう?」

三人の一つ一つの言葉にはそれぞれの刺《とげ》と自分だけの意味が裏側にかくされている。ただ康子の夫だけが退屈そうに膝の上に組みあわせた親指をあげたり、さげたりしていた。

「そろそろ失礼しようか。病人が疲れられるといけんからね」

「そうだったわ。ごめんなさい。なにも気がつかなくて」

このなにも気がつかなくてという彼女のさりげない言葉は能勢の胸をチクリとさした。それは四人

の会話の充分な締めくくりだった。康子の夫は何も気がついていない。そして他の三人はなにも気がつかぬふりをしてそれを口に出さないでいるだけだ。みんなは、この一件を彼のためにも自分たちのためにも誤魔化しているのだ。

「おはよう、おはよう」

ベランダではまだ子供が九官鳥にむかって教えつづけている。

「言えよ。言わないか。九官鳥」

## Ⅳ

手術があと三日という日、今まで静かだった毎日が急に忙しくなった。看護婦につきそわれて肺活量や肺機能を調べられたり、血液を何回も取られた。血液型をみるだけではなく、手術台で能勢の肉体から流れでる血が何分で凝固するかを知っておかねばならぬからである。

それは十二月の上旬だった。クリスマスがちかいので昼休みなど病院附属の看護婦学校から合唱を練習する声が病室まできこえてくる。看護婦たちがクリスマスの夜に小児科病棟に入院している子供に歌を歌うのがこの病院の毎年の慣例だった。

「今度の手術も今までと同じ支度でいいわけですね」

能勢は病室で若い医師と話をしていた。手術の執刀はもちろん教授がやってくれるがこの若い医師も手伝う筈である。

「ええ、能勢さんぐらいになると手術ずれしているからね。今更、支度もいらんでしょう」

「前は骨ぬき泥鰌《どじょう》にされましたが……」

胸部の骨を切ることを患者はこう呼んでいた。

「今度は片肺飛行機にされるわけか……」

若い医師は苦笑して窓に首をむけた。クリスマスの合唱の声が窓から流れこんできてうるさかった。

汽笛一声　新橋を
はや我が汽車は離れたり……

「確率はどのくらいですか」

能勢はじっと相手の表情の動きから眼を離さずに急にその質問を発した。

「ぼくが今度の手術で助かる確率ですが」

「なにを今更、弱気なこと、言うんです。大丈夫ですよ」

「本当ですか」

「ええ……」しかしその時、若い医師の声には一瞬苦しいためらいがあった。

「本当ですよ」

箱根の山は　天下の嶮《けん》
函谷関《かんこくかん》も　ものならず……

俺は死にたくない。死にたくないよ。三度目の大手術がどんなに辛くてもまだ死にたくない。俺には人生にそして人間にどんな意味があるのかわかっていない。ぐうたらで、怠けもので自分を誤魔化している。しかし人間が別の人間の横を通りすぎる時、それはただ通りすぎるだけではなく必ずある痕跡を残していくことだけはわかってきた。もし俺がその横を通りすぎなかったらその人たちは別の人生を送れたかもしれぬ。それはたとえば妻の人生であり、康子の人生なのだ。

「生きたいよ。俺は……」

医師がいなくなったあと、能勢はベランダから病室に入れた九官鳥にむかって小声で言った。鳥籠にしいた新聞紙は白い糞《ふん》でよごれ、食べのこした団子の餌がころがっている。九官鳥は黒い体をまるめるようにしてあの哀しそうな眼でじっと彼のほうを見つめていた。カキ色のとがった嘴《くちばし》は外人司祭の鼻のようだった。顔もあの日、酒くさい息を自分に吐きつけた司祭の表情によく似ていた。そして自分と彼との間にはこの鳥籠のような金網もあった。

「康子とああなったのは仕方なかった。ね、あの産院に行ったことも仕方なかった。そんなことは罪じゃない。あれは俺と康子だけで終る行為だ。ただそのために一つの波紋が二つになり、二つの波紋が三つになり、みんなが互いに誤魔化しあい……」

九官鳥は首をかしげて黙って彼の言葉に耳を傾けた。告悔室の中で司祭が無言で横顔をこちらにむけて坐っている姿とそっくりだった。

だが鳥は下の止り木から上の止り木にぴょいと飛びあがると、腰をふるわせて丸い糞をおとした。

夜がきた。廊下を足音をたてながら当直医師と看護婦が各病室を覗いて歩く音が遠くから聞える。

「変りないですね」

「はい、ありません」

彼等の手にした懐中電燈が灯を消した病室の壁に動いた。風呂敷をかぶせた鳥籠の中で九官鳥がみじろぐかすかな音がする。

一つの波紋が二重になり、更に三重になっていく。最初に石を投じ、最初の波紋をつくったのは自分である。そしてその自分が今度の手術でもし死ねば波紋は更に次から次へと拡がっていくだろう。人間の行為はそれ自身で完結するということはない。俺はみんなの周りに、誤魔化しをつくった。病院で誰かの死を誤魔化す以上に、三人の人間のあいだに生涯、消すことのできぬ誤魔化しをつくっていった。

(あと三日すれば、手術か。もし助かれば今年の正月も……この病室で送るわけだな)

正月がくると能勢は四十歳になるわけだった。

「四十にして、惑わず……」

それから彼は眼をつむって、無理矢理に自分を眠らそうとした。

# V

手術の朝がきた。病室がまだ暗いうちに看護婦に起された。前夜、ハイミナールの睡眠薬をもらったので頭が重い。

六時半、手術をうける胸部の毛剃《けぞ》り、七時半、灌腸《かんちょう》。八時に麻酔の第一段階《グラード》としてパンスコの注射をうけ、白い丸薬を三錠のむ。

妻が彼女の母と病室の扉をそっとあけて、中を覗きこんで小声で言った。

「まだ、眠っていないらしいわ」

「馬鹿だなあ。このくらいで眠れるもんか。昨日、今日の初年兵じゃあるまいし」

「あまり、ものを言わないほうがいいのよ」妻の母が不安そうな顔で言った。

「じっと、してらっしゃいな」

康子は俺が今日、手術を受けることさえ、もう忘れているだろう。髪に金具のようなヘア・クリップをつけてあの経済企画庁の主人のために珈琲《コーヒー》でも沸かしているだろう。

二人の若い看護婦が運搬車を押して姿をあらわした。

「さあ。能勢さん、行きましょうね」

「一寸、待ってくれ」

彼は妻にむかって言った。

「ベランダから、九官鳥の籠、もってきてくれよ。なにね。一寸こいつにもさよならぐらい言おうじゃないか」

みんなはこのおどけた彼の言葉に軽い笑い声をたてた。

「はい、はい」

妻がかかえてきた鳥籠の中から鳥はあの眼で能勢をみつめた。俺が告悔室で老司祭に言えなかったものを言ったのはお前だけだ。お前は意味を知らずに、あれを聞いた。

「もういいよ」

抱きかかえられて仰むけに乗せられた運搬車が軋んだ音をたて廊下を動きだした。妻は車と平行して歩きながら、ともすると、ずり落ちそうになる毛布を引きあげている。

「あら能勢さん。しっかりね」

うしろから誰かが叫んでくれた。

右に、左に病室や看護婦室がみえ、炊事室が通りすぎ、エレベーターの中に入れられた。

五階にそのエレベーターがのぼると車は消毒薬の臭いのしみこんだ廊下を相変らず軋んだ音をたてて進んでいった。前方に扉を閉じた手術室がある。

「じゃ、奥さん、ここまでで……」

看護婦は妻にそう言った。ここからはもう家族も立ち入ってはいけないのだ。

仰むけになったまま能勢は妻を見あげた。妻のすこしやつれた顔にふたたび、あの微笑がうかんだ。

なにか事があるたびに彼女が必ずつくるあの微笑がうかんだ。

手術室に入ると寝巻をとられ、すぐ眼かくしをされた。固い手術台に寝かされると体を覆った布を幾つかの手がフックでとめていった。熱いタオルで足があたためられる。血管を太くして輸血針をさしやすいようにしているのだ。なにか金属をおく音が耳もとでカチカチする。

「要領は知ってますね。ガス麻酔の」

「ええ」

「じゃあ、口に当てますよ」

ゴムくさい臭いが鼻についてくる。口と鼻とをゴムで覆われる。

「こちらが言う通り、数えて下さいよ」

「はい」

「ひとオつ」

「ひとオつ」

「ふたアつ」

「ふたアつ」

妻の顔が眼にうかんだ。あいつはみんな知っていたわけだな。ただあいつはすべてがまるくおさまるのを待っていたわけか。あいつにそんな自分自身にたいする誤魔化しをさせたのはいつ……。

「いつツう」

「いつツう」

そして能勢は昏酔《こんすい》していった。

眼がさめるまでほんの一分か、二分にしか感じられなかった。彼がゆっくりと麻酔からさめたのはその日の夜だった。

若い医師の顔が真上にあった。妻のあの微笑もあった。

「やア、今日は」

彼は少しおどけてみせて、また深い眠りに落ちた。二度目に目をさました時は午前四時ちかい時刻だった。

「やア、今日は」

妻の姿はみえず、宿直の看護婦がきつい表情で彼の右腕に黒い血圧計の布をまいて、血圧を観察していた。鼻の穴には酸素吸入器のゴム管がいれられ、足からは輸血の注射針がさしこまれていた。そして左の胸には二つの黒い穴があけられ、穴からビニールの管がつきだしていた。その管を通して胸部にたまった血をたえず硝子瓶の中に流す機械の音がきこえていた。水がたまらなく欲しかった。

「水……水をください」

「駄目です」

氷枕をつくってきた妻が跫音《あしおと》をしのばせて病室に入ってきた。

「水、くれ」

「我慢して」

「手術は何時間かかったんだ」

「六時間」

「すまなかったな」と言いたかったが、その力も今はなかった。胸の中に大きな石をつめこまれたような感じだった。だが肉体の苦痛などにはもう馴れていた。窓がしらみだした。朝がちかづいてきたとわかった時、始めて助かったと思った。よくよく運がよかったと思った。その悦びは大きかった。

だが、血のまじった唾はたえまなく出た。普通この血は術後、二、三日でとまる。手術した肺の傷口から出る血がすっかり凝固した証拠である。けれども能勢の場合は四日たっても五日たっても唾のなかの血線は消えなかった。おまけに熱は相変らず、下降しなかった。

医者が幾人も入れかわりで病室にあらわれ、廊下で何かひそひそ話をしている。彼等が気管支に穴があく気管支漏を疑っていることぐらい能勢にはすぐわかった。もしそうだとすれば、やがて雑菌が傷口につき、膿胸《のうきょう》を併発する。再び手術を幾度も行わねばならない。医師は大急ぎで抗生物質の注射を追加し、アイロタイシンの服用を開始しはじめた。

二週間目にやっと血が唾にまざらなくなり、熱も少しずつ下降しだした。

「今だから言いますけどね……」

教授はうれしそうに枕元の椅子に腰をおろして、

「よく、助かりましたなあ、すべて危ない綱わたりばかりだった……」

「手術中もですか」

「ええ、手術中、あんたの心臓は幾秒か停止してね。あわてましたよ。あの時は。しかし、よくよく運の強いかたですな」

「今まで、能勢さん、よほど善行を重ねたんでしょうね」

とうしろに立っている若い医師も笑った。

一カ月たつとやっと寝台にくくりつけた紐《ひも》を持って起きあがれるようになった。脚もすっかり肉がおち、骨も七本、片肺もなくなるというみじめな肉体を能勢は痩せこけた腕でしみじみとなぜた。

「ああ、そうだ。俺の九官鳥は」

病気との戦いの間、彼は看護婦室にあずけた九官鳥のことを忘れていた。

妻は眼をふせた。

「死んだわ」

「どうしたんだ」

「だって看護婦さんもあたしも、九官鳥にかまっている暇はなかったんですもの。餌はやってたんだけど、ひどく冷えた晩、部屋に入れてやるのを忘れちゃって。ベランダにおきっ放しにしていたのがいけなかったの」

能勢はしばらく黙っていた。

「ごめんなさいね。でも、あなたの身がわりになってくれたような気がして……家に持ってかえって庭に埋めました」

無理もないことだった。妻とすれば鳥などに注意をはらう心の余裕がなかったのは当然であろう。

「鳥籠は？」

「まだ、ベランダにあるわ」

彼は眩暈《めまい》をこらえながら床のスリッパをひっかけた。壁に手を支えながら、一歩一歩、ベランダに出た。眩暈はやっと静まっていった。

空は晴れている。窓の下の路に自動車やバスが走っていた。冬のうすい陽が鳥のいない鳥籠にさしている。鳥の残した白い糞は籠のとまり木にこびりつき、水入れはからからに乾いて褐色の跡をのこしている。空虚なその鳥籠には一つの臭いがあった。鳥の臭いだけではなく、能勢自身の人生の臭いがあった。彼がこの鳥籠の中で生きていたものに話した息の臭いがあった。

「これから、すべてうまくいくわね」

彼の体を支えながら妻がそう言った。

「いや、ちがう」

能勢はそう口に出しかけて黙った。

# 私のもの

風呂の焚口《たきぐち》の前にしゃがんで薪をくべている妻を見ながら疲れた顔だな、と思った。焚口の炎で少しむくんだ目ぶたや頰に赤い影がうごいている。この女となぜ結婚したのかと今更のように思ったのは昨日の午後、三田から思いがけない決心をうちあけられたからだ。外は雨……雨はもう三日間も降りやまず、庭の八つ手の根もとをじゅくじゅくと濡らしている。庭に干せない子供の下着やパジャマが風呂場にも廊下にもぶらさがって、その湿気と嫌な臭いが勝呂《すぐろ》に中年男の自分の、くたびれた結婚生活を思いださせる。

「ねえ、退屈だもん」と子供が彼にせがんだ。「なにかお話してよ」

「そうだな。なんの話をするか」

窓のむこう、雨に閉じこめられた風景に眼をやりながら彼は首をかしげた。まだ出来たばかりの住宅地。東京から四十分もかかる丘陵を整地した場所で、赤土のむき出した場所に建売りの小住宅が散らばり、栗や漆などの雑木林が残っている。その雑木林にも雨が三日間ふりつづいているのだ。

「ある日、あの雑木林の近くで子供が野球をしていました。ボールが林の中に転がってしまったから子供たちは叢《くさむら》をわけて中を覗《のぞ》いてみた。すると……」

「すると……どうしたの」

「するとね」勝呂は少し意地悪な気持で話しつづける。

物から、お父さんぐらいの年の男が……首つって、ぶらさがっていた。色のあせた寝巻みたいな着
「するとね」勝呂は少し意地悪な気持で話しつづける。


「子供にそんな」焚口の蓋をしめながら妻は怒ったように呟《つぶや》く。「変な話をなさらないでよ」

「なぜ彼は首をくくったのか。その父さんみたいな男は、別に悪いことをしたのでもなかった。商売に失敗したのでもなかった。夫婦げんかをしたのでもなかった。だからみんなは、このおじさんが、なぜ、首をつったかわからなかった。……ただ一匹、犬が、哀しい眼をして、その雑木林を見つめていた」

「犬が？」

「そう。それで終り」

「なんだ。終りか。ツマんねえの」

俺はこの女房と子供と生涯、別れはしないだろうと勝呂は膝《ひざ》をかかえながら思った。勝呂の両親は憎みあって離婚したが、彼はこの肥った体をもち、疲れた顔をした妻と一生、生活をするだろうと思う。それはこの妻の疲れた顔が勝呂には時として「あの男」の顔と重なるからだ。「あの男」を俺は生涯、棄てないだろう。俺は女房を棄てないように「あの男」を棄てはしない。雑木林を見つめてい

る犬の眼のように哀しい眼をした「あの男」を棄てないだろう。

昨日、今日と同じように雨の日、勝呂は新宿の混雑したジャズ喫茶で「あの男」のことを三田と話した。アベック・シートと言うのか、二等車の客席のように並んだ椅子に若い会社員や学生たちが女の子と体をくっつけて腰かけている。男どうしで坐っているのは勝呂と三田だけだ。ほかに場所が見つからなかったので仕方がない。二人の椅子はバネがゆるみ、帰ったばかりの若い男女の湿ったぬくもりがまだ残っていた。

「話って？」

「俺、来月……」

ぬれた蝙蝠傘《こうもりがさ》の柄を片手でなぜながら三田は眼をつむった。彼は頬の右下が小さな袋をつけたように膨らんで動く。三田はそれを心配のいらない肉腫《にくしゅ》だという。友だちの間では「馬」というアダ名のある彼はこの肉腫のためにますます馬のようにみえる。

「どうもうるさいな、この店は」

「土曜日だからね」

「それで話って……」

「俺、来月、洗礼を受けようと思って」

そう言って三田は下着をぬいで医者の前にたった青年のように、顔をあからめ、ジュースの残ったコップに眼を落した。三田も勝呂もそれぞれ四十歳に手の届く小説家だった。だが、長いつきあいの間に相手の内側をそれぞれの作品で推測しあっても、面とむかって心をむきだしにしたことはない。自分の心をなまのまま他人に見せるのは恥ずかしい。小説のなかだって彼等は自分の心に全く覆いもかけず陽にさらすことは不可能だ。笊《ざる》から水の洩れるように小説のなかでも我々はせいぜい自分のつかめた心の領域しか描けない。

「え、洗礼か」

「うん」

三田の細君は既に昔から信者だったが、三田は頑強に洗礼をうけることを拒みつづけていた。勝呂自身は子供の時、洗礼をうけている。だから三田は彼にこのことを打ちあけたのだろう。

しかし勝呂は信仰とか、洗礼とかいう言葉が嫌いだった。この言葉にはジョン小林とか、ヘンリー山田という二世の名前のような軽薄で青くさい臭いがひどくする。それだけではなく、そこにはいかにも自分の心を他人にむきだしにして平気でいる無神経なものが感じられる。洗礼とか信仰という言葉だけではなく、神という個性のない言葉さえ、勝呂にはいつか口に出したくなくなってきた。できれば別の言葉で彼をよびたい。もっと勝呂に実感を起させる言葉で彼をよびたい。だが彼には「あの男」という以外に別の日本語で彼をはずかしくなくよぶ言葉を知らない。

「あの男」は勝呂の少年時代から彼の裡《うち》で一緒に成長してきたのだ。勝呂が今日、まばらな無精髭《ぶしょうひげ》をのこし中年男の凹《へこ》んだくたびれた顔をしているように「あの男」も凹んだくたびれた中年男の顔をしているのだ。その「あの男」を勝呂は神などという実感のない曖昧《あいまい》な言葉でよべなかった。

「なんだ。急に。気持が、変ったのか」

なぜ神の存在を信じるようになったのか、そう言ってからそんな露骨な質問を口にだした自分の非礼に気づいた。隣の席では学生と髪の毛を金色にそめた娘とが指と指とをからみあわせている。娘が靠《もた》れかかろうとすると男は照れくさそうに体をよける。うしろの席から「だって、あのこと、トサカにくるじゃない」「社長外遊記って映画見たかい」「バカみたいだな。おめえは」そんな会話がきこえてくる。ボーイが盆の上のコップを落したらしく大きな音がひびき、みんなが背後をふりかえる。煙草の煙と雨のしみた靴の臭いが店のなかをみたして、ここは神の存在について話しあうには場ちがいな場所のようだった。けれどもそうだ。窓から見える新宿の雑沓。信号をまっているバスや車。電気洗濯機の広告。春もの一掃の値引した靴屋の前に集まってきた女たち。そんなどこにもある日本のよごれた街のなかに「あの男」を、神の存在を見つけることができないならお前の小説はいったい何なのかと勝呂は思った。

「どうしてって……うまく言えないな」

三田は自分の洗礼の動機をなんとか説明しようとする。半年前、細君とローマに行った時、二人でバチカン宮殿を見た。あまりに贅沢《ぜいたく》なこの建物や広場は彼を不愉快にさせた。エルサレムをまわった時、そこが善光寺のように俗化しているのを見て彼はいらだった。しかし心の底で関心のないもの、愛していないものに、人は不快になり、いらだつ筈はなかった。印度から羽田にむかう飛行機の長い時間のなかで彼はその事実を反芻《はんすう》し考えつづけた。

「へえ。それだけか」勝呂は相手をからかうように「どうも通俗的なお話ですな」

「うん。お粗末の一席です」

もちろん勝呂にはわかっている。信仰の動機など誰にも説明できはせぬ。馬のような顔で眼をパチパチさせながら三田がしゃべったそんな説明は、心の秘密という大きな氷山のほんの一かけらの氷にすぎぬ。一つの魂が「あの男」をうけ入れるまでには松の幹のきたない表皮のようなものが意識の外側にくっついているのだ。その皮を剝《は》がすと白い樹液が流れでるだろう。樹液をしぼりだすものを語ることはできぬ。三田は何を言ってもいいのだ、俺が改宗したのは朝、目をさましたら空が晴れていたからだと三田から言われたって、勝呂は納得できる気がする。

「羨《うらや》ましいやね。お前さんも長尾も」

「というと？」

「二人とも、自分でそれを選んだって言うことさ」

長尾は三田や勝呂と同じように四十歳にちかい作家である。細君の神経の具合がわるく数年前から夫婦の故郷である日本の端の島に行ってしまった。勝呂にはなぜ長尾が改宗をしたのか聞いたことはない。ただその小説から見ると病気でいらだつ細君とこれも病気の子供とにはさまれて彼は地を這《は》いずりまわるような生活を送った。その生活に彼はしがみつき、それから逃げるかわりに一生、背負いつづけようとしている。背負うためには意味が必要だ。いや、意味があるから背負ったのである。いずれにしろ、長尾もこの三田と同じように自分の意志で信仰を選んだのである。

栗や漆などの雑木林は時々、身ぶるいでもするように濁った雨を落すのか、その音が彼の家にもきこえてくる。三田や長尾は自分の手であれを選んだのだが、勝呂の場合は自分の意志で信仰を選んだのではなかった。そのことは今日までいつも彼のひそかな負い目になっていた。いや、それだけではない。あの時勝呂は少年のくせにひとかけらの信仰もなく洗礼の水をうけたのである。そうだ。その頃の写真は彼の家に残っている。色が黒く、首を前に突きだして変な声をだしてしゃべるので皆からカラスといわれていた時代だ。その写真の中で彼は怯《おび》えたような眼つきでこちらを見ている。

まだ憶《おぼ》えている。大連《たいれん》から母とカラス兄妹をのせた船は門司《もじ》にむかっていた。ペンキの臭いと厨《くりや》からただよう沢庵《たくあん》の臭いとが船のいたる所にこもり、丸窓から支那海の黒い海面が白い波がしらをみせて浮んだり、沈んだりしてみえた。

「兄ちゃん。あたしたち、神戸の叔父ちゃんとこ、行くんだって。イヤだな。この靴下また破れてる」

なにも知らぬ妹は穴のあいた靴下を勝呂の鼻先につきつけてこれから自分たちの待っている生活をたのしいもののように言った。

「そうよね。母さん」

明日が門司だと言うのに船に弱い母は毛布にくるまって苦しそうに眼をつむっていた。丸窓のむこう、風の吹く黒い海をみながらカラスは大連に残した父のことと黒い満州犬のことを考えた。母と父とが決定的に別れたと言うことは誰にきかされなくてもカラスにははっきりわかっている。彼と妹とは父親もやがて内地へ戻るのだと母から説明されていたが、その時の彼女の眼の動きでカラスは母がうそをついていることをすぐ知った。波が荒い時には寝台と寝台とをつなぎあわせた鎖が軋《きし》む。その軋む音をききながらカラスは膝の上に船の写真のついている絵葉書を置いて学校の友だちに便りを色鉛筆で書きかけたが、中途で破り棄てた。もう二度と大連に戻り彼等に会うこともないと思ったのである。

門司から神戸までの汽車の窓からカラスは初めて見る内地の風景をあかず見つめた。高粱《コーリヤン》畠と泥づくりの農家しか見たことのない彼の眼には、藁《わら》ぶきの家や赤い柿の実は新鮮なものとしてうつった。

彼等は、母の妹の嫁ぎ先に厄介になった。叔父は病院勤めの医者だったが子供のないその家までが、まるで医院のように殺風景で、消毒薬の臭いが台所にまでしみこんでいるような気がした。ただあまり大きくもない家のどの部屋にも十字架がぶらさがっているのがカラスには奇妙に感ぜられた。

叔父夫婦はカトリックの信者だったのである。

叔父は口数の少ない無表情な人だった。妻の姉が子供まで連れて自分の家にころがりこんできたことに文句は言わなかったが彼は病院から戻っても、ちらっと冷やかに義姉とその子供とを見るだけで話しかけようとはしない。こうして彼は自分の態度を妻に示していた。そんな時カラスの母は機嫌をとるように、急に陽気にふるまい、今日忙しかったかとか、患者のことなどをたずねるのだった。だが彼はニコリともせず、時々、「ああ」とか「いや」とか口に出すだけで、食事がすんでも医学雑誌を膝にひろげて黙って読んでいた。

自分たちが叔父にきらわれているらしいと、カラスは子供心にもうすうす気がついた。窓に靠れて晩秋のうすい陽がおちている六甲の山々をみながら、カラスは父のこと、大連で父や母と住んだ家、雪のふる路を馬車《マーチョ》でゆられていった夜のことを心の中でかみしめる、だが、彼には自分と母とのために一体なにをしていいのかわからないのである。

無言で母と自分たちに接する叔父の機嫌をとるため、彼は懸命に話しかけようと思う。しかし言葉がつまってしまうのだ。

「叔父さん。これは……何か」

茶の間に釘《くぎ》をうちこんで、それにぶらさげた十字架を指さして妹のほうは物怖《ものお》じもせず叔父にたずねる。もちろん、妹はそれを大連のロシヤ人教会で見たことがあるから、教えられなくとも知っている筈だった。

「十字架」

叔父は医学雑誌から眼をあげると単語だけをぽつんと答える。

「なんのために、あるんですか」

今度は彼が懸命にたずねる。だが彼にはとても妹のように甘ったれて言えないのだ。

「さあ」

うるさそうに、叔父はそれ以上、顔をあげない。叔母があわてて横からとりなすように説明する。

「信ちゃん、教会って見たことないの。教会っていうのは神さまが……」

ながたらしい叔母の話にカラスはうなずいていたが、そんなものを彼は信じてはいなかった。大連の路で聖画やメダルを売っていたロシヤ人の老人のことを思いだす。

いつも泪《なみだ》をたらし、鼻水でよごれたハンカチでふいているその老人に友だちとよく石を投げつけた。

毎晩、カラスの母親はきまって叔父と叔母とに、愚痴をこぼす。叔父が不機嫌な表情で急にたちあがって部屋を出ていくと、あとには白けた空気が残る。叔母は当惑したように、

「姉さんも子供たちももう寝たらどう」

急いで夫のあとを追っていく。二階の六畳で親子三人が眠る時、寝息をたてる妹の横で今度は母親の愚痴をきかされるのはカラスだった。

「親類なんて当てにならないよ。姉妹だって結婚してしまえばおしまいなのねえ」

「お母さん。毎晩、同じことばかり叔父さんたちにこぼすんだもん、ぼくだってイヤになっちゃうよ。どこかに家借りて住もうよ」

いつまでもこの家に厄介になるわけにはいかなかった。叔母は友だちや知人に伝手《つて》をもとめて母の就職口をみつけようとしていた。母がこの際、できる技能といえばピアノだけだった。少なくともそれまでは叔父や叔母の気持をそこねるべきではなかった。だからカラスは学校から戻ると誰に言われなくても庭の掃除をしたり、叔母の用事を手伝ってほめられようとするが無器用な彼は庭掃除の箒《ほうき》を折ったり、お使いの途中、風呂敷をなくしたりするのだった。

日曜になると叔母は教会に行ってミサにあずかる。時々叔父も一緒についていく。叔母は母を一度、誘ったが母は戻るなり、右手で肩を叩きながら、

「ああ肩がこるわ。兎に角、お祈りに来ているのか、着物見せに来てるのかわかりゃしない人ばかりだから」

「でも、教会、行ったほうがいいんじゃないかな。叔母さんだって悦ぶだろ」

大連を出て以来、父のいないことはカラスをいつの間にか母の相談相手にさせていた。彼はそんな時、大人のような口のきき方もできるようになっていた。

「なら咲子と一緒に行ってよ。母さんなにもそこまでペコペコしたくはないわよ」

「また、そんなこと言う」

その次の日曜日、彼は思いきって玄関で靴をはいている叔父と叔母の背後にたっていた。

しかし彼は次の言葉が咽喉《のど》にひっかかるのを感じた。叔父は黙ったまま彼の顔をじっと見ている。

彼は妹をふりかえって救いを求めるような眼をした。

「教会に行っていい」

「咲ちゃんが」叔母は夫を横眼でみながら声だけは嬉しそうに「信ちゃんも?」

二人は叔母と一緒に黙って先に歩く叔父のうしろに従った。阪急の電車に乗せられ夙川《しゅくがわ》という駅でおりる。カトリックの教会は神戸以外はここにしかないのだった。

始めて見るミサは彼には退屈で屈辱的なものだった。まわりの人々は突然たちあがったり跪《ひざまず》いたりする。カラスは叔母の命令で、児童の席に腰かけさせられたのだが、小猿のように自分より年下の子供たちのまねをしなければならなかった。他の子供たちが祈りを暗誦《あんしょう》する時、彼はぼんやりと立っていた。窓からさしこむ陽の光で寝不足の彼は頭が痛かった。そして内陣いっぱいに香炉の香りがただよいはじめるとカラスはその臭いで吐き気をさえ催した。

一時間の後、やっと外に出られた時、彼は貧血を起し、蒼《あお》い顔をして、

「どうだったの」

叔母にそう聞かれても返事ができなかった。

「あたし、一生懸命お祈りしたわ」

妹は例によって無邪気をよそおって答え、叔母をよろこばせる。

「信ちゃんは」

「あたし」妹は更に歌うように言った。「今度も教会に来たいな」

だが教会から電車までの坂道で叔父はカラスのそばに急によってきたかと思うと、いつになく優しい声で言った。

「いやだったろう」

それから毎週、日曜日、カラスは叔母につれられて教会に行くようになった。もしそれを怠ると叔母の機嫌がやはり悪くなるような気がしたからだ。それに彼としてはこうしなければこの家における母の立場がますます悪くなっていくように思えた。

四度目に教会に行った時、ミサのあとで黒い服を着た老神父のところに叔母はカラスをつれていった。それは大連にいた時、路で眼やにをふきながら聖画を売り、儲《もう》けた銅貨をアカシヤの樹の下で数

えていた老ロシヤ人とよく似た顔をしていた。

「そうだねえ」カラスの肩に手をおいてこの老人は笑いながら「これから日曜日の子供の公教要理のクラスに来なさい。沢山、友だちがいるんだよ」

「信ちゃん、どうする」

カラスは叔母の顔をみあげたが、叔母は口では彼の気持をききながら、顔では早くも老司祭に礼を言うように促していた。

「よかったわねえ、信ちゃん」

母はこのことを聞いても別になにもいわなかった。悪いことではないと思ったのだろう。五、六人の年下の小学生にまじってカラスと妹とは日本人の修道女から小さな本を暗記させられていった。本の中には聖霊だの三位《さんみ》一体だの、カラスには全く理解できない言葉が沢山あった。

洗礼の日はまもなくやってきた。花輪を頭にかざり白い服をきせられた女の子や水兵服をきた男の子と一緒に彼は聖堂の、一番前の席にたたされる。洗礼の式の前に形式的な誓約があるのだ。

「あなたは、唯一の主を信じますか」

老神父は前日、学芸会の舞台稽古でもするように子供たちに教えておいた問答を信者たちの前でくり返す。

「信じます」

と妹は大きな声でいった。

「あなたは」老神父は老眼鏡の下からカラスの方をむきながら「唯一の主を信じますか」

「信じます」

と彼は答えた。


焚口に薪をくべている妻のむくんだ顔を見て、勝呂は結婚前、口のわるいある先輩が彼に、

「おむすびみたいな顔の娘だな」

そっと言った言葉を思いだした。だがそのおむすびのような顔は今は顔色も悪く艶《つや》がない。あの頃はまだ痩《や》せていた体もみにくく肥っている。心臓がわるいので時々、はあ、はあと笛のような声をだすのだ。この女も正確な意味で自分は選んだのではない。「あの男」を少年時代のカラスが自分の弱さを誤魔化すために利用したように、この女とも彼は周りと妥協するために結婚したのである。

その時、勝呂は二十八歳だった。中学四年の時、母が死んでから彼は妹と父の家に戻った。そうするより仕方がなかったのである。

「お前の結婚相手は、父さんが見つけてやる」

父は平生から口癖のように言った。

「父さんは結婚に失敗したからな。若いうちは女を見る眼がないもんだ」

勝呂はそんな時の満足そうな父親の顔と無神経な言葉が不愉快だった。それは自分の結婚相手を他人から左右されたくないという反撥心と共に、死んだ母を蔑《さげす》むような父の言いかたのためだった。彼

は御影《みかげ》の叔父の家で毎夜毎夜、夫の悪口を言い、愚痴を叔父や叔母にこぼしていた母のみにくい泣き顔を思いだした。あの泣き顔はきたなかった。しかし、それにしても彼にとって、そのみにくい泣き顔の女は母だった。父の気に入りそうな娘と結婚することは、それだけで死んだ母のあの泣き顔をさらに孤独にするように思われるのだ。

死んだ母の話は父の家に来て以来、勝呂兄妹はほとんど口に出さぬ。いつかこの家では、母が二人の兄妹に存在しなかったように生活が流れていく。アルバムから黄ばんだ母の写真は剝がされてしまうように、彼女が生きていたことさえ皆から無視されている。勝呂はそういう生活に妥協しながら、そんな自分がたまらなく不快だった。

妹は既に父親の気に入った青年とさっさと結婚していた。

「親の過去を、子供のあたしまでがひっかぶりたくはないわ」と彼女は勝呂にある日言った。

「あたしは、あたしよ、自分の生活があるわ」

そういう言葉の裏には、兄妹にとっていつまでも重荷になる母の思い出など現代的にさっさと棄てればよいという身勝手な理窟《りくつ》がふくまれていた。勝呂はこの妹とは争わないが、彼女が嫌いだった。

妹は月に二度、中野にある父の家にくる。子供と夫と一緒にいかにも倖《しあわ》せだという顔を兄の勝呂にみせつけるのだ。

「お父さん。信ちゃんにもそろそろ、嫁さんもらわなくちゃ」

妹の亭主は勝呂より年上だったから彼のことを狎々《なれなれ》しく信ちゃんと呼ぶ。たのまれもしないのに靴下のまま庭下駄をひっかけて、庭で盆栽をいじっている父の手伝いをするような男だった。

「そうさ」父は鋏《はさみ》を動かしながら「奴は註文が多いからね。困ったもんさ」

「しかし、お父さんの気に入る人ならまず間違いはないと思うんだがなあ。信ちゃん」

縁側で三歳になる子供に白い毛糸のズボンをはかせている妹も、

「そうよ。グズグズ言わせずに父さんが選びなさいよ」

母に似ていない妹の勝気な顔。鼻がとがり、少し上をむいている。生活に風波がたたぬためなら自分の心情の、一番奥ふかいものまでも眼をつぶる性格がこの妹には昔からある。今はその性格を靴下のまま庭下駄をひっかけ、たのまれもしないのに父の盆栽に水をかけている夫にむけているのだ。勝呂は妹が亭主と寝る時はどんな顔をするのだろうとさえ思った。

次から次へと父が知人からもらってくる写真を勝呂は口実をつけて断った。たった一度だけ、不承不承に見合いをしたことがある。鎌倉のある寺で、相手の娘は勝呂の前で茶の手前をしてみせた。

「どうしたんだ。君には結婚する意志がないのか」

その話もこわれた時、流石《さすが》に父は苦々しい顔で勝呂を自分の部屋によんだ。あつい湯で盃《さかずき》のような茶碗をあたため、その温度ののこった時に煎茶《せんちゃ》をつぐ。その父の痩せた細い手を見ながら勝呂は黙っていた。

「好きな人でも、あるのか」

「ええ」彼はうそをついた。「しかし先方の気持はわかりません」

本当は好きな娘などなかった。五、六人の娘は知っていたが、それもたんなる交際以上のものではなかった。

「それならそれで」父は茶碗を手にしながら庭の植込みに不機嫌に眼をやった。「早く言えばいいのに」

一カ月後、彼は今の妻になった娘に結婚を申し込んだ。若い男が女に感ずる感情は全くなく彼はうどん屋のなかでこの娘に結婚という言葉を口に出した。殺風景なうどん屋を選んだのはこの申込みが自分にとって事務的なものであることを心に言いきかせるためだった。真実、彼は父からの縁談をふせぎ、みにくい泣き顔をした死んだ母を心のなかで更に孤独に追いやらないためには、普通の娘ならば誰と結婚してもよい、そう思っていたのである。交際している五、六人の娘のうち、この娘は特に魅力が乏しかった。梨の花のように地味で、目だたず控え目だった。パーティでも隅の席でおむすびのような顔をして、じっと坐っている。

うどん屋で彼がそば湯をのみながら、結婚という言葉を言うと、このおむすびのような顔が一瞬、うごき、驚いたように彼を見つめた。

結婚して二人で住むようになっても、勝呂はこの時の彼女の表情をある痛みを感じながら思いだした。妻はあの時の自分の気持を知っていない。あの時、死んだ母を裏切りたくないという身勝手な理由から彼女と結婚にふみきったことを知らない。自分は愛したから選んだのではなく、弱さのために女房としたのだということを妻は生涯、気がつかないだろう。

細君は次第に肥り、みにくくなっていった。それは彼をいらだたせる場合がある。勝呂は彼女と争ったことはあまりなかったが、それは二人がたがいに満足していたためではなかった。一度、ある冬の夜、赤ん坊の横で彼は彼女を撲《なぐ》り、言ってはならぬ言葉を口に出してしまったことがある。

「君なんか……俺……本気で選んだんじゃないんだ」

おむすびのような顔がじっと勝呂を見つめ、おむすびのような顔に泪がゆっくりと流れた。

けれども本気であろうがなかろうが、勝呂は一人の女を妻として選んだという行為だけは認めざるをえなかった。その事実は彼女が彼と一つの屋根の下で住み、彼と生活し、彼の子供の母親であるということだった。満足しようが満足しまいが、彼女は勝呂と一緒に生きていく女だった。勝呂は他の男たちのように純粋な愛情でこの女を選んだのではないと思ってきたが、愛というあの大袈裟《おおげさ》な気障《きざ》な言葉には信仰とか洗礼とかいう言葉と同じような軽薄なひびきがあった。愛という意味は勝呂の心のなかで少しずつ新しい意味を伴ってくる。人はうつくしいものや綺麗《きれい》なものに心ひかれるが、それはもちろん愛などではない。

「君なんか……俺……本気で選んだんじゃないんだ」

ある夜、彼が彼女を撲り、口に出してはならぬ言葉を口に出した時、おむすびのような顔がじっと勝呂を見つめ、おむすびのような顔に泪が流れた時、勝呂はこの女がやはり自分の妻だと思った。心臓が弱いので、はあ、はあ、息を切らして竈《かまど》のなかに石炭と薪とを放りこんでいる。眼《ま》ぶたや頬がむくんで、髪に白い灰がついている。どこにでも転がっている疲れた細君の顔だ。けれどもそれはやはり勝呂の作品にちがいなかった。材料を集め、それをこねあわせ、いらだち、書いた勝呂の下手な小説と同じように彼自身の人生の作品にちがいなかった。そして、そのくたびれた顔のうしろに勝呂は妻と同じように、彼が本心から選んだのではないもう一つの顔をみつける。妻と同じように、彼が今日まで憎んだり撲ったり、そして、

「君なんか……俺……本気で選んだんじゃないんだ」

幾度もそう罵《ののし》った「あの男」の疲れきった顔を見つける。

うどん屋で妻が勝呂の心の裏を知らず嫁いできたように「この男」も冬の朝、夙川の教会でカラスが愛しもせず口にだした公教要理の形式的な誓いを本気にして、勝呂のところにやってきた。妻と同じように、はあ、はあと笛のような音をだして息をきらせ、みにくい顔をしてこの三十数年の間、彼の同伴者になってきた。

彼が「この男」を本気で選んだのではないんだと罵る時その犬のように哀しそうな眼はじっと彼を見つめ、泪がその頰にゆっくりとながれる。それが「あの男」の顔だ。宗教画家たちが描いた「あの男」の立派な顔ではなく、勝呂だけが知っている、勝呂だけの「あの男」の顔だ。私は妻を棄てないように、あんたも棄てないだろう。私は妻をいじめたようにあなたをいじめてきた。今後も妻をいじめるようにあなたをいじめぬと言う自信は全くない。しかしあなたを一生、棄てはせん。

雨がやっとやむ。子供をつれて勝呂は水溜《みずたま》りの多い丘陵の路をおり、駅前の煙草屋に煙草を買いに

いく。まだ空は古綿のように雲がかさなりあっているが、その僅かな切れ目から微かな陽が、路の水溜りを光らせている。

「それはドクダミだよ。手がくさくなるぞ」

勝呂は叢の中にしゃがんで白っぽい花をちぎっている子供を叱る。

「早く、来いよ。おいて行くぜ」

「この雑木林なの」

「なにが」

「さっき話をしてくれたろ」

と息子はその雑木林に小石を投げつける。

# 童話

むかし、満洲の大連《たいれん》という街に日本人が沢山すんでいました。日本人の建てた病院も役所も小学校もありました。

その小学校の三年生にカラスという綽名《あだな》の少年がいました。牛蒡《ごぼう》のように色がくろく、授業の時は小さくなっているくせに、休み時間になると、首をのばして教室中をアチ、コチとあるきまわり、可笑《おか》しな声で騒ぎまわるので友だちはカラスと綽名をつけたのです。

カラスの父親は満鉄というお役所に勤め、家族は満鉄にちかい街の真中に住んでいました。露西亜人が帝政時代に作った大連は、ストーブやペチカの煙突がついた住宅が行儀よくならび、日露戦争の勝利を記念して将軍の名がつけられた大通りや広場には、アカシヤの大木や背高ノッポのポプラの樹が整然と植えられています。満人のお爺さんはこのアカシヤのこんもりとした木陰に鳥籠をおき、お茶をすすりながら小鳥の鳴くのをじっと聞くのです。苦力《クーリー》たちが一仕事を終えて昼寝をしたり、赤いナツメや大蒜《にんにく》や饅頭《マントー》をかじるのもこの樹の下です。そしてカラスは学校の帰り、家に真直ぐにかえらず、こんなお爺さんや苦力のそばにしゃがみ、その物をたべる姿をいかにも欲しそうな眼つきでじっと眺めることがよくありました。

ある秋の夕暮、カラスは友だちを三、四人連れてきて、ペチカの煙突のとび出た屋根にのぼり、大騒ぎをしながら空を眺めていました。六つになるカラスの妹が庭で、

「お兄ちゃん。何してるの」

と叫びますと、少年たちは、

「お爺さんを見にきたんだぞ。女の子はあっちに行け」

と答えました。二日前同じようにカラスは紙を巻いた手製の望遠鏡で暮れていく空をじっと眺めたのであります。しんとした夕暮で母親は妹をつれて晩御飯の買物に出かけ、家のなかも庭も、隣の露西亜人の家も静まりかえっていました。と、カラスは屋根の上の鉛色に曇った空に長い髭《ひげ》をはやしたお爺さんの顔をふと、みつけたのです。彼が知らない会ったこともないお爺さんの顔でした。

カラスは学校に行ってその話をしました。何度もその話をしているうちに彼はいつの間にか、そのお爺さんがタイツリブネニコメヌタベナシという呪文《じゅもん》を唱えていたとつけ加えだしました。そのうちに彼は自分でも本当にあのお爺さんがそう言っていたのだ、と半ば信じだしました。

だから友だちたちはその日、彼の家にお爺さんの顔を見にきたのです。けれども陽が落ちてあたりが寒くなる頃になっても、光の消えはじめた空には何もみえず、みんなはブツブツ怒りはじめ、カラスのことを「ウソつき」だと言いだしました。

「チェッ」

みんなが帰ったあとカラスは首をふりながら、ポケットからちびた白墨をだし、うすい陽の縞がかすかに残っている隣の露西亜人宅の塀に「タイツリブネニコメヲタベナシ」と落書をしました。爺さんの顔をたしかに見たんだけどな、と呟《つぶや》きました。彼は友だちがこの呪文の秘密をわからなかったので得意だったのです。「さかさに、よめ」と彼は少し惜しそうに、書き加えました。

大連の日本人は日本のことを「内地」とよんでいました。カラスは大連で生れ、大連で育ったので内地を知りません。だから彼も他の子供たちと同じように内地のことは両親から話できいたり、日本よりは二週間も遅れて発売される子供雑誌の挿絵から自分勝手に想像しているだけでした。ところでカラスが考えている日本の風景とはみどり色の山々がむこうに見え、こちらの茶畠で手ぬぐいをかぶった母親と小さな女の子が、ちょうどお昼なのでしょう、仕事の手をやめている風景でした。女の子は手に薬罐《やかん》を持ち、それを見て母親は笑っている。彼は子供雑誌の口絵から、そんな馬鹿馬鹿しい色ずりを見つけて、なぜか、これが内地だと思いこんでしまったのです。その上、勉強机の前にこの絵を張りつけ、頬杖をついてはうっとりと眺め続け、妹がその絵にさわろうとすると、口をとがらして怒ります。カラスは今までこんな風景を見たことがなかったのです。彼の知っている自然は背丈の二倍ほどもある高粱《コーリヤン》畠が見渡す限りひろがり、その畠の上を熟れた杏《あんず》のような真赤な太陽が沈む大陸の自然だったからです。

ただ、五月になると大連だってポプラがみどりの葉をつけやなぎやアカシヤの花がさきます。なまあたたかい風に乗って無数の綿毛のような柳絮《りゅうじょ》がふわふわと歩道を舞い、道行く人の肩にまつわり、屋根の上まで飛び散っていくのです。白いアカシヤの花の下を馬車《マーチョ》の馭者《ぎょしゃ》が鞭《むち》をならし、ラバとよぶ驢馬《ろば》に似た動物がひづめをならし、花びらは、そのラバの背や馭者の膝《ひざ》の上に散っていくのでした。

しかしすぐむし暑い大陸の夏風が吹いてきます。日本人町も満人の住む地区も静まりかえり西公苑《こうえん》の林のなかで時々、朝鮮烏《ちょうせんがらす》のしゃがれた声がきこえ、苦力たちが真暗な日陰のなかで死んだように眠るのが大連の夏です。そのくせ、十月の始めにはもうつめたい風がアカシヤの葉を散らばして、街全体は鉛色にひえ、寒い冬と雪とを待ちはじめます。

カラスが九つの時にも大連にはそんなに暗い晩秋がやってきました。その頃から彼の両親は突然、夜おそくまで二人だけで応接間にとじこもり、なにかを話しあうようになりました。両親のあいだには別れ話がもちあがったのであります。子供部屋の窓からも応接間の灯が深夜まで見えるのでした。カラスは寝ている妹のそばで布団から黒い顔をあげて、眼だけギョロギョロ光らせながらその灯を眺めていました。時々、父親の鋭い声や母親のすすり泣きが聞えてきます。カラスは寝巻の袖で鼻をふき布団にもぐりこむと、耳穴に指をつっこみます。真夜中、争いの終った夫婦が子供部屋を通りぬける時、布団に顔を入れた子供を母親は泣きはらした眼で覗《のぞ》きこみ、その背後で、父親は腕を組みムッとした表情で立っていました。

「こんなに耳に栓をして。ああ可哀相に、可哀相に。……この恰好を子供にまでさせて……見ても良心が、疼《うず》かないのかしら」

「馬鹿。子供の前で、そんなこと言うんじゃない」

カラスは眼をうすく開いてそっと母親と父親をうかがい、わざと眠ったふりをするのであります。この頃からカラスは学校でまた出鱈目《でたらめ》な空想をさかんにのべるようになりました。大連神社のちかくの家でワンのかわりにハイと言う犬を見つけたと言ったり、西公苑のなかでピカピカと光る鉱石を発見したが、あれは金かもしれないなどと休み時間に教室中のあちこちを歩いて話しまわるのでした。授業中、先生の言うことを聞くかわりに、こんな出鱈目を考えていますと、次から次へと空想は湧《わ》いてきます。そして学校の帰り、これを本気にした友だちをつれて、一時間も二時間も当てなくその犬を探しまわり、公苑のなかで、石をひろっては捨て、ひろっては捨てているうちに、彼は夕靄《ゆうもや》のなかで自分がついたウソが本当だったかもしれんと半ば信じるようになりました。そしてあちこちと引きずり廻された友だちが疲れきって、

「ぼく、もう帰るよ。寒くなったんだもん」

と言うと、

「もう一寸《ちよつと》、さがせよ、な。今度こそ見つかると、思うな」

と答えるのでした。本当を言えばカラスは少しでも家に帰る時間を延ばしたかったのであります。この時刻にカラスの母親は、夕暮の家のなかで化石のようにじっと動かず、なにかを考えこんでいるのです。いつもは宿題もせず庭や子供部屋で騒ぎまわる彼を叱りつけるのに、弱い陽が次第に庭から退いても、彼女は黙ったまま部屋の中で坐っているのです。

だからカラスは友だちが彼をふり棄てて帰ったあとも、家に戻る路を遠まわりして歩きつづけまし

た。例によってひえきった家々の塀にちびた白墨で「タイツリブネニコメヲタベナシ」という落書をしたり、アカシヤの葉の散らばった通りで露西亜人の老人が安物の聖画や安物のメダルを売るのをジロジロとながめるのでした。この老人は午後になると、いつもカラスの家の近くにあらわれるのです。眼《ま》ぶたの赤く、茶色い帽子をかむった老人のまわりには二、三人の満人と、二、三人の日本人の子供しかいません。

「そして、いつも、いつもキリストは」と老人はよごれたハンカチで大きな音をたてて鼻をかみ、眼《め》脂《やに》をふきながら言うのでした。「みなさんと一緒にありますよ。みなさんと一緒にあそびますよ。みなさん、寒いときもかなしいときも知っとりますよ」

話が終ると風が枯葉を吹き散らします。老人は急にあさましい表情をしてメダルや小さな聖画を売りつけようとします。満人たちはうす笑いをうかべて手をふり、日本人の子供たちは歌うようにはやしたてます。カラスも少し走ってからたちどまり、老人が真赤になり拳をあげると、

「ソーメン、アーメン」

と言って、逃げるのでした。

「ツトム、港に船を見に行こう」

ある日曜日の午後、急に父親はカラスを誘いました。カラスは怯《おび》えたような眼で父を見あげ、それからうしろにいる母親をそっと窺《うかが》いました。母親は顔を強張《こわば》らせたまま、黙って、食卓をふいていま

した。

「船を見るんだよ。ツトム」

四日前から風邪をひいていたカラスはにがい水薬でものみこむような表情をして頸《くび》に巻いているよごれた包帯に指をつっこみました。

「どうした。行かないのか」

「うん」

彼は弱々しい声でうなずき、母親をもう一度、チラッと見て立ちあがりました。

日曜の午後つむじ風が辻の紙屑《かみくず》やゴミを鉛色の空に巻きあげています。盛り場では歩道に並んだ露店の天幕がパタパタと乾いた音をたてなり、ぶら下った雉子《きじ》や豚の頭の下で満人が客をよび、大蒜と油の匂いがたちこめていました。そして日本人の家族たちも狭い雑踏のなかを沢山歩いています。カラスは、両親に叱られながらも右、左の店を覗きこんでいる日本人の子供たちに眼をやっていました。

「なにか買っていらないか」その姿をみて父親は媚《こ》びるようにカラスの肩に手をおき「お前、子供カメラがほしいと言ってたろ。あれは何と言った。東郷カメラか」

子供はその父親の手を肩にひどく重く感じました。

「いらないんだ」

「どうして」

「遠足がやめになって……もう、すんじゃったから」

カラスの言うことはウソでした。彼はただ、さきほど顔を強張らせて黙って食卓をふいていた母親の姿を嚙《か》みしめていたのです。

「そうかね」

父親は暗い眼で子供を見おろすと、自分の髪の中に指を入れて、急に何かをふり捨てるように大股《おおまた》で歩きだしました。

埠頭《ふとう》は寒く、風が吹いていました。灯のともった燈台が遠くに光り、油の浮いた波が小さな音をたてて桟橋にぶつかっています。苦力がセメントの袋をかついで通りすぎます。この黒い海のずっと向うが日本なのです。

「船が出るな」

背の高い父親は上衣のポケットに両手を入れ燈台のちかくを進む小さな貨物船を見つめていました。

「船はいいもんだな。お前は船に乗りたくないか」

カラスは首をふりました。

「船はいいもんだ」

父親は黒い海と貨物船をみながら自分に言いきかせるように呟きました。それからズボンの塵《ちり》をはらいながら、

「さあ、子供カメラを買いに行こう」

今度は父親の暗い眼を見るとカラスは、もう首をふれませんでした。さっきのように、カラスは夕

暮の部屋で化石のように動かない母親の姿を無理矢理にのみこみました。どちらかを傷つけねばならぬとしたら、どちらを選んでよいか、カラスにはわからなかったのです。そして帰り道で、満人の店から黒い箱型のカメラを彼は黙って買ってもらいました。

父親は家に戻ってもなぜかカメラを買ったとは誰にも言いません。カラスはカラスでそれを母親にも妹にも見せません。父親と息子とは仲たがいをした親子のように玄関で互いに眼をそらし、別々の部屋にわかれていきました。カラスは写真機の包みをそっと少年雑誌やこわれた時計や遠足でひろってきた石の入れてある彼の宝箱のなかにかくしました。

「父さんとどこにいった？　え、どこにいったの」

しばらくして、子供部屋に入ってきた母親はカラスをつかまえて、しつこく訊《たず》ねました、「だれとも会わなかったの？　本当に父さん、だれとも会わなかったのね」

彼はその時、母親のきつい表情に彼が今まで知っている彼女とは全く別の顔を始めてみました。母親でない、別の女の顔をみました。

しかし写真機のことは二、三日もたたぬうち母親に発見されました。カラスのいない間に妹が探しだしたのです。

「どうしたの。これ」

母親のうしろで妹は一寸、困ったような、嬉しそうな眼でカラスを見ていました。

「借りたんだ」

「借りたものを、何故《なぜ》かくすの」

「だって……ぼく」

「ウソおっしゃい。こんなもの買って、子供まで丸めこもうとして、……誰がだまされるものですか」

カラスは母からぶたれました。ぶたれた頬はいつまでも熱く、彼は両手で頬をかかえながら部屋の隅で泣きました。夕暮がきて部屋のなかが暗くなり、もう泪《なみだ》は出ないのにエー、エと泣き声だけだし続けていますと、猫のように足音をしのばせて妹が近寄ってきます。好奇心にみちた眼で、そのくせ兄に媚びるような声をだして、

「兄ちゃん。ごめんね。ね、ね」

「お前も、母ちゃんも……女なんて大嫌いだ」カラスは叫びました。「女なんて」


十月になると大連には冬が駆け足でやってきます。冷たい空気がピンと張って路を走る馬車《マーチョ》のひづめの音が鋭く聞えるのもこの頃です。大きな手袋をはめた満人が釜《かま》のなかで天津栗《てんしんぐり》を焼きながら、道ゆく人に売りだすのもこの頃です。

大連の子供たちはこの季節、ポプラの落葉から大きな、丈夫そうなやつをひろい出してはその茎と茎とで勝負をやります。相手の茎に自分のをからませて強く引張る時、切れずに残るほうが勝ちでありますす。狡《ずる》い子供はポプラの茎のなかに針金を通しておきます。どんなに丈夫な茎でも針金を入れたやつにはかないっこありませんから。

カラスは自分の集めたポプラの葉を丈夫にするため、色々と工夫しました。蠟《ろう》をつけてみたり、熱い湯のなかで煮てみたりしました。だが遂に、彼はある方法をある日みつけたと友だちに言いだしました。その方法でポプラの葉茎をきたえると、もう誰のにも負けないと言うわけです。

「ツトム君、教えろよ」

とみんなはワイワイ言いながら休み時間にカラスのまわりに集まりました。カラスは黒い顔のついた首を長く伸ばし、眼をギョロギョロさせて実に得意そうな顔をしましたが手をふってヒミツ、ヒミツと叫びました。彼は自分だけがこの方法を知っているのがとても嬉しかったのです。

しかしカラスは一人だけにこの秘密を教えてやりました。横溝君という彼の親友です。カラスがあみだした秘法というのはポプラの葉を土にうずめ、毎日、その土に幾度もおしっこをかけることでした。横溝君は他の友だちにその方法をうちあけ、他の友だちは別の子供に教えました。間もなくそれを知った学校の大塚先生が、

「自分で考えだしたことはツトムの偉いとこだがねえ。どうもエーセイ上、悪いからな、止《よ》しなさい」

と教室で皆におっしゃいました。しかしカラスは先生にほめられたことで顔を赤くし、照れ臭そうに頭をかきました。

母親はこの頃、乃木町にいる祈禱師《きとうし》のお婆さんの家によく行くようになりました。お婆さんはお狐さまに祈禱してあれこれをたずねるのです。母親はこの家に夫のことを色々と占ってもらいに出かけるのでした。

一度だけ彼女はカラスを祈禱師の家に連れていったことがあります。古い畳の臭いと便所の臭いとがこもった家で、鴨居《かもい》に古雑誌のフロクからとったのでしょう、軍服を着た天皇陛下と皇后陛下の黄ばんだ写真が掛けてありました。婆さんはニコニコしながらカラスの頭をなぜ、べとべとしたセンベイをくれました。それから急に黒眼を一点によせたような顔をして神棚に灯をつけました。ながい祈禱のあいだ、カラスは母親のうしろで怯えたようにお婆さんをみつめていました。お婆さんは口のなかで何かを呟きながら、合わせた掌を時々、上下に烈しく動かします。

「奥さん、気をつけてつかわさい。いけませんせん、と」

お婆さんはこわい顔で、カラスをジロジロみました。お母さんはすまして、

「まアまア、なにかしら」

「御主人は子供ば奪《と》ろう、奪ろうと、しとられますけえ。それに、この坊やは、どうも、あまり頼りにならんしねえ」

「あら、あら」と母親はまだとぼけていました。「困った占いが出たこと」

そのくせ帰り路に母親は突然たちどまりました。そしてカラスの躰《からだ》をだきしめるようにして、

「ツトム。忘れないでよ。あんた、母さんの子よ。ツトムは母さんの味方だから」

「ああ……」カラスはつかれたようにうなずき、

「わか、って、いる、よ」

「わかっていないんだよ。お前は」

「ああ、あ……。うるさあっ、と」

カラスはわざとアクビをするふりをして路のむこうに拡がる空を憂鬱な顔でながめました。空は重たく、どんよりと曇っています。これから大連では冬のさきがけである、三寒四温の日がしばらく続くのでしょう。なぜかカラスは妹や父親や母親と別れて一人でこの曇った空にむかい鉛色の路をどこまでも歩いてゆきたくなりました。

十月の終り、初雪がふりました。日本人住宅街ではボロぎれをまいた針金をもって苦力たちがストーブやペチカの煙突を掃除にやって来ました。アマは納屋から石炭を母家に運びます。一晩降っただけでやんだ雪の上に、その黒い粉が点々とこぼれました。カラスは雪を集めて雪だるまをこしらえましたが、内地の子のように炭のない彼は小さな石炭で眼や口をつけました。

「兄ちゃん、雪だるまの顔がゆがんでいるわ」

ゴム靴をはいた妹は手を息で暖めながら言いました。

「でも、その顔、アーメンさまみたいねえ」

「どうして」

「いつか日曜学校に遊びにいって見たんだもん」

カラスは露西亜人の老人のことを思いだしました。下手くそな聖画やメダルを歩道にならべて売っていた老人です。子供たちがからかうと老人は真赤になって拳をふりあげました。しかし、妹にそう言われてみると雪だるまの顔はたしかに彼の売っていた聖画のなかのアーメンさまに似ていました。

初雪のあとに少し暖かい日が続きました。三日さむく四日あたたかいと言う大陸型の三寒四温が始まり、この繰りかえしが続くと零下十度、十五度というきびしい冬に移るのです。雪だるまはペチカの煙で次第にちぢまり、黒くよごれました。

日曜日の午後、父親はまたカラスと妹を散歩に誘いました。今度は、一人ではなく、妹も一緒だということがカラスを幾分ホッとさせます。しかしあの日と同じように彼は黙っている母親の強張った顔を窺いながら、外套《がいとう》をきました。

「ツトム」父親が玄関に行った時、彼女は子供にそっと言いました。「はぐれちゃいけないよ。父さんのあとを何処《どこ》までもついていくんだよ。父さんがなんと言ったってね」

大広場とよぶ街の中心と繁華街の浪速町《なにわ》との角に綺麗《きれい》な露西亜菓子を売る店ができました。日本人や露西亜人の家族がサモワールでお茶をのみ、乾葡萄の入った菓子をたべています。父親とカラスと妹とはあかあかと燃えたストーブの横に坐りました。アイスクリームの匙《さじ》を口に入れた時、カラスは家のなかで独りぽっちの母親のことを考えました。

「おや、たべないのか」

「ぼく、いいや、これ」

「折角、注文しながら」父親はムッとした表情で「ツトム、それは我儘《わがまま》じゃないかね。そんなら幸ちゃんお前が兄ちゃんのぶんもたべなさい。兄ちゃんみたいに勝手な子は、しようがない」

妹は横眼でカラスをチラッと見ると、すまして彼のクリームを自分の手もとに引きよせました。

「ところでと、ところでと……」父親は壁の時計を急に赤く充血した眼で見あげ、髪のなかをせわしげに指でかきました。

「父さん、お仕事で行ってこなくちゃ、お前たちは、この儘、家にお帰り」

家を出る時、母親とした約束がカラスの胸に重くひっかかります。もし、子供たちだけで帰れば母親は眉と眉との間に暗いくるしい皺《しわ》をよせ、化石のように黙って坐ってしまうでしょう。カラスはあの姿を見るのが辛いのであります。

「どうしたんだ。帰れるんだろ、二人で」

床にこぼれたアイスクリームの白い水を靴先でこすりながら、カラスは黙っていました。

「いや、いや」父親は急に優しい声をだして「心配しないでいい。一緒に帰ろう」

外に出ると空気はつめたく、大広場の枯れた芝生にはこのあいだの残雪が青く光り、客をまつ馬車《マーチョ》のラバがさむそうにうなだれていました。ホッとしたカラスは嬉しさのあまり、声をだしました。

「チンチン、チナポイ、チンチクリンのチクチク、パイプ」

「なんだね。その唄は」

「今、学校ではやってるんだよ。みんな歌ってるんだ、父さん。このあとでチナヤ、ニチパイプ、とつづくんだ。可笑しいでしょう」

「そうか。ところでね、ツトム」父親は歩きながらふかい溜息《ためいき》をつきました。「実はねえ……」

父親の吐息が冷たい空気のなかを白く流れるのをカラスはじっと見つめました。

「実は母さんは御用事で内地に帰るかもしれない」

それから親子三人はたがいに白い息を吐きながら黙って歩き続けました
「父さんは大連に残る。それでだ」父親はわざと元気よく声をあげましたが、その声は上擦っています。「幸ちゃんは女の子だから母さんと内地に戻るとして……ツトムは父さんと一緒に、住むかい」

路のむこうのアカシヤの梢に一枚の葉がまだ、しがみついています。しがみついている。しがみついている。どうして、ぼくの世界に入ってくるんだ。ぼくを困らせウソをつかせようとするんだとカラスは思います。

「幸ちゃんもここに残ったら、いけないの」

カラスは本当は、母が大連に残れないのかと訊ねたかったのであります。しかしその質問が父を当惑させることを思って、彼は妹の名を使ったのです。父親はそれに気がつきましたが、

「幸ちゃんは小さいし、母さんの横にいなければ寂しいだろう。なあ、幸ちゃん」

「母さんと一緒がいいな」

妹はうなずいて媚びるように父親の手をつかまえました。カラスはそんな妹よりも、何も気づかぬふりをする父親を心からずるい、と思いました。

「しかしツトムはやがて中学だし、学校が変って成績が落ちては詰らんからね。父さんと一緒に居たほうがいいんじゃないか。……まあ、よく考えておきなさい」

その夜、応接間の灯が何時《いつ》までもともり、久しぶりに父親の鋭い声と母親のすすり泣きが子供部屋

にきこえてきました。カラスは耳の穴に指を入れました。

日本人住宅の納屋で石炭泥棒がつかまりました。泥棒は四十歳ぐらいの満人です。泥棒が石炭を袋につめている時、なにも知らずにその家のおばさんが納屋の戸をあけようとして発見したのだそうです。おばさんは大きなお尻で戸を押えつけ、両手で納屋にむきあった塀を支えて、大声をあげて人を呼びました。

巡査が来る前に、もう沢山の日本人や満人が集まりました。勿論《もちろん》カラスもその家まで全速力で走っていきました。そして牛蒡のように黒い顔を人々の一番前につきだして、巡査が泥棒の手に縄をかけるのを一生懸命見ていました。その満人は背も高く、髭をはやした見るからに強そうな男でしたが棒のようにつっ立ったまま、逆らいもしません。

泥棒は大連神社のちかくの交番まで引張られていきました。子供たちは少し間隔をおいて、そのあとをついて騒ぎながら行きました。交番のうしろの窓からそっと背伸びをして子供たちがなかを覗くと、畳をしいた小さな部屋で満人は二人の日本人巡査にかわるがわる撲《う》たれたり蹴《け》られたりしていました。一人が撲《なぐ》っている間、もう一人の巡査は火鉢に手をかざして休んでいます。カラスは急にこわくなって、家に戻りました。

家の玄関の前に母親がぼんやりたっています。

「あのね」カラスは息を切らしながら「大塚さんのところに泥棒が入ったんだよ」

「そんなこと良いから」母親はこわい顔をして言いました。

「父さんを追っかけて、今、そっと出ていったんだから。誰に会うか、よく見てきて」

襟巻を頸にまかされ、母から押されるように門の外に出されました。家から広場にむかう鉛色の路にはふしぎに人影は一人もありません。しかしその路がつきて、坂をくだる場所でカラスは外套も着ず、ポケットに両手を入れたまま大股で歩いていく父の小さなうしろ姿をみつけました。襟巻を歯で噛みながらカラスは追いかけました。

「坊っちゃん。乗らんか」

空の馬車《マーチヨ》が彼のうしろにとまり、馭者が声をかけました。その間に彼は父親の姿を見失いました。今しがた、父親のいた坂にはうすい陽があたり、その陽だまりに三、四人の苦力《クーリー》がしゃがんで煙草をのんでいるだけです。

「ツトム」

どこから再び姿をみせたのか、カラスは背後で父親の声を聞きました。

「どうしたんだ」

「…………」

「母さんにそう言われたのか。……そうか」それから父親は途方にくれたように子供を見つめていました。「弱ったなあ」

カラスも唾でベトベトにぬれた襟巻に顔をうずめて、溜息をつきました。父親より彼のほうが泣きたい気持であります。

「ツトム、父さんと母さんはわかれるよ。お前にはまだ、わかるまいが、どうもうまくいかないんだ。だから、お前、父さんと一緒に住んでくれないか」

「なぜ」とカラスは泪がこみあげてくるのを顔を真赤にしてこらえながら、「なぜ。なぜだ。ぼく、もう、こんなの、イヤだ」

「だから言ってるじゃないか」父親はうろたえたように大きな声をだしました。「父さんはお前だけは立派な子にしなくちゃならん。お前に今、こんな苦労をかけた償いをしなくてはいかんと思っている。幸子は母さんが育てても、お前は父さんが育てるつもりだ」

カラスはその時、パクパクと開いたり、閉じたりする父親の脣《くちびる》を一生懸命見つめていました。生れてはじめて彼は自分がつくウソとは別のウソの臭いを感じました。なぜか知らないけれどこの父親のウソはもっと悲しく、もっとみじめであることも感じました。二人は夕暮の坂路でむき合っていました。もう何百年前から、そうした姿勢でたっているように大連のつめたい空気のなかで父と子は向き合っていました。

「そうじゃない。父さんは……」突然、父親は動物のように暗い眼つきをしました。「父さんは寂しいんだ。寒いんだよ。そばにいてもらいたいんだ」

ああ、これもウソだ。しかし、寒い、と言う言葉はカラスの最も弱い部分をいじめました。自分をじっと見つめ、父親としてではなく、哀願している大人の眼はカラスをゆさぶり、引き裂くのです。

「残ってくれるか」

「ああ」

溜息とも承諾の声ともつかぬ小さな声をカラスは襟巻の奥からだしました。それは彼が母親を裏切った声でした。

父親がさきに家のなかに入ったあと、カラスは玄関の前でじっと立っていました。まもなく彼が父に約束したことは母の耳に入るでしょう。今晩でもあの応接間に灯が消えず、夜ふけまでカラスの裏切りを知った母親のすすり泣きがきこえるでしょう。カラスは母親を裏切ったのです。

(タイツリブネニ、コメヲタベナシ)

カラスは手をこすり、外套とズボンのボタンをはずし塀のかげの残雪におしっこをしました。おしっこでねじれ雪は夏休みにたべる氷レモンのように黄色くそまります。すっかり暗くなった庭に、縮んだ雪だるまがみにくく転がっています。妹がアーメンさまと言った雪だるまです。カラスは辻で露西亜人の老人がよごれたハンカチで鼻と眼をこすりながら言った言葉を思いだしました。

「そしていつもいつもキリストはみなさんと一緒にありますよ。みなさんと一緒にあそびますよ。みなさん、寒いときもかなしいときも、知っとりますよ」

なんだい、知るもんか、知るもんかい、とカラスは靴で雪だるまを蹴とばしました。やけになってつめたい塀に白墨でタイツリブネニコメヲタベナシ、さかさによめ、さかさによめ、さかさによめと、幾つも、幾つも書きました、とさ。

# もし……

四十二歳になった。所謂《いわゆる》、厄年という奴である。だが私の場合、六年前に胸部手術という大厄をすませたから、大丈夫だわ、と妻が言った。

朝から霧雨。例によって九時半、机にむかい、昼まで仕事をつづける。一年前から書きつづけている長篇も、この頃わずかではあるが捗《はかど》りはじめてきた。午後になって少し休憩をしていると、小学校から戻ってきた息子が、

「これ、お祝い」

新聞紙で包んだものを手渡した。私の誕生祝いのプレゼントのつもりであろう。紙をあけてみると、彼が粘土で作ったという甚《はなは》だ妙な形をした灰皿が入っている。彼が灰皿だというから、灰皿と書いたが、私ははじめたんなる粘土製の円盤だと思った。手渡したあとも、息子はまだ、じっと立っている。つまり、お返しを待っているのだ。引出しから百円札を出して、マンガ本でも買えと言うと、

「百円じゃ、買えないや」

と息子はブツブツ、ぐずり始めた。理由なくお金をやらないで下さいと、平生から妻に注意されて

いるのだが、私は早く書斎から息子を追い出したいために金を与えてしまう。いくら説明しても、私の家族は平気で私の書斎に足音をたてて入ってくる。そして息子はライターや時計にさわり、妻は妻で下水管がこわれたとか、猫が縁の下で子供を生んだとか言う。そのたび毎に、私の筆は中断され、創作の気分を元に戻すためには苦労するということがわかってもらえない。こんな時、昔は私も大声で怒鳴ったりしたものだが、今はもう諦《あきら》めて何も言わない。言っても駄目だと言うことが、結婚生活十一年の間によくわかったからである。

夜、みなと、私の誕生祝いの食卓につく。誕生祝いといっても、下の菓子屋で買ってきたデコレーション・ケーキに小さな蠟燭《ろうそく》をつけただけのことだ。妻からはカッターシャツのプレゼントをもらう。

「ぼく、アルバイト表をつくったんだ」

と息子は紙を出す。見ると、自分のアルバイトと、その値段がその中に列記されてあって、犬の散歩、Aコース・五十円、Bコース・二十五円と書いてある。AコースはBコースより距離が長いから値段も二倍になるのだそうだ。夫婦喧嘩《げんか》の仲裁まで彼のアルバイトになるらしく「いきりたっているが、ともかく引きわける」が二十円、「どちらもなだめて仲よくさせる」が五十円となっている。

「近頃、金ケツなんだ」

と彼はしきりに苦情を言いはじめる。切手のコレクションをやりだしたので、財政が困難なのだそうだ。

安もののケーキを食いながら私はふと考える。これが小説家の家庭かと。私がはじめて文学書を読みだした頃、そこに描かれた小説家の家庭は、いずれも暗い翳《かげ》をもっていて、家族たちは主人公である作家のつくりだす翳のために苦しんでいる。そんなものが小説家の家庭だった。だが、自分が現実に小説家となり、家庭をもってみると、その家庭は、ありきたりの家庭である。私の妻はどこにでもいる平凡な女であり、息子は学校でも成績のわるい方に属する普通の子供である。そして私はこの家族を、それほど幸福にもしなかった代りに、それほど不幸にもしなかった。そんな半端なまま、十一年がすぎたわけだ。

「テレビ、つけてよ。巨人阪神戦なんだから」

「あんた、宿題はやらないの。やってないんでしょう」

妻が小言をいいはじめる。息子が口答えをする。毎日、食事が終る頃、繰りひろげられる母子喧嘩がまた始まる。私はそれをぼんやり聞きながら、書斎の机の上にひろげられた原稿用紙のことを考える。

これが私の日常生活だ。私の日常生活は、いわゆる昔、読んだ私小説作家のようなものではない。団地のサラリーマンとほとんど変わらない。サラリーマンが、朝、会社に出て勤めをするように、朝、九時半には書斎に入る。サラリーマンが夕方、帰宅するように、夕方、六時頃、一応、筆をおく。私は酒を飲むが、度をこすと言うことはない。妻と口喧嘩はするが、それも一時的なものだ。他の小説家もこうなのか、どうか知らない。ただ、私は妻に自分の小説は絶対に読ませぬ。自分が今、何を書いているか、どんな仕事をするつもりかも話さぬ。妻はきっと外で（たとえば本屋で）私の小説を立ち読みしているのだろうが、しかし彼女が黙っている以上、私も知らん顔をしている。私は自分の細君に自分の作品をみせる作家の心理がわからない。私たち夫婦の間にはそのようなことをしたことは一度もない。

私のこういう生活態度は、出来るだけ他人の人生に痕跡《こんせき》を与えまいとする気持から出ている。Aという人間がBという人間の人生を横切ったため、Bの人生が別の方向に向くことがある。私がいるために、他人の人生が向きを変えることがある。それを考えると、なぜか知らぬが怖《おそ》ろしくなる。基督教信者の私はかつてそれを「罪」とよび、それを避けようとした。私がとも角も、他人の人生に痕跡を与えねばならぬとしたら、それは家族だけで充分だ。その気持が、私に今日まで破滅型の私小説作家たちの生活を真似させせないのかもしれぬ。

三年の留学を終えて日本に戻ってきた時、私は今の妻に紹介された。長女で、控えめで、梨の花のように目だたぬこの娘は私の心を惹《ひ》かなかった。向うも向うで、その頃、胸を悪くしていた男などと結婚しようとは思わなかっただろう。我々はおたがいに、生涯、同じ家に住むなど、夢にも考えていなかった。それがなぜ、今のように結婚をしたのか。

デパートの食堂で、隣り合せに偶然坐りあったぐらいの縁で人間なんて結婚するのさ、と友人のYがいつか何処《どこ》かに書いていたが、私も今ではそう思う。だがこの「偶然」といわれるものに、それを作りあげた別の力を私は感じる。何がその偶然をつくりあげたか。そこに眼にみえぬものの力が働いていなかったかと考えてしまう。

その頃、父方の伯母や叔母から縁談をいつも持ちこまれていた。そして私はそれがただ、父の姉妹からの話であるという理由だけで断りつづけていた。私は母を二十年前に離別した父にたいして長い間憎しみを感じていたからである。表向きは父にたいして従順であるようにみせかけながら、彼の言いつけは本質的には聞かぬことを信条としていた。私は父の姉妹からの縁談をうけることは、死んだ母を裏切る行為だと考えていた。ただそれを表だって出さぬために、私は至急、自分で自分の婚約者をえらばねばならなかった。「自分には約束した娘がいます」と言えば、これらの縁談は拒絶できたからである。

女友だちなどのいない私はその時、あの梨の花のように目だたなかった今の妻のことを考えた。私はただ、父と父側の親戚からの縁談を逃げるだけのためこの娘に近づいた。

妻のほうは妻のほうで、もっと単純で月並みな立場にあった。つまりその頃、通っている大学の助手をひそかに好いていたのである。しかし向うにとって彼女は女子学生の一人にすぎなかったし、その上、普通の娘の彼女にはとても自分から気持などうちあけることなどできなかった。はっきり言えば失恋をしていたのである。そんな心理状態の時に私が近づき、そして我々はお互い、自分の本心をごまかすために婚約したわけである。

くだらない話だ。三文小説の種にもならぬそんな平凡な結びつきで私たちはお互い人生の大事なものをきめてしまったわけである。だが私は、今はそれで結構と考えている。この妻を離婚しようなど、夢にも考えたことはない。

ただ、私の心を捉《とら》えるのはもっと別のことだ。「もし、私があの時、伯母たちの奨める縁談を拒絶したい気持がなかったなら」「もし私が、父を憎み亡母を思慕する気持がなかったなら」私はこの妻と結婚はもちろん、交際もしていなかったであろう。同じように妻も「もしその助手に黙殺されたという寂しさを味わっていなかったなら」我々は生涯、水呑み場で水を飲んで運動場の右左に別れていく二人の小学生のような関係しか持たなかったであろう。

だが、この「もし」がなかったため、私たちは現に結婚している。この偶然を我々の人生のなかで織りなしている存在は一体、何なのか。偶然は本当にたんなる偶然にすぎないのだろうか。

誕生祝いのデコレーション・ケーキをたべながら、子供を叱っている妻の顔を見つめた。この女が私の人生に侵入し、私がこの女の人生に侵入した事情はみな「もし」なのかと考える。

もし、そうだとすれば、やはり生きるということは神秘的なことだ。そして私は、なぜ、妻に結婚を申し込んだのかというあの気持を決して彼女に口にしたことはない。妻がそれを受け入れた心理も私は観察して知っていたが、それを当人自身の口から聞かされたこともない。私は妻に自分の小説は読ませないし、妻もたとえ、それをひそかに読んだとしても、知らん顔をしている。

彼のことを書こう。彼は私の大学時代の後輩だ。私がこの青年を知ったのは、彼もまた病気をしていて、私と同じ病院で同じ手術をうけたためであるが、だからと言ってそれほど親しい間柄でもなかった。両方とも退院したあと恢復者《かいふくしゃ》仲間でやっているチャック会（我々の背中には手術の傷痕《きずあと》がちょうどチャックのように残っているのでそんな会の名称をつけたのである）で時々、顔を合わせるぐらいだった。

「仏蘭西人《フランス》を紹介してほしいんですが」

とある日、彼は突然、私の家を訪ねてくると言った。聞くと仏蘭西語の会話を勉強したいそうだ。そういえばS製薬の研究所に勤めている彼は病気の時も、ベッドでよくスペイン語の独習書などをひろげて勉強をしていた。外国の言葉を知るのが好きらしかった。

「そうだねえ。仏蘭西人といっても、教える技術を持っている人でなくちゃな」

私は首をかしげて彼の顔を見た。弱々しい体格をしているが、彼は全身これ真面目といった青年だった。病室などでも他の療友たちが女の話や下品な冗談を言っても、ほとんどニコリともしない。みなが少し敬遠してしまうような堅物だった。

「あの方なんか、どお」と妻が口を出した。「聖モニカ会のモニックさんなんか……」

聖モニカ会というのは、府中にある修道女のグループである。修道女と言っても、あの黒い暑そうな尼僧服を着た修道女とは少しちがう。この会に属する女性たちは普通の洋服を着て、外に出ては病院の看護婦や教師のような普通の仕事をする。あるいは、自分たちの共同生活をしている家で日本人に外国語を教える。しかし一日の仕事が終れば、修道女と同じきびしい日課を行う。もちろん、終生、結婚はしない。つまり彼女たちの言葉で言えば「基督《キリスト》と結婚する」ため貞潔と清貧の生涯を送るのである。

もし……

私がこの会を知ったのは、その家に集まる日本人男女たちのために何かしゃべってくれないかと頼まれた時からだった。正直な話、こういう話は元来、苦手だった。しかし、その時、私の書いたある長篇が基督教の信者たちの間で色々議論されていた時だったので、自分の立場をはっきりさせるためにも、修道会などでしゃべることを進んで承諾していた。

夏の暑い日に府中駅の出口で、迎えにきてくれた独逸《ドイツ》女性のクラウスさんに会った。そしてクラウスさんがあの時代遅れの修道女の恰好ではなく、地味だが、普通の洋服をいかつい男のような体に着ているのにびっくりした。こっちのびっくりした顔を見た彼女は微笑しながら、自分たちの会の趣旨を、大国魂《おおくにたま》神社の参道を横切りながら、上手な日本語で説明してくれた。修道女たちはもう昔のように、孤立した静かな修道院のなかで生きるべきではなくなってきた。みんなと一緒に働き、みんなと一緒に手をよごす社会生活のなかで自分たちの信仰を実践するのが、クラウスさんたちの会の目的だと言った。日曜日なので、府中の駅の前には露店がならび、風船や綿飴《わたあめ》を売る店まで、まるで祭の日のように客を集めていた。

会は普通の日本家屋のなかにあった。もと料理屋だったという家が今、修道会に使われているのが私にはおかしかった。畳の部屋に椅子や机をおき、そこに普通の洋服をきたクラウスさんやモニックさんが、講演のあと、私につめたい紅茶とお菓子を出してくれた。

独逸女性のクラウスさんが、骨ばった大きなおばさん的な感じがするのに、モニックさんはベルギーの生れで、いかにも田舎娘といった女性だった。田舎娘などと言っては失礼かもしれぬが、私は留学中、仏蘭西の田舎やベルギーの農村で、モニックさんとそっくりの顔をした娘をみかけたのである。村の雑貨屋などで煙草を買おうとすると、ドアの鈴がチリン、チリンと鳴り、そして、ひんやりとした暗い店の奥から、こんな顔をした娘が「ムッシュー」と言ってあらわれたものだ。何か、からかうとすぐ、顔を赤くし、気の弱そうな微笑をうかべるそんな農村の若い女を、私はモニックさんの過去に想像したのだった。

「そりゃいい。モニックさんに頼んでみよう。彼女、ベルギー人だけど、仏蘭西語はベルギー人の言葉だからな」

私は妻の思いつきに感心し、すぐ電話を府中に入れた。電話口に出たのはクラウスさんで、

「モニック、今、外出してます。でも聞いてみましょう。さっそうく」

クラウスさんの日本語が日本人と同じほど流暢《りゅうちょう》なだけに、友人の名を呼び捨てにしたのと、早速という言葉を「さっそうく」と発音したのが面白かった。

「聞いてくれるってさ。大丈夫だろ、きっと」私は妻と彼との方をふりかえってうなずいた。「きっと大丈夫だと思うよ」

考えた通り大丈夫だった。モニックさんは彼に仏蘭西語の会話を教えることになったのである。

その後、この会とは余り接触はなかったが、律義で礼儀正しいクラウスさんは、復活祭やクリスマスになると、綺麗《きれい》なカードを必ずよこした。故国から来た郵便の中に珍しい切手があると、それを集めて息子に送ってくれた。

「一度、食事にでもお呼びしようか」

私たち夫婦は時々、そんな会話をとり交すこともあったが、一度も実行されなかった。その代り、その年の夏、急に思いついて私は彼女に電話をかけた。浅草の酸漿《ほおずき》市を誘ってみたのである。

クラウスさんはモニックさんと一緒に約束した場所にあらわれた。仲見世も観音さまの前の空地にぎっしりと並んだ葭簀《よしず》張りの露店もこの二人の外人女性には初めてだった。浴衣を着て、金魚つりを遊んでいる子供たちをみるのも初めてだった。酸漿の鉢にぶらさがった無数の風鈴が、夜風に鳴るのを聞くのも初めてだった。私たち夫婦は二人に鈴虫の籠を買ってやり、それから境内の小さな店で氷あずきを御馳走した。クラウスさんは興奮して持ってきたカメラで、あちこちを写したが、モニックさんは少し元気がない。聞くと、昨年から軽いリューマチにかかって、足が一寸《ちょっと》痛むのだそうである。

「じゃあ、ここで少しお休みなさいよ」

朱の毛氈《もうせん》を敷いた縁台に私と彼女とをおいて、妻はクラウスさんと息子と一緒に去っていった。そしてとり残された私はモニックさんに彼女の故郷の話を色々とたずねてみた。

私の予想していた通り、モニックさんはベルギーの都会で生れた娘ではなかった。ルーバンからそれほど遠くはない農村で育ち、父親はやっぱりその村で雑貨屋をやっている筈とのことだった。話をききながら、私はまたしても、自分の知っているそんな田舎の小さな雑貨屋を心に思いうかべる。鈴のなる扉を押すと、中が暗くて、冷んやりして、周りの壁いっぱいに、食料品から婦人下着や自転車娘。その部品までおいてある店。そのほの暗いなかで、古びたレジスターの前に腰かけている田舎っぽい娘。おそらくそれが、モニックさんが「聖モニカ会」に入る前の姿だったのだろう。毎朝、みんなより早く起きてから村の教会のミサに行き、日曜日の夕方にはベネディクションを欠かさず、そしてある日、神父さんに自分の重大な決心を相談にいく。その決心はずっと前から彼女の小さな胸のなかに芽生えていて、それを牧場や麦畠のなかを黄昏《たそがれ》、歩きながら、色々と考えたにちがいないのだ。

「日本に来るなんて、思ってもいなかったでしょう」

「はい」彼女は氷あずきをすくいながら恥ずかしそうにうなずいた。「わたし、たぶん北アフリカに行くと思っていました。ですから、会に入って、日本に行くことときまりました時、少し、びっくりしました」

彼女の日本語では、その時間的経過がうまく私にはわからない。会に入ってすぐ日本に行くと決ったのか、それともしばらくしてから決定したのかがわからない。一応、信者ではあるが、俗人の私には、そういう修道女の一生を送るという決意がどのような形でくるのか、漠然と想像できるだけである。私の知っている日本人のある修道女はその決心を二時間でしたと言っていたが、そのようなこともあるのだろう。自分の結婚をだらしない形できめた私のような男にはそれが理屈ではわかっても、実感ではまだ捉えられぬ。しかし私はそれを女が一人の男と結婚する気持におきかえて考えようとする。修道女になるということは結局、「基督と結婚する」ことだからだ。

「そりゃそうと、私の紹介したS君、どうですか」

「はい。とても勉強をします」モニックさんは急に女教師が父兄たちに子供の成績を説明するような顔で答えた。「とても真面目に勉強をします」

我々の前に、走馬燈を買ってもらった子供とその母親が通りすぎた。走馬燈の白い紙に赤や紫の影が涼しそうにくるくると廻る。と、モニックさんは、軽い驚きの声をあげ、実に好奇心のこもった眼でそれを見つめた。

二人を新宿駅まで送ったあと、私と妻とはタクシーで家まで戻った。息子は虫籠をしっかり握りしめたまま母親の肩にもたれて眠っていた。

「偉いわ」

妻は素直に感心していた。

「親や兄弟と別れて見知らぬ国で一生をあの方たち、送るんですから」

「そういう気持によくなれたものだ」

妻は指を頬にあてて何かを考えていた。彼女も亦《また》、私と同じように、クラウスさんやモニックさんの決心を自分の結婚の動機と比較して考えたのかもしれぬ。しかし、私はそれについて何も言わなかった。自分の小説を彼女にかくすように私は黙っていた。

それから亦、クラウスさんたちと交際が途絶えた。冬のはじまった頃、久しぶりにチャック会が新宿の鰻屋《うなぎや》の二階であった。今度は入院中、我々が随分、喧嘩をした看護婦さんをよぶから御期待あれと書いた葉書が手もとに来たからである。

一緒に手術を受けた連中は、いわば昔の戦友のようなものである。私は療友のうち一人の結婚の仲人をやったし、一人の就職の世話もした。仲間が結婚や就職できるほどの健康になれたということは同時に自分の恢復をも証明するようなものであった。

鰻屋の急な階段をのぼっていくと、親しい顔がもう七、八人、円陣をつくり、中に昔とは別人のようにやさしい顔をした主任看護婦さんが坐っていた。

「随分、あんた、手数をかけたわよ」

「俺じゃないよ。無断外出の常習者は恒村さんだよ」

そんな会話と笑い声とがいつまでも途切れない。私はモニックさんに紹介した彼が、今、くるかと待っていたが、いつまでも姿を見せなかった。

「彼に会った人いる?」

「いや、全然、御無沙汰。案内状は出したんだが、返事が来ないんだよ」

「住所が変ったのかしら」

「そんなことないだろう。変れば、葉書が俺のところに戻ってくる筈だもの」

みんなはそれから彼が入院中、人づきあいが悪く、どうも苦手だったという評をしはじめた。いつもむつかしい語学の本なんか読んで、どうも近より難かったなと言うと皆はうなずいた。あれで、碁だけは意外に強いんだと幹事役の男が言った。

「しかし、どうして俺たち、こんな病気にかかったんだろ。他の奴は、みんな同じような生活をしていて平気だったのにさ」

「そりゃ、ある日、電車や映画館の中で、偶然、あなたの横に重症の結核患者が坐ったためよ」

主任看護婦は本当とも嘘ともつかぬような説明をした。

「その人の横にいなければ、あなたは病気を移されなかったのかもしれないわよ」

「俺、その男をもしみつけたら、撲《なぐ》ってやりたいよ。俺の体をこんなにしてさ」

「しかし、結局は同じことさ。病気になる奴はなる。ならぬ奴はならんさ」

そんな会話を聞きながら私は亦、「もし」ということを考えていた。もし一人の男がそばに坐らなかったならば、私だって、肋骨《ろっこつ》を何本も切る手術を受けないですんだかもしれぬ。そしてその男は、自分のため他人が同じ病気になったとは生涯知らぬだろう。


クリスマスにクラウスさんからカードと切手をもらった。日本製のもので、サンタクロースが橇《そり》にのり、雪の曠野《こうや》を走っている絵が描いてある。翌日になって、息子のために独逸や仏蘭西や伊太利の切手を送ってくれた。その礼を言うために二、三日たってから電話をかけた。受話器に出たクラウスさんとしばらく話したあと、モニックさんも元気ですかと聞くと、意外な返事が戻ってきた。その返事をきいて、何と答えてよいかわからず一瞬沈黙した。

「仕方……ありません。ほんとに」

クラウスさんとしてもそれ以外には言いようがなかったにちがいない。

受話器を切ってから茶の間に戻り、私は妻の顔をそっと窺《うかが》った。今、聞いたことを彼女に話すべきかどうか考えたが、息子と一緒にテレビを見ている彼女にこの話をすぐする気にはなれなかった。かくしていてもやがてはわかることだが、今は伝える必要はないと思った。

「クラウスさん、お元気」

テレビに眼をやったまま、妻は私にたずねた。

「ああ」

「モニックさんも」

私はうなずいて、二階の書斎にのぼった。扉をしめると、その瞬間から一人になる。この一人の世界で、今、耳にしたクラウスさんの言葉を考えたかった。クラウスさんは言った。「モニックは出ていきました」

「出ていったって？　どこからです」私はびっくりしてたずねた。「わたしたちの会を」「なぜ」「モニックは結婚しましたのです」「だれとですか」そしてクラウスさんは彼の名前を答えた。その瞬間、私の心に、浅草で氷あずきをたべながら日本の子供をじっと見ていたモニックさんの顔が浮んだ。

仕方……ありません。本当に、と言った彼女の言葉から、私はクラウスさんや会がこの出来事から受けた苦い屈辱と傷とを感じた。昨日まで自分たちの仲間だった修道女を非難しているのでなくても、その声には悲しみの感情がこもっていた。終生、独身で、基督とだけ「結婚する」誓いをたてた仲間が、その誓いを破って会を出ていった。それは会としては決して嬉しいことでも祝福できることでもなかった。

モニックさんは誓いを棄てた。それにはおそらく「聖モニカ会」に入った時と同じような決心が必要だったかもしれぬ。昨日まで手をたずさえて、同じ信念や信仰に生きてきた友人たちを棄てるほど、彼は魅力があったのか。彼は、彼女が一度「結婚した」基督よりも魅力があったのか。そして基督はそれを怒るだろうか。もし、モニックさんが、結婚生活で会にいる時よりももっと多くの人間的な苦しみや悲しみを味わうとしても、それでも基督は怒るだろうか。

もし私が彼をモニックさんに紹介しなければ、彼女は終生、クラウスさんたちと同じ道を歩いたかもしれぬ。もしあの時、私が彼の頼みをきいてやらなければ、こんな事態にはならなかったのかもしれぬ。ちょうどある日、開放性の結核患者が電車や映画館のなかで私の横に坐らなければ、私も苦しい手術を受けずにすんだかもしれぬと同じことなのだ。「仕方……ありません。本当に」私はクラウスさんの言葉をそのままま ねて呟《つぶや》いた。呟いたが、心が納得したわけではなかった。一人の人間が他人の人生を横切る。もし横切らねばその人の人生の方向は別だったかもしれぬ。そのような形で我々は毎日生きている。そしてそれに気がつかぬ。人々が偶然とよぶこの「もし」の背後に何かがあるのではないか。「もし」をひそかに作っているものがあるのではないか。しかし、私にはまだそれがわからない。そのことについて考えた本を読んだことさえない。妻が私を下から呼ぶ。寝ろと言っても寝ない息子を叱ってくれと言う。

# 女の心

「お前、今日は、出かけないのかい」

昼食の食卓で脇村《わきむら》が娘にたずねると、

「いいえ。どうして」

加代は箸《はし》を動かすのをやめ、父親の突然の質問にふしぎそうに顔をあげた。

「別に理由はないが、たまには銀座にでも出て気晴ししたらどうだ」

照れ臭そうに脇村が答えた。と、加代は笑いだしながら、

「大丈夫よ。出かけたい時はちゃんと出かけますから、でも、わたし、人ごみはあまり好きじゃないの、疲れるんですもの」

「そうだな」

昼食のあと、脇村はまたアトリエに戻《もど》り、老眼鏡をかけなおして雑誌社からまわってきた作家の原稿を読みはじめた。画家の彼はその原稿の絵になる部分を見つけ、その挿絵《さしえ》を明日中に仕上げねばならなかった。

文壇三大悪筆の一人といわれたその作家の字は読みづらかった。原稿用紙をめくりながら脇村は時々、舌打ちをした。だが彼は台所で昼食の後片附をしている加代のことがまだ漠然《ばくぜん》と気になった。

(あれじゃあ、何時《いつ》までたっても結婚できやしない)

六年前、細君が死んでから脇村の世話をしたり、秘書代りをするのは加代の仕事である。脇村も誰《だれ》かを雇うよりは、娘にすべてを任せているという安心感も手伝って、二人っきりの生活をずっと続けてきた。そしてある日、彼は加代が婚期を逸した女になりつつあるのに気がついて、自分の利己主義《エゴイズム》と無責任さとを反省した。

「俺《おれ》のことはいいんだぞ。俺のことは気にせず、嫁に行け」

幾つかの見合をしても、いつも煮えきらぬ返事をする加代にそう言ったこともあったがそんな時、彼女は憂鬱《ゆううつ》そうに答えた。

「わかってるわよ。でもこのお見合の方《かた》にはそんな気にならないの。そんな気にならない人のところに行くのは嫌《いや》だもの」

そんな時、脇村は心のなかで、何かほっとするものを感じた。これは父親のエゴだとわかっていながらも娘が自分のそばにいてくれるのは嬉《うれ》しかったのだ。

こうして脇村は五十五歳になり、加代は三十歳になった年、この一見、平凡で静かな父と娘との生活に一寸《ちょっと》した出来事が起った……

その年の夏のある日曜日、脇村がランニング・シャツ一枚になって制作にかかっていると加代がアトリエの扉《とびら》をノックして入ってきた。

「お父さま、角さんがお見えですけど」

「角さんて新聞社の」

「ええ。お子さま、お二人をお連れになって」

角は二年ほど前、脇村がある作家の新聞小説の挿絵を書いていた時、学芸部のデスクをしていた男である。一年間にわたる長い仕事だったから、角とも時々、食事をしたり飲む機会があったが、温厚で誠実で、しかしいつも微笑を口もとにたやさぬ男だったから、脇村は次第に好意を持つようになっていた。

急いで浴衣《ゆかた》に着かえ、応接間がわりのアトリエにふたたび顔を出すと、角は二人の女の子を両脇《りょうわき》において、描きかけのキャンバスの人物像を眺《なが》めていた。

「どうもお仕事中をお邪魔して……」と角は微笑を口にうかべて詫《わ》びを言った。「実は半月ほど前、この近くに引越したんです。御挨拶《ごあいさつ》に伺おうと思いながら今日までのびのびになり、申しわけありません」

「お近くに……」

「ええ。女房の入院している病院がここからですと、そう遠くないのです」

「そうですか。ところで奥さん、その後、如何《いかが》です」

脇村は角の細君が長い間、ここから私鉄で二駅目の基督《キリスト》教系の病院に入院していることを思いだした。

角の二人の女の子はそんな風に母親から離れているにかかわらず、行儀よく、温和《おとな》しかった。加代が彼女たちに手のり文鳥の籠《かご》を見せ、手にのせて遊んでみせてやっていた。

「しかし、大変ですなあ、あなたも」

と脇村は心の底から角に同情した。

「何かと御不便でしょうから、私のところに何でも御申しつけください」

「有難うございます」

角は一時間ほどすると二人の娘をつれて帰っていったが、そのあとも何か清潔なオーデコロンの匂《にお》いがアトリエに残っているようだった。

「時々、あの三人を食事によぶことにしようよ」

と脇村が加代の同意を求めると、

「ええ。そうしますわ」

と加代も肯《うなず》いた。

角はそれからも時々、娘たちと遊びにくるようになった。加代のつくった食卓をかこみ、二つの家族が一緒に食事をすることもある。両家とも父と娘しかいないわびしさが、いつの間にかあかるい笑い声で少しずつ埋められていくのを脇村は好ましい気持で眺《なが》めていた。

しばらくすると日曜日、加代が珍しく外出の支度をすることもあって、

「芳子ちゃんたちを連れて上野の動物園に行くつもり」

とはずんだ声で言った。芳子ちゃんたちとは角の小さな娘たちのことだった。

「角さんもかい」

「いいえ。角さんは日曜だけれど新聞の対談の司会をなさるんですって」

「そうか。それはいい。あの子たちも、お母さんが病気じゃ淋《さび》しいだろうから」

加代が上野動物園に行っている間、脇村はアトリエで仕事をし、自分一人で昼食をとり、また仕事を続けた。画筆を動かしながらいつか加代が嫁に行けば自分はこんな生活を毎日するのだなと、ふと思った。そこにはやはり、かすかな淋しさが伴っていた。

夕方、一仕事を終えて冷蔵庫からビールを出し飲んでいると加代が戻ってきた。

「あら、御免なさい、すぐ支度しますわ」

「いいさ。それより動物園はどうだった」

「パンダを見る人でいっぱい。でも芳子ちゃんたち大悦《おおよろこ》びで……」

脇村は娘の表情にこれまで見られなかった明るさが溢《あふ》れているのをふしぎな気持で眺めた。今まで何処《どこ》か暗い翳《かげ》のあった部分がすっかり消えている。一人娘で小さな弟や妹のいなかった加代は角の子供たちに姉らしい気持をすべて注いでいるように見える。

「いい遊び相手ができたな」

脇村はニヤニヤと笑い、

「だが、知らぬ人からは、お前が芳子ちゃんたちのお母さんにみえるかもしれないぞ」

とからかった。その時、加代の顔が一寸《ちょっと》あからんだので脇村は思わず口をつぐんだ。ひょっとして加代は角が好きになったのではないか、という不安が起ったからである。

だが、そんな気配はその後もなかった。遊びにくる角の前で加代はわだかまりなく振舞っているし、角も角で節度ある態度で加代と話をしている。自分の心配が杞憂《きゆう》であることを知って脇村はほっとした……

角が始めて遊びに来てから半年ほどたった時、久しぶりに加代のため、いい縁談があった。それは脇村の従妹《いとこ》が持ってきてくれたもので相手はある大きな貿易会社の課長をしている人物だった。長く南米に駐在していたため結婚がのびただけで人間としても将来性も申し分のない男のようにみえる。従妹からその話を聞いた時、脇村はいよいよ自分も加代と別れるべきだな、と思った。

「どうだい。俺としては結構な話だと思うね」

と彼は従妹から送られてきた写真を娘にみせて言った。

「今度こそは見合は嫌《いや》だなんて、言わないでくれよ。父さんもこの人ならと言う気がするから」

加代は写真を膝《ひざ》において黙っていた。写真には白いスポーツ・ウェアーを着てテニスをやっているその男の姿が写されていた。

「向うさんもお前のこと、のり気らしい」

「でも見合をしてお断わりすれば、おばさま、気を悪くなさるんでしょう？」

「そりゃ気にしないでもいいが……始めから断わるつもりで見合をするのは不自然じゃないか。俺のことなら何時《いつ》も言っているように心配するなよ。安心して嫁に行ってくれ」

この時、加代は写真を両手に持ったまま、白い顔をあげた。その顔の眉《まゆ》と眉との間に影がうかび、一瞬その眼が何かを訴えているように脇村には思われた。

「お前……」と彼は思わず訊《たず》ねた。「誰《だれ》か好きな人がいるのか」

その好きな男の名が咽喉《のど》まで出かかっていた。しかし彼はまるで苦い薬でも口にするようにその名を急いで飲みこんだ。

「いいえ」

と加代は驚いたように首をふった。

「好きな人なんて……まだ、いる筈《はず》ないわ」

脇村は拍子抜けがしたように娘をみつめ、苦笑した。心の半分でほっとしたものを感じ、勝手な想像をした自分がなんだか気恥ずかしかったのである。彼は自分を安心させるために娘のこの言葉をそのまま信じようとした。

けれども、やはり胸の一隅《いちぐう》でまだかすかな不安があったのだろう。それから二、三週間後、久しぶりで角が遊びに来た時、脇村はビールを相手のコップにつぎながら、さりげない風に、

「加代に縁談がありましてね、いい縁談なので私は乗気なんですが、こいつがどうもイエスと言いま

せん。角さんからも早く嫁に行けと言ってくださいよ」

そう言うと脇村は角と、そばにいる加代の反応をそっと窺《うかが》った。だが角は少し笑いながら加代に眼をやり、

「お父さんのそば、そんなに離れたくないですか」

とからかった。

「あら」と加代はわざとふくれつらをしてすねてみせた。

「いい人ができたら、お父さまなんか置き去りにして飛んでいくから」

そんな二人の態度をみると脇村はやっぱり自分の想像が妄想《もうそう》にすぎなかったと認めざるをえない。俺もやはり父親なのだなあと彼は心のなかで苦笑した。

帰りがけに、角は思い出したように音楽会の切符を出して、これは自分の新聞社主催のピアノコンサートだが差しあげましょうと加代にわたし、

「ぼくは仕事で行けませんがね、この子たちを連れていって頂けませんか」

「頂戴《ちょうだい》しなさいよ」と脇村はうなずいた。「芳子ちゃんたちも行きたいんだろうから」

「そうね。じゃ、芳子ちゃんたちの附人にならせて頂くわ」

音楽会のある日の夕方、加代が化粧をして空色の耳飾りまでしているのを父親はふしぎな気持で見おろしていた。

「どう、この洋服で」

と加代は照れたように訊ねた。

「いいね」

こちらも照れ臭かったから脇村は鼻の先に笑いを浮かべて答えた。


秋がふかまったある日曜日、加代のプランで角一家をよび庭でバーベキューをする事になった。二、三日前から加代がその日を楽しみにしていることが父親から見てもありありとわかる。

「ねえ、お父さま。いつか画廊から頂いたポルトガルのお酒があったでしょう。あれ今度、開けていけないかしら」

「いいさ。あのローゼの瓶《びん》だろ」

「庭にテーブルを出して蠟燭《ろうそく》をつけようと思うの　芳子ちゃんたち、悦ぶと思うわ」

脇村としてはいきいきとした娘を見るのはやはり嬉しかった。一方では角と何かが起らないことをひそかに願いながら他方、角とその子供たちのおかげで加代の心がはずむようになった――脇村は自分も身勝手な父親だな、と今更苦笑せざるをえない。

その日、庭の芝生に水をまいて白いテーブルや椅子《いす》を出し角一家を招いた。炭火の火に肉やピーマンをならべた加代と子供たちとが楽しげに笑い声をあげているのを見ながら、男二人は水割りを飲んだ。

「ね、ね、本当だわよねえ」

と角の小さな娘がこちらに走ってくると、父親の膝《ひざ》に両手をおいて叫んだ。

「ママが明日、うちに戻ってくるのね。明日」

「うん、そうだ」

角は困ったようにうなずいた。そして向うをむいて肉を並べている加代に気を使うように視線をやると、

「実はもう一度、手術をやってみようかということになりまして」

と脇村に説明した。

「奥さんが？」

「ええ。なにしろ膿胸《のうきよう》という病気ですから抗生物質さえ効果がなく、これで入院して四年です。そこで思いきって手術をしようかと……」

「手術すれば健康になられる？　奥さん」

「さあ。医者は悪化しないための手術だと言っていますが……」

こちらに向いた加代の背中が神経を集中して二人の会話をじっと聞いているのが脇村にもわかった。

「それで、手術前、家に戻っては、と医者も奨《すす》めてくれまして」

「危険な手術なのですか」

「はい」

「でも久しぶりで御家族で生活できるんですから……奥さん、お悦びでしょう」

「ええ」

角は肯《うなず》いた。その時、二人の会話をうち切るように加代が、

「さあ、肉が焼けましたわ。みんな、始めましょう」

とはずんだ声で立ちあがった。

そのはずんだ声で脇村ははじめて娘の苦しみを了解した。それは本当に、はずんだ声ではなく、そう無理矢理に装った声であり、父親に何も気づかれまいとして作った声だった。脇村はその声を聞いてはじめて娘をしみじみとあわれに思った。そして食事中も加代がまるで男たち二人の会話を聞かなかったように快活に振舞っているのを見ると、彼自身まで悲しかった。娘の心に今、くり展《ひろ》げられている葛藤《かっとう》を考え、はらはらしながら脇村は、彼女をそっと窺《うかが》っていた。

九時頃、パーティが終り、角は何度も礼を言い、小さな子供たちもさようならと加代に手をふりながら帰っていった。

「あと片附を手伝おうか」

「いいのよ。一人でやれますから」

食べちらかした皿や器《うつわ》を庭から家に運び、白いテーブルをふいている加代のうしろ姿を脇村は遠くから見つめた。うつむいて全身に力を入れて布巾《ふきん》を動かしている。全身に力を入れて布巾を動かしているのは悲しみを懸命に怺《こら》えているように父親には思えた。

「おい」

と脇村はたまりかねて彼女をよんだ。その時咽喉まで出かかった言葉は、諦《あきら》めろ、角君には奥さんがいる、奥さんのいる人を愛しちゃいかんという月並みな言葉だった。しかし愛するなと言っても、心はどうにもならぬことも彼は知っていた。だが、

「え?」

と何かを考えこんでいた加代が夢からさめたような顔でこちらをふりかえると、彼はその言葉をあわてて飲みこみ、

「いや、何でもない」

と顔をあからめて首をふった。

つづく一週間ほど、加代は何時《いつ》もと同じように振舞っていた。父親のために食事をつくり、郵便物を整理し、雑誌社や新聞社からの電話をとりつぐ。その間、キャンバスに向いながら脇村は一人娘の内心の葛藤を思った。加代は家事をやりながら、角の家に戻っている角の妻のことを考えているにちがいないのだ。自分の決して手の届かぬ世界を角とその子供とが持っていることはやはり淋しくてたまらないだろう。脇村は妻がもし生きていてくれたならば加代はどんなに助かったろうなと考えた。父親の自分では相談相手にもなれぬ。加代も母親なら兎《と》も角《かく》、父親には心の秘密をうちあけられないに決っている。それがわかっているだけ余計にあわれだったのである。彼は長年の人生経験から時間だけが加代の心を治してくれることを願った。

画筆をおいて彼が外出の支度をしはじめると、加代はふしぎそうに、

「何処《どこ》にいらっしゃるの」

「うん」と協村はわざと笑いながら「久しぶりで飲みに出ようと思ってね。画廊の連中と」

「そう。そのほうがいい考えが浮かぶかもしれないわね」

何も知らぬ加代は父親が仕事の鬱積《うっせき》をいつものように晴らしに出かけるのだと思っているた。ようだっ

家を出て脇村はバス・ストップまで歩きながらやはり思いきってあそこに行こうと思った。あそこ

とは角の細君が入院している病院だった。一週間たった今日、細君はもう病院に戻っているにちがいない。

バス・ストップの近くで彼は走ってきたタクシーに手をあげ、病院の名を告げた。車はやがて広い

通りから斜めにのぼる坂をのぼって八階建ての大病院に近づいていった。

「ここで停《と》めてくれ」

手ぶらだったから脇村は病院前に並んでいる花屋や食料品店などの店から果物屋を選んでメロンの

箱を買った。それを持ちながら午後の空虚な待合室に入り、受付で角の細君の病室をたずねた。

クレゾールの匂いのするエレベーターで五階にのぼり、教えられた病室を探し、その病室の前でし

ばらく深呼吸をしてから扉《とびら》を叩《たた》いた。どなたですか、と言う声がして、附添婦らしい女性が顔をのぞかせた。

「御主人には色々お世話になっている画家の脇村というものです」

彼はそう来意を告げて扉の外で待っていた。ふたたび附添婦があらわれ、どうぞとなかに入れてくれた。角の細君は、あわてて羽織ったらしいナイト・ガウンの前をあわせ、ベッドに上半身を起して白い顔をこちらに向けていた。やつれてはいるが美しい女性だった。

「主人や子供からいつもお噂《うわさ》は聞いております。こちらこそ、大変お世話になりまして」

と細君は丁寧《ていねい》に礼をのべた。脇村も、

「いえ。お近くに来て頂いたものですから私も私の娘も大悦びでして。この間、久しぶりに御自宅にお戻りだったそうですね」

こうした会話を五分ほど続けると脇村も細君も話題を失った。附添婦が出してくれた茶を一口のんで彼はじゃ、お大事にと腰をあげた。そして自分がここに来た真意は、この細君に無言で詫《わ》びを言うことにあったともう一度、思った。あなたの御主人に娘が心をひかれているようです。しかし御心配にはならないでください。娘は決して限界を越える女ではありませんから――それをそっと彼女に告げたかったのだ。

「脇村さんには、それからお嬢さまにも本当にお礼申上げたいんです」

と角の細君がその時、腰をあげた彼に言った。

「長年、病気しているわたくしには主人が可哀想でなりませんの。でも脇村さんのお近くに引越ししてから、あかるい表情になりましたわ。わたくし、わかるんです。有難うございました。どうぞお嬢さまにもお礼申上げてくださいまし」

そして彼女は探るように協村の顔をじっと見た。いえ、と彼は口のなかで呟《つぶや》き、そのまま病室を出た。

午後の静寂な病院の廊下を歩きながら彼は「わたくし、わかるんです」とはっきり言った角の細君の言葉を噛《か》みしめていた。わかるんです。それは女の直感で加代や角の心理をつかんでいるのだ、と言うことだった。だが「お嬢さまにもお礼申上げてくださいまし」と言った細君の語調には決して刺《とげ》も皮肉もなかった。加代が主人をあかるくしてくれたことに本心から感謝しているように思えた。

病院を出て彼はその近くの寿司《すし》屋でビールを飲んだ。飲みながら角の細君の気持を考え、加代の心を考え、そのどちらもいじらしいだけに余計に気が重かった。「もう一本、ビール」と彼はまだ客のいない店のなかで大きな声を出した。

三月後、角の細君が急に亡くなった。悪化させないための手術が逆に彼女の体力を失わせ、術後感冒を起させて、抗生物質の注射も効力を奏しなかったのだ。

その知らせを電話できいた時、加代は受話器を持ったまま泣きだした。

「芳っちゃんたちが可哀想よ。芳っちゃんたちが！」

協村は娘の心をはかりかねて黙っていた。角の細君が死んだことが、かすかにも加代に悦びを与えたとしたら、それは脇村には不快な苦痛なことだった。彼は加代の心の底を覗《のぞ》きたくなかったから、彼女が泣きながら、芳っちゃんたちが可哀想よと言う言葉をそのまま信じようとした。

葬儀には二人して出た。花で飾られた棺の背後に角の細君の写真が飾られていた。白い顔がこちらを向いて微笑《ほほえ》んでいたが、脇村はそれを見て、

「わたくし、わかるんです」

と言った彼女の声を思い出していた。

葬式がすみ、初七日が終ってから間もないある日、加代が急にアトリエに入ってきた事があった。

「お父さま、お話があるんですけど」

「なに」

「いつか、大森の叔母さまが持ってきてくださった縁談、お断わりしましたけど、もう一度、お願いしていいかしら」

脇村は茫然《ぼうぜん》として娘を見つめた。その縁談とは彼の従妹がいつか話してくれたもので相手は大きな貿易会社の課長をしている男だった。加代の煮えきらぬ態度にそのまま立ち消えになったものである。角の細君が亡くなったことがなぜ、加代にこの縁談を受ける気持にさせたのか、脇村にはわからない。だがそこには微妙な女心の屈折があったにちがいないのだ。死んだ脇村の妻が昔よく、「あなたには女の心なんてわかりっこないわ」と言ったのを彼は思いだし、

「そうか」

とこの時も娘に肯いただけだった。

「今度は本気かね」

「ええ、そのつもりですけど」

角君のことは清算できたのか、と彼は言いたかったが勿論《もちろん》、黙っていた。

それから二年の今、結婚した加代は夫や赤ん坊と月に二回、この家にやってくる。そして家政婦と一緒に庭でバーベキューの支度をしてくれる。脇村は婿《むこ》になった男と一緒にビールを飲み、肉の焼けるのを待つ。むかし角一家とそうやったように……

だが加代は角のことはまるですっかり忘れているように二度と父親にたずねない。いや、ひょっとすると、もうあの頃のことは関心がないのかもしれない。

# 初恋

初恋は小学校三年の時である。今から四十五年前の話だが相手の名前もはっきり憶《おぼ》えている。早川エミ子と言って、クラスこそ別だったが、同じ学年だった。

三年生のあの日になるまで、その子を意識したことはなかった。そんな子がいると気づきもしなかった。だが、あの日、私は彼女を知ってびっくりしてしまったのだ。

あの日とは学芸会の最初の稽古《けいこ》の日である。その年、三年生は「青い鳥」をやることになっていた。クラスから五人ほどこの芝居に出るのが決り、私もなかに入れられて大得意だった。学校から飛ぶように家に走って帰り、息はずませて、

「学芸会に出るんだぜ。学芸会に」

玄関をあけるなり大声をあげた。

「へえ。あなたが」

ヴァイオリンを稽古していた母が驚いてたずねた。二歳上の兄とちがい、私は学業成績も運動神経も悪く、学芸会に選ばれたことなどなかったのだ。

「それで何の役」

「パンの役」

「青い鳥にパンの役あったかしらねえ。言葉はいくつぐらい、しゃべるの」

途端に私は当惑して黙ってしまった。たしかにパンの役だったが、台詞《せりふ》はまったくなくて、ただ「パン」という二文字を書いたボール紙を首にぶらさげ、舞台の端に立つだけだったのである。

事情を知ると母親は情けなさそうな顔をした。しかし、気をとりなおし慰めるように、

「でも五人のうちの一人だものね。よかったわね」

と、とって附けたように言った。

最初の稽古の日、チルチル役の男の子とミチル役の早川エミ子とが音楽の先生に歌を歌わされたり、おどったりするのを端役《はやく》たちはじっと見学していた。この時はじめて私は彼女の存在を知ったのである。

私は……文字通り雷にうたれたように驚愕《きょうがく》し、ひたすら仰天して彼女だけを凝視していた。九歳になるまで、この世にかくも可愛いい、かくも美しい女の子がいると知らなかった。彼女が歌うと私は体が熱くなり、彼女がおどると私は口をポカンとあけていた。稽古がすみ、放課後でがらんとした廊下を一同が帰りはじめると、私は彼女をつけてやろうと急に決心をしたのだった。

言い忘れたが私はその時、大連に住んでいた。満州のあのアカシヤの大連である。そして私の小学校は大広場小学校と言った。

学校のそばの大広場という広場をぬけ早川エミ子は女の友だちと満鉄病院にむかう坂道をのぼっていった。幸いなことに私の家もその満鉄病院のすぐ近くにあった。その坂道をのぼりつめた地点で彼女は友だちと手をふって別れ、赤いランドセルの音をたてながら煉瓦《れんが》づくりの家に走りこんだ。ははあ、ここが彼女の家かと私は思ったがその彼女が尾行に気づいたかどうかは知らない。

家に戻ると五年生の兄が庭でボール遊びを一人でやっていた。お手伝いさんにおやつをもらい、食べながら庭の塀《へい》にボールをぶつけている兄を見ていると、母親が姿を見せ、

「周ちゃん、お使いに行ってくれない」

おはぎを作ったのでその重箱を近所の家まで届けてくれと言う。

「風呂敷《ふろしき》を必ず、持って帰るのよ」

仕方なく重箱をかかえて外に出た。歩きながら早川エミ子のことを考えた。何とかして彼女と接触し、遊びたいものだと思ったのだ。

母の友人の家に行き、重箱をわたし、風呂敷をもらった。そして、それを頭にのせて学帽をかむった。こうすれば風呂敷をなくすことはまずないと思ったのである。そしてまた早川エミ子のことを考え、彼女のおどっている姿を心に思い浮かべた。

反対の歩道で知りあいのおばさんに会った。私は「今日は」と帽子をぬいで挨拶《あいさつ》し、そして家に戻った。「風呂敷は」と母に言われ、帽子のなかを見るとなかった。「あッ」と気がついた。帽子をぬいで頭をさげた時、落したのである。エミ子のことをあまり考えていたためにわからなかったのだ。走

って探しに行ったが、風呂敷はどこにもみえない。誰かが拾って持っていったのだろう。

学校に行くのが苦しくなった。廊下で彼女をみると、理由もないのに教室にかくれた。校庭で縄《なわ》とびをしている彼女の近くまでは寄れず、遠くで馬鹿のようにその姿をぬすみ見ていた。そのくせ、学芸会の稽古が終ると、相変らず下校するそのうしろを、とぼとぼと尾行しては、彼女が家に入るのを見届けるのだった。遂に私はたまらなくなり、自分の気持を母にうちあけた。

「周ちゃんが」母は面白がって自分の友だちにそれをしゃべった。「今度、学芸会で一緒に出る女の子が好きになったんですって」

学芸会の日、母はその友だちと一緒に学校にやってきた。私は先生から「パン」と大きく書いたボール紙を首にかけさせられ、舞台の隅《すみ》に棒のように立ち、早川エミ子はチルチル役の優等生の男の子と歌ったり、おどったりした。

私が傷つけられたのは自分が彼女の相手役になれなかったと言うことではなかった。学芸会が終って家に帰ると、母が共に見物に行った友だちと応接間で話をしていた。そして私を見ると、

「おや、おや、あなたの好きな子、そんなに可愛いくもなかったわよ」

と言ったことだった。母の友だちも一緒になって笑いころげた。彼女たちにとってはそれは何でもない軽口だったかもしれない。しかし私の心は甚《はなは》だしく傷つけられた。二度と母にはあの子のことを話すまいと思った。

私が彼女のことを打ちあけたのは横溝元輔《よこみぞもとすけ》という級友と家で飼っている犬のクロとだった。モッちゃんと皆に呼ばれているこの子は一度、落第をして同じクラスに入った温和《おとな》しいが私以上に勉強の出来ない子供だった。クロは満州犬で私の家に仔犬《こいぬ》の時から飼われていて、いつも私の遊び相手だった。モッちゃんは私の話をきくと、遠くでも見るような眼つきをして何も答えなかった。彼には私の心情がよく理解できなかったらしい。

モッちゃんに打ちあけてから、早川エミ子を尾行する時、彼が一緒についてきてくれた。彼が私の初恋に興味を持ったためでなく、学校がすむと私たち二人はいつも一緒に遊んでいたからにすぎない。他の子供は彼をあまり相手にしなかったようだ。

満鉄病院までの坂道を早川エミ子が友だちと一緒にのぼっていく。街路樹のアカシヤの花が風に吹かれて虚空《こくう》に舞っている。日本人街のその坂道をのぼりつめると女の子は左右に別れていく。それを百米《メートル》ほどうしろから私とモッちゃんがそっと従《つ》いていく。

彼女が私たちの尾行に気づきはじめたのはこの頃のようだ。それは彼女とその友だちが時々、こちらをふりかえり、さも不快げに足を早めたり、一人になると走るようにして赤煉瓦づくりの自分の家に姿を消すことで私にもよくわかった。

自分が嫌《きら》われているという予感と、そうでないかもしれないという希望的な観測で私はくるしんだ。九歳の子供の初恋も大人の恋愛とそんなに違いはない。同じような心理に悩み、同じようにふかい溜《ため》息《いき》をつくのである。私は遂に決心をした。彼女に声をかけようと思ったのだ。ある日、アカシヤの花の舞う坂道でモッちゃんと声をそろえて叫んだのだった。

「なんだ。偉そうにすな。ミチルの役をやったぐらいで」

それが私の愛の言葉だった。心とはまったく裏腹のこの言葉を百米《メートル》先に歩いている彼女にかけることで、自分に関心をひこうとしたのである。

「なんだ」モッちゃんは私の真似《まね》をして、もっと大きな声を出した。

「偉そうにすな。ミチルの役をやったぐらいで」

早川エミ子は赤い鞄《かばん》を背でふりながら走りはじめた。私の本当の心を知らず、二人の苛《いじ》めっ子が自分を苛めるために追いかけていると錯覚したのである。

「なんだ。なんだ」

私は靴《くつ》で石を自棄糞《やけくそ》になって蹴《け》った。モッちゃんも真似をした。

「なんだ。なんだ」

その翌日から早川エミ子とその友だちとは私たちをまったく黙殺した。ふり向きもしなかった。私はたまらなくなり小石をひろって彼女たちに投げた。モッちゃんはもっと大きな石を放った。これっぽっちも彼女を苛めようという気持は私にはなく、ただ彼女がこの気持を少しも理解してくれない悲しみが、そんな行為にさせたのだ。
二、三日して酒井先生に放課後よばれた。私とモッちゃんとを前にたたせて、
「お前たち、女の子に石を投げただろ」

詰襟《つめえり》の黒い服を着た中年の先生は湯呑茶碗《ゆのみぢゃわん》を握りながら強い声を出した。

「三年生にもなって、なぜ、そんなことをする」

モッちゃんは何時《いつ》ものことながら、鼻汁のついた洋服の腕を顔にあてて泣きはじめ、私は黙ってうつむいていた。

その頃から少しぐれはじめた。恥ずかしい話だが母の装身具をひとつ盗んで、それを近所の中国人の雑貨屋に持っていった。どうしてそんな悪智慧《わるぢえ》が自分にあったのか、今もってわからない。

雑貨屋の中国人は私に五十銭をくれた。その五十銭で菓子を買い、モッちゃんと二人でたべた。

つり銭をどこにかくして良いのかわからなかった。私は他の子供たちのように買い食いは禁じられていたし、少年雑誌や鉛筆を買う時はそのつど、母から金をもらっていたからポケットに彼女の知らぬ銅貨を入れておけば問いつめられるに決っていた。

家の前にアカシヤ並木の一本があった。兄たちがいつもそのアカシヤをベースにして野球をやっていた。私はモッちゃんとその褐色《かっしょく》の樹の下をほり、つり銭を埋めた。そして二人で学校から戻ると、そのなかから十銭ずつ出して買い食いにつかった。この盗みと秘密とは私が母を裏切った最初の行為だった。母や先生が私の気持をわかってくれないから、こんなことをするのだと自分に言いきかせた。

早川エミ子のあとをつけるのはもうやめた。しかし彼女にたいする気持が終ったのでは決してなかった。

運動会の時、私とモッちゃんとはいつもびりっ子だったが、体操用の黒いブルーマーをはいて、赤い鉢巻《はちまき》をしてリレーに出場する彼女を生徒席から陰険な眼で見送っていた。バトンを右手で受けとり、小鹿《こじか》のように早川エミ子は他の選手の間を通りぬけていく。それはもう私の手の届かない女の子だった。手が届かないから、私は、

「偉そうにしやがって」

と地面に唾《つば》を吐き、モッちゃんも私の真似をして、

「偉そうにしやがって」

と同じ言葉を言った。そして彼女が他の女の子たちに囲まれて顔を上気させながら戻ってくると、

「お前、駄目《だめ》じゃないか」

と負けた私のクラスの女の子に嫌味《いやみ》を言った。

その頃から私の家庭にある変化が起りはじめた。父と母との仲がある事情から急に悪くなって、父は時々、家を留守にするようになったのである。

それまで明るかった、そして友だちを家によく招いていた母がくらい表情で何かを考えこんでいるのは辛《つら》かった。今まで学校から戻ると、いつも応接間から聞えていた彼女のヴァイオリンの稽古の音も消えて、家のなかは沈黙に包まれるようになった。

二つ年上の兄はその辛さを逃れるためか、いつも机にかじりついて勉強をしていた。兄のように勉強が好きでない私はモッちゃんにもうち明けられぬこの悲しみを誰に伝えてよいのか、どう誤魔化していいのか、わからなかった。そんな時、飼っている犬のクロだけが私の話し相手だった。

くらい家に戻りたくなかったから、私は下校の途中でモッちゃんと別れたあとも、時間をできる限りかけて家までたどりつくようにした。小石を蹴《け》り、どこかの家の塀《へい》に「タイツリブネニコメヲタベナシ」と白墨で落書し、中国人の馬車引きの馬をじっと眺《なが》めて時間をつぶした。タイツリブネニコメヲタベナシとは級友の一人が教えてくれた言葉で、それを逆に読むと私にはまだ理解できぬ淫猥《いんわい》な言葉になるのだった。

門までたどりつくと、夕暮のなかにクロが寝そべっている。クロは私をみて哀《かな》しそうな表情をして尾をふる。そのクロだけに私は話しかける。

「こんなの、もう、いやだよ。ぼくは」

クロは哀しそうな眼で私をじっと見つめている。私は鞄のなかから手工用のナイフを出して門の前のアカシヤの樹に文字を彫りつける。「早川エミ子」と。

その五つの文字を私は自分の悲しみの深さだけ彫りこんでいった。それは誰にも気づかれない、誰にもわからない少年の私の心情だった。私はそこに自分の手に届かぬ女の子の名を彫りつけただけではなく、この五文字の名のなかに、まさに離婚しようとする両親を持った子供の悲しみ、大人に理解してもらえぬ子供のもどかしさ、それらすべてをこめてナイフを動かしたのだった。

四十五年の歳月が流れた。あの翌年——つまり私が小学校四年生になった年、母は兄と私とを連れて日本に戻った。父と別居することが決ったのである。

以来、長い間、大連の級友にも先生にも会わなかったし、モッちゃんのその後もわからなかった。そして犬のクロも大連で別れたままになってしまった。戦争は我々をたがいに隔て、音信不通にさせてしまった。

それが五年前、思いがけなく大連の小学校の級友から印刷した葉書をもらった。同じ学校の卒業生の集りをやる企てがそこに書いてあった。

東京の大きな中華レストランで開かれたそのパーティで私は見知らぬ中年以上の紳士や婦人にあまた出会った。なかに胸にとめた相手の名前から、その幼な顔の記憶をよび覚される人も何人かいた。その人たちとつよく握手をしながら彼等が私と同じように戦争や戦後に、耐えて生きてきたことをしみじみ感じた。

「モッちゃん——横溝元輔の消息を知りませんか」

誰も首をふった。担任だった酒井先生はとっくに亡くなられ、クラスの者は彼が中学に行かずパン屋で働いていたことまでは知っていたが、その後の消息は不明だった。兵隊にとられ、そして何処《どこ》かに行ってしまったのだ。

「それでは皆さん」幹事役の人がマイクで皆によびかけた。「最近の大連の写真をスライドでお目にかけます」

電気が消され、壁にかけた白い布に誰かの影がうつり、笑い声がおき、昔のままの大広場や小学校の校舎や運動場がうつされた。

「我々の学校は今は旅大市第十六中学校という名に変っています」

中国人の生徒がその校舎や校庭に立っていた。手をあげて数学の勉強をしている光景もうつし出された。

「早川エミ子さんという女の子がいたでしょう。あの人は……」

私は小声でむかしの級友の一人にたずねた。その名を口に出した時、電気を消した広間のなかで私は一寸《ちよつと》、顔を赤くしたようだ。

「早川さんは日本に引きあげて、お嫁に行ってから亡くなられたそうですよ」

「亡くなったの」

「なんでも熊本県の田舎《いなか》で。結核でね」

そうですか、と私はうなずいた。死は私の世代には珍しいことではなかった。戦争と戦後の間に私はどれくらい、たくさんの知りあいを失っただろう。私はもう五十五歳になり、あの悲しみも遠くに見える陽のあたる山のように懐《なつか》しいものに変っていたのだ。

今年の春、ある出版社に依頼されて、ある作家と思いがけなく四十五年ぶりでその大連に外国船で行くことになった。船が大連——今の旅大市に停泊するのはたった一日半だけれども行ってルポルタージュを書くのが私の頼まれた仕事だった。断わる理由はどこにもなかった。

香港《ホンコン》からその外国船にのり、三日目の朝、昔のままの大連港に着いた。日中旅行社の人に迎えられ、私たち二人は「上海《シャンハイ》」という中国製の車にのった。

「まずどこに行きたいですか」

若い中国の通訳が私たちにたずねた時、私の友人の作家はむかし彼の姉上が住んでいた家を見たいと答え、私は勿論《もちろん》、自分が少年時代にいた家を訪れたいと即答した。

車は港から四十五年前と何も違わぬ大連に入った。そして大広場をぬけ、むかし満鉄病院があった方向にむかって坂道をのぼった。アカシヤの並木も周りの煉瓦づくりの家も古びてはいるが、すべて昔のままだった。

私はおぼえていた。この道もこの曲り角も、この家も。私の家はすぐまぢかにあり、その前で中国人の子供たちが遊んでいた。

「おりていいですか」

「どうぞ。どうぞ」

友人は車に残り、私はカメラを肩にかけて自分の昔の家の前にたった。子供たちが近くから私を珍しそうに眺めていた。家は私が長い間思っていたほど大きくなかった。塀も小さかった。でもそれは確かに私の住んだ家だった。赤い屋根も赤煉瓦の塀もすべて記憶があった。そして家の前のアカシヤの並木があまりに老いていた。

(年とったな。あんたも俺《おれ》も)

アカシヤの幹をいたわるようにさすりながら私はひとりで呟《つぶや》いた。私も年をとり、この樹も年をとったが、この樹は私とちがって四十五年間、この場所から一歩も動かなかったのだ。お前はここで四十五年を過したのか。そう考えた瞬間、胸に小学生時代のこの樹に結びついた思い出が走馬燈のように流れはじめた。死んだ兄たちがこの木をベースにして野球をしていた光景が。犬のクロが片足をあげて放尿していた姿が。そして母が。早川エミ子が。

通訳の青年やこちらを距離をおいて見つめている中国人の少年たちにわからぬよう、私は幹にあの五つの文字を探した。なぜか文字は消えていた。しかし黒い、老いた幹をさする私の指はたしかにその五文字を感じた……

# アフリカの体臭
## ――魔窟にいたコリンヌ・リュシェール

### 淪落の女優

一九五〇年、六月二十八日朝、僕らの乗っている仏蘭西船、ラ・マルセイエーズ号は、アフリカの南端、ジブチにつきました。

目を覚すと、船は既に港外に錨をおろしています。遠浅のため、それ以上、入れぬのです。褌をした褐色の土人たちが、小舟を漕いで近寄って来るのが見えます。

「あれに乗るのだ」と、綽名《あだな》をピピーと呼ぶ男が、僕に囁きました。ピピーと言うのは、本名のピエールをもじった俗名で「小便」と言う意味ですが、此の「ピピー」氏は西貢《サイゴン》から、僕らの船に乗り込んで来たのです。彼は中年の独身者で、巴里ソワール紙の特派員として印度支那の砲火をくぐりぬけて来たと言う経験の持主で、一風変ったところがありました。

これから仏蘭西に留学しようとしている僕は、此の風変りな男と忽ち親しくなりました。ピピーは舟が二日間も碇泊しているのだから、街に降りてみようじゃないか、と僕を誘うのです。

「ジブチと言うのは墓場の様な街さ。熱風《シロッコ》が黄色い砂を叩きつけるなかに、死んだ様に土人の民家と四五軒の仏蘭西人の店が並んでいる。それにコリンヌ・リュシェールと言うあの有名な女優ね、彼女がジブチにいるんだそうだ。娼婦《ピュタン》となって、黒人の女たちと一緒に春をひさいでいると言う話だ。」

僕は驚きました。洋画ファンなら誰でも知っているでしょう。彼女の主演した「美しき争い」や「格子なき牢獄」を……。長い金髪に半ばつつまれた憂いがちなその細おもてや、鳶色の眼差し、少女にしては幾分低い声を、僕は思い出します。

「だってコリンヌは戦争中フランスの敵である独逸《ドイツ》の将校の情婦になっていたため、終戦後、裁判にかけられ、とどの揚句、肺病で死んだって云うじゃありませんか」と僕は叫びました。

「俺もそう思っていたが、印度支那に来た外人部隊の兵士の中で、コリンヌをジブチで見たという奴に、俺は現に会ったんだ」

「まさか！」

だが、それが本当とすれば余りに悲惨な話じゃないか。あんなにうつくしい巴里の若い女優が、この熱風の吹きつけるアフリカの死の街で、肉体を売りながら生きつづけている。おそらく、それは彼女に似た娼婦にここで出会った旅人が悲劇風につくりあげた物語なのだろう。あるいは、丁度ヒットラーの生存説と同じように祖国を裏切った一人の女優の生涯に人々がつけ加えた脚色なのだろう。

「ウソでも本当でもいいじゃないか。ジブチはそんな末路をもった人間が死ににくる所だ。とにかく、あの小舟《カヌー》に乗って行ってみようじゃないか」

と言いながら、ピピーはトランクの底から、小型の自動拳銃《オートマチック》をだして安全装置を調べてから、白上衣の内懐ろにいれました。

## 魔窟探険

港から一本のアスファルト道が、砂煙と炎のような蜉蝣《かげろう》に半ば消えながらジブチの街まで続いています。やがて街があらわれました。街と云うよりは、むしろ、疫病か、何かでずっと昔に見捨てられた廃都《はいと》に近いのです。怖しい程、ひそまりかえっているので、道をあるく僕たちの靴音が響きかえる程です。

　小さな広場があります。その広場も砂と駱駝《らくだ》の糞で黄ばんでいます。広場をかこんで二軒の酒場、永久に閉じられた映画館が一つあるだけです。ピピーは、僕をつれて、広場の片隅にある酒場のドアを押しました。

　暑熱《しょねつ》をよけるため、窓をしめてあるので、中は殆ど真暗でした。白い腰巻きをした一人の土人が蠅取紙を天井にぶらさげていたのですが、その紙ももう無数の蠅で真黒でした。ピピーは、砂でザラザラした二つしかない机の一つに麦酒《ビール》を運ばすと、片隅に行って黒人と話をはじめました。

「女、居る。夜しか、ひらかない」黒人は片言の仏蘭西語で答えます。

「たしかに白人《セ・シュール・セット・ブランシュ》の女かね」

「白人の女、一人……」

ピピーは戻って来ると、「どうやら、白人の娼婦が一人、街にいるらしい。しかし、夕方からでなければ、魔窟には行けぬらしいな」五時頃まで、ここの住民はみな昼寝をするのだと云いました。

「五時まで此処で待っても仕方がない。一応、その女の家だけでも覗《のぞ》いて来よう」

今度は広場から、港に行く路とは反対側に歩きだしました。そこからは、もう、馬小屋に似た土人の家ばかりです。その中に白い塀をめぐらした寺院のような建物がありました。僕がその中を覗こうとするとピピーが烈しくとめました。

「回教の祈禱の時間だ。覗き見をすると土人たちが怒りだすぞ」

しかし、ぼくは、寺院の内庭に土人たちが屍《かばね》のように倒れ伏しているのを眺めてしまいました。単線の小さな鉄道がその寺院の横から南に走っています。アジス・アベバまで行く、唯一本の鉄道です。赤い帽子と半ズボンをはいた黒人がバラックのような駅から走り出てきました。警官です。

「ここから向うに行くのは危い、危い」と彼は烈しく手をふって叫びます。この前も、この先の密路《みつろ》で、白人の船客が殺されて物を奪われたというのです。ピピーは、新聞記者の証明をみせました。

それからは異様な臭気の漂う密路にはいりました。泥と藁《わら》でふいた獣の小屋のような土人の小屋から、時々、全裸の子供が走りでてきます。すると、ものかげから、一本の手が、すばやく子供を摑んで中に引き入れてしまうのです。その手の持主の顔は見えませんが、物音一つしないその小屋のなかで、黒人等が、僕たちをひそかに窺《うかが》いみているのは確かです。

「だれか、俺たちについて来ているな」とピピーが云うので、僕がふりかえると、今、来た道の端で、一人の黒人がパッと小屋かげにかくれました。

「此処だな」

それには目もくれずピピーはたちどまりました。僕たちは、それだけ特に二階だての、しかし、造《ぞう》作《さく》は、他の土人の家のように泥と藁で出来あがったその家を眺めました。もとより窓は厚い木で固く閉じられ、内部からは、針一つ落す音もきこえません。ピピーは黙って、裏の方に僕を導きました。裏には二階の戸から直接、地面におりる木の階段があります。階段の下には恐らく密造酒でも運んだらしい木箱が転がしてある所をみますと、いずれにせよ、この家のたたずまいから、白人が住んでいるらしいのはまず確実に思えます。

「疑われているのかもしれんな。今晩は、すこし危険な目に会うかもしれんな」と新聞記者はうなずきました。

僕たちは広場の酒場に戻ると、砂でザラザラした机の上で、執拗な蠅を追いながら、ポーカーをやりつづけました。そして日の暮れるのを待ったのです……

## 子供を買う

ジブチには約一万人を超える土人（アラブ族とソマリン族）と五百人程の白人が住んでいると云いますが、僕には一体、彼等がどこにかくれているのか、わかりませんでした。

ジブチには夜がありません。あるのは白夜だけです。九時頃までトランプを投げ合って時間をつぶしましたが、酒場を出た時も、まだ、あたりはほの白いのです。

月はかくれていました。二人が互に靴音をひびかせながらあの小さな駅を通過して密路まではいると、何処かの土人の小屋のなかで、嗄れた声で歌う単調な歌がきこえてきました。ピピーは淫売屋の戸口を叩きました。ふしぎな事には昼間来た時と全く同じように、戸はかたく閉され、灯影《ほかげ》さえ洩れていません。

「だれだい《キ・エ・ラ》」なかからたかい女の声がしました。その発音から黒人の女ではないことがわかりました。僕等は顔を見合わせました。

「遊びに来たんだぜ」

「桟《さん》を降しておあけよ」

ピピーは戸を押しました。僕はそれまで、又その後も色々な土地の淫売屋をみた事がありますが、これ程、烈しい臭気と、不潔な娼屋の内部ははじめにして終りです。

白人の女はブラジャー一枚だけで部屋の中央の高い机に腰かけていました。爪先にスリッパをひっかけ、それをブラブラさせているこの女は、白豚のように肥え上った年増でした。髪の毛の色も、その老けた面貌《かお》も、コリンヌ・リュシェールとは似ても似つかぬものです。なぜか僕は幻滅とともにホッとした気持が湧いてきました。入口の近くに二人の黒人女が坐ってニヤニヤ笑いながら、何かをしきりと嚙んでいます。二人ともどぎつい色の布で顔の上半を覆い、腕に金色の輪をはめていました。

部屋には彼女たちが口にしている得体のしれぬ食物と石油ランプの油の臭いなどがまじり合って、何とも言えぬ悪臭が流れています。

「昼来たのは、お前さんたちかい」

白人女はくわえ煙草で云いました。

「我慢できなかったんでな、船からおりるとすぐ飛んで来たわけさ」ピピーは灯影の及ばぬ奥の暗い翳《かげ》に眼を注ぎながら答えました。

突然奥の暗やみの中で、なにか身じろぐ音がしました。

「だれだい。あそこにいるのは」

「子供《ゴス》だよ。ネグロの」

女が手をたたきますと、動物のように眼を光らした黒人の子が這い出てきました。

「所でお前さん、誰と遊ぶんだい、お前さんがあたしを選ぶとしても、その支那人《シノワ》は」と彼女は僕の方をあごでしゃくって、「この黒人女《ネグレス》と遊ぶつもりかい、それとも子供を買いに来たのかね」

(子供を買う?)その意味が僕にはよくわかりませんでした。

「この子はよく馴らしてあるよ」白人女は台から飛びおりざま、スリッパを抜いだ片足で、そこにうずくまっている子供の頭をゴシゴシふみつけました。子供は犬のように這いつくばった儘、身動きさえしませんでした。

「この通りさ」女は声をあげて笑いました。

「お前さんのほかに、もう白人の女はいないのかね」とピピーはたずねました。

「お生憎《あいにく》さま、ここでは、そう云うのは、あたし一人さ」

「ここではと云うのはジブチのことかね」

「よしとくれよ。あたり前じゃないか」

「酒を持って来てくれ」

白人の女は腕輪をカチャカチャ云わせながら奥にはいりました。酒は二階にかくしてあると見え、階段のきしむ音がします。

「やはりデマでしたね、コリンヌ・リュシェールがジブチにいるというのは」と僕は小声でピピーに囁きました。

「イヤ、もう少し様子を見てみよう」白人の女は強いラム酒を二瓶、運んできました。一口飲んだだけで口は焼けつくようでした。

ピピーは懐中からジブチ紙幣で、千フラン取りだすと卓上におき、微笑しながら相手の顔を覗きました。「お前さんもいいが、もう少し、ましな女をあてがってくれよ」

「ふん」女はイマイマしげに千フラン札を桃色のブラジャーの間に入れると足許にうずくまっている子供に何かわめきたて、それから「ついておいで」と先に立ちました。

のたうつ金髪女

女が僕たちを連れて行ったのは二階でした。二階と云っても、殆ど、頭をさげて、くぐらねばならぬ廊下のわきに戸のない穴のような部屋が二つ続いているだけです。下とおなじように、ひどい臭気が鼻につきました。

ピピーと僕とが入れられた部屋は、それでも、病院からでも運んで来たような鉄製の古ベッドがころがっています。水を入れた壺が枕もとに置いてありました。ベッドには黒い、すり切れたマットが、湿った、大きな窪みを残していました。

「そこに眼をあてるんだよ」と女は僕たちに壁の一点を指さしました。その壁の一点には一寸、見ただけではわからない、小さな穴が、幾つか、あいていたのです。

(覗《のぞ》きだな)と僕は考えました。女は石油ランプを消して部屋を真暗にしました。

僕は、はじめ、何処かの白人のならず者か黒人を隣室に曳きずりこんで、あれを見せる普通の覗きぐらいに想像していました。

けれども、僕とピピーが守宮《やもり》のように壁にあてた眼にうつったのは白人の不頼漢でも、黒人の男でもありません。意外にもそれは、先程の子供だったのです。黒ん坊の子供は獣のように石油ランプのともされた部屋の真中にジッと坐って動きません。部屋の中は僕等のそれと同じように、古いベッドや、まるめた毛布や便器がおかれてあるようです。

覗きをした者ならだれでも味うことですが、部屋の全体が見渡せない為に、その一部分の有様や、その部屋の装飾品などが、妙に印象的に残るものです。

と、突然、子供は頭をあげました。その時、僕たちの視界の中に、ヴェールのように薄い衣をまとった褐色の、そして半裸の女がはいって来たのです。褐色のと云っても、それはアフリカの黒人女ではありません。恐らくアラビヤの方から流れこんで来た娼婦なのでしょう。彼女の肌は小麦色でしたし、それにその肢体は均整《きんせい》のとれた、うつくしいものでした。

石油ランプの暗い光の上に、女は斜めに顔をかしげているので、その容貌はよくわかりません。ただ、頭を銀色の布で覆っているのが気になります。女は子供のそばにしずかにしゃがみこみました。ランプの光線は、彼女の乳房から腹部にかけて、黒いうす絹のような翳《かげ》をあたえました。

女はたちあがると、寝台の上から、駱駝を追う長い鞭をとりだしました。少年は先程と同じように這いつくばった儘ジッとしているのです。彼女は鞭をふり上げて子供を打ちはじめました。彼女の腕がふり上げられ、ふりおろされるたびに、壁に、そのふしぎな翳がゆれうつります。子供は時々、「キイ!」という虫のような小さな悲鳴を洩らします。女は汗まみれになっているのか、彼女の背も腹部も、先程よりは更に、ヌルヌルした褐色の光を帯びてきました。

鞭を捨てると、彼女は半死半生の少年の手をつかんでベットの上にあがりました……

(子供を買うのかね)と云った先程の白人女の言葉の意味がやっとわかりました。それからくり展《ひろ》げられたような光景は、恐らく人間が考えられる最も罪ぶかい行為、おそらくアフリカでだけ行われる事なのでしょう。

僕はもう眼を壁から離して、それを見まいとしました。その時、ピピーが小声で「アッ！」と叫んだのです。僕自身も思わず、声をたてる程でした。

どうしたはずみか、女の頭を覆っていた布がすべり落ちたのです。僕たちは彼女の髪が、ブロンドなのを見ました。その時、今までアラビヤの女だろうと思っていた女の顔が、突然、別の映像をおびて、僕の眼にうつったのです。あわてて、すべり落ちた布を拾いあげようと、彼女が、うつむいたその顔は、あの「格子なき牢獄」で医務室で盗みをするコリンヌ・リュシェールの面影と全く同じものだったのです……

## 夜の幻影

ピピーはすぐ部屋を飛びでました。しかし、それより早く、女は、今日のひる間、僕たちが外側から見た二階からすぐ内庭におりる階段をかけおりて、深いジブチの闇の中に姿を消していました。ピピーは拳銃を右手に、しばらく彼女の跡を追いましたが、土人の家と家とにはさまれた無数の密路の中に女は何処ともなく消えてしまいました。

僕たちは諦めて、一階におりました。先程と同じように白人女は部屋の中央の台に腰をおろし、二人の黒人娘は片隅で何かを嚙んでいました。

「どう、気に入ったかね」

「気に入ったな、だが、あの女は、どうやら巴里から来た女らしいな」

「違う！」烈しく白人女は首をふりました。彼女の眼には怒りとも憎しみともつかぬものが燃えあがっていました。「違う。あれは此処の女なんだ。いいか。お前さん。ジブチに来たらそう考えなくちゃ、いけないんだ」

「そうか」いつになくピピーは素直に、その言葉をききました。僕たちが外に出た時は、もう真夜中でした。それでも、あたりはほの白いのです。土人たちの小屋は寝しずまっていました。暑さと砂風の幾分おさまった密路を歩きながら、僕は「ジブチに来たら、そう考えなくちゃ、いけないんだ」と叫んだ白人女の言葉を心に甦えらせました。


巴里に行って僕はこの話を仏蘭西人たちにしましたが誰も信じてくれません。ただ一人、あの「第二の性」の著者、シモーヌ・ド・ボーヴォワールという女の哲学者が、この話をくい入るように肯きながら聞いてくれたのを思いだします。

# 解説と年譜

加藤宗哉

## 解説　作家の〝最盛期〟を読む――『沈黙』からの十余年

棺のなかには、二冊の自著が納められた。『沈黙』と『深い河』である。本人の遺志だったと遠藤順子夫人の回想にあるが、一方は代表作であり、一方は最後の書下ろし長篇だった。

遠藤周作の小説は、第一作である短篇「アデンまで」と、つづく「白い人」（芥川賞作品）にはじまった。そしてその後の長篇「海と毒薬」（「文學界」連載）によって、作家的地位を確立したと言われている。しかしその二年後、肺結核の再発によって入院、足かけ三年にわたる闘病生活を余儀なくされた。当然、本格的な執筆活動は中断され、この間の外科的手術は三回におよんだ。とくに最後の手術における生還率は五〇パーセントを切っていたというが、このときのことを自身ではこう記している。

「見送ってきた妻とも別れ、手術場の厚い扉がしまった時、これがこの世の見おさめだなという気がおそってきた。／その瞬間、私は始めてと言っていいほど口惜しい思いで自分の小説のことを思いだした。ああ、書きたいなあと思ったのである。手術中、心臓が何秒間か停止し、私は仮死したそうだが、悪運つよくまた生きのびられた」（「初心忘るべからず」）

「書きたいなあ」という言葉が痛切だが、じつはここにはひとつの〝込められた思い〟があった。「日本人とキリスト教」を生涯のテーマとしたこの作家は、「今度の病気のあいだは照れくさいことながらやはりカミサマのことばかり考えつづけてきた」（同前）と書くように、病床で自分の信仰と向き合い、一方で日本の切支丹時代に関する書物も読みはじめていた。

――もし生きて還ったら、こんどはなんの遠慮もせずに、自分の書きたいものを書いてやろう。

具体的には、キリスト教会が自分たちの歴史から消し去った切支丹時代の宣教師について書いてみたいと考えていたのである。

退院したとき、遠藤周作は三十九歳になっていた。自宅を郊外の町田市玉川学園に移し、新築の書斎を、遊び心で「狐狸庵」と称した。ここに作家・遠藤周作の再生がはじまった。そして退院から四年、書下ろし長篇『沈黙』は完成する。

この小説に、誰よりも早く〝母〟のイメージを見出したのは、批評家・江藤淳だった。校正刷りで『沈黙』を読んだ江藤は、「踏絵のキリストは、私には著しく女性化されたキリスト、ほとんど日本の母親のような存在に見える」と書いた。もちろんそれは、主人公ロドリゴの足元に置かれる銅板のなかのキリスト、そしてもう一人の主人公・キチジローが踏むキリストを指しているのだが、江藤はさらにこうつづける。「踏絵のなかに隠された母の姿には、父を抹殺して母との合体を遂げようとする母子相姦の願望が見えるがゆえに、この小説に信仰の問題を見ようとする解釈はすべて意味がない」

末尾の指摘についてはいろいろな批評家・研究者からの反論があったものの、踏絵のキリストに母を見る江藤の批評は、『沈黙』の核心を突くものだった。江藤は『成熟と喪失――〝母〟の崩壊』のなかでもこう書く。

「セバスチャン・ロドリゴというポルトガル風の名前をあたえられている「私」が、実はヨーロッパ人でもなければ「父」なる神の司祭でもないことは明瞭である。「私」はつねに「母」を問題にし、「父」をその世界から排除しようとしている。「父」が「沈黙」させられているのは、最後に「母」に「踏むがいい」という一語を発せさせるためである。つまり「沈黙」をつづける「父」は敗れ、「踏むがいい」といって「私」を赦す「母」が最期の勝利をおさめる。作者がこのことを明瞭に意識して書いているかどうか私は知らない」

これについて、かつて遠藤周作は三田文学の学生たちに、「批評家と小説家のひとつの理想的な関係があそこにはあった」という意味のことを口にしたし、同じころ刊行された『江藤淳著作集2』の「解説」では、もう一歩踏み込んだ告白をしている。

「こういう言葉を使うのは氏にとって甚だ失礼だが、私自身、たとえば『沈黙』という自分の小説について氏の批評から「犯された」という感情をまず感じた。犯されたというのは、いわば衣服を剝がれて、ひそかにかくしているものを見られることとである。つまり作者が意図したもの（つまり作者が百も承知していることとの）解説や議論ではなく、作者が無意識のうちに持っているもの——そしてその無意識のうちに持っているものこそ作品の原動力になっているのだが——に刃を入れ、えぐり出し、それに言葉を与えたということである。それは（略）私に感動と共に快感さえ与えた」（「江藤氏と一つの作品」）

批評に「犯され」、しかし「感動」と「快感」をおぼえた作家が、自分の小説について、そうか、そういうことだったのか……と気づく。だから、つづけてこう記すのである。「自分の内面のもっとも隠蔽していたものに今、光があてられた」と。

こうして遠藤周作の文学に、絶対的ともいえる一つの因子が顔をだす。日本人の心を永遠に惹きつける、母なるキリストの世界である。

○

『沈黙』が刊行された一九六六（昭和四十一）年からの十年余り、つまり遠藤周作四十三歳からもう一つの代表作と言われる『侍』執筆の五十六歳まで、この作家は人生のなかでもっとも健康で充実した時代にあった。のちに順子夫人から、「病気が治ってからは、仕事でも、遊びでも、お酒を飲むことでも、昨日はあそこまでやってみたけれど大丈夫だった、ああ今日はここまでしても平気だったと、嬉々として毎日を過ごしていた」と聞いたことがあるが、私が出会ったのはまさにそんな時代の遠藤周作で、純文学と狐狸庵エッセイを書き分け、外国をふくめた各地を飛び歩き、呑めば一升酒で文壇酒豪番付に名をつらね、テレビではレギュラー番組を持ってたとえば松田聖子と腕を組んで登場してきた。そんな多忙なスケジュールをこなす間にも、素人劇団を率いて公演を重ね、同時に趣味のダンスや手品や催眠術、コーラスグループまで作っていたのだから、あの気力と体力はどこから来ていたのかと不思議な思いに駆られる。

本書に収めた短篇は、じつはその時期の遠藤周作によるものであり（最後の一篇「アフリカの体臭」は除いて）、原則として『沈黙』につながるテーマを持っている。つまり、著者最初の切支丹小説である「最後の殉教者」から、病床体験を題材にした「その前日」、踏絵をモチーフにした「帰郷」、キチジローにつながる弱者を描いた「雲仙」、赦しのイメージとしての「母なるもの」などである。これらの作品からは、遠藤文学が「イエス」「母」「主人公」という点を結ぶ三角形をつくりあげていること、くわえてそれぞれの点がダブルイメージ、トリプルイメージを持ち合わせているという構図が浮びあがってくる。たとえば人間を見あげる犬（「童話」）や、九官鳥の眼（「四十歳の男」）にはイエスの眼差しが重なり、そこに読者は人間の哀しみへの連帯と共感を見るのである。

なお、「Ⅱ」に収録された二篇と、最後の一篇について少しだけ触れておきたい。

「女の心」「初恋」は、著者のエンターテイメントと言える小品であるが、いわゆる〝低い視線〟からの人間の哀しみとおかしみを描いて、きわめて遠藤的な世界をつくりあげている。現在、全集にこういった中間小説（短篇）を読むことができないという事情もあって、今回あえて『沈黙』後に書かれた前記二篇を収録した。

最後の一篇「アフリカの体臭」は本書のなかで唯一、若書きの作品である。これまで単行本未収録だったこの小説は、一九五四（昭和二十九）年の「オール讀物」八月号に掲載された。ただし、作者名は「伊達龍一郎」になっている。これが遠藤周作であると判明したのは、遠藤文学に詳しい私の友人・一田佳希さんが、『狐狸庵VSマンボウPARTⅡ』（講談社刊、一九七五年）のなかに、たまたま次なる遠藤発言――「『オール読物』に伊達龍之介とかなんとかいう変名で、読みものを何回か載せてるんだ」を見つけたからである。それを一田さんが町田市民文学館の杉本佳奈学芸員に話し、早速、かつて遠藤周作展も手がけた杉本さんが日本近代文学館へ出かけて、一日がかりで該当作を探しあてた。すると、作者名は伊達龍之介ではなく「伊達龍一郎」であった。が、それは遠藤周作の記憶違い、あるいは言い間違いと判断し、これを遠藤作品として認定しよう、となったわけである。

それにしても、一九五四年八月号といえば遠藤周作は三十一歳、まだ小説を発表していない（小説第一作「アデンまで」はこの年の「三田文学」十一月号掲載）。となると、娯楽小説の要素が強いとはいえ、「アフリカの体臭」を遠藤周作の処女作とすることも可能なのである。文体から見ても、小説の内容・状況から言っても、これがフランス留学から帰ってまだ日の浅い遠藤周作によって書かれたことは間違いない。のちに人気作家となる要素も充分に感じさせる小篇である。

**一九二三**（大正十二）**年**

三月二十七日、東京巣鴨で、父常久、母郁（旧姓・竹井）の次男として誕生。二歳年上に兄正介。父は安田銀行に勤務。母は東京音楽学校（現東京芸術大学）に学び、安藤幸やアレクサンダー・モギレフスキーに師事した。

**一九二六**（大正十五年・昭和元）**年** **3歳**

父の転勤で満州・大連に移る。

**一九二九**（昭和四）**年** **6歳**

大連市の大広場小学校に入学。母はヴァイオリンの練習を欠かさず、冬には指先から血を流しても弾きつづけた。

**一九三二**（昭和七）**年** **9歳**

この頃から父母が不和となり、夜、諍いの声が寝ている息子の耳に響いた。飼犬クロにむかってぼやく日がつづく。

**一九三三**（昭和八）**年** **10歳**

父母の離婚が決定的となり、夏、母に連れられて兄と共に帰国。神戸市六甲の伯母（母方）の家にいったん同居し、まもなく西宮市夙川に転居。二学期から六甲小学校に転校。

**一九三五**（昭和十）**年** **12歳**

六甲小学校を卒業し、兄と同じ私立灘中学校に入学。能力別クラス編成で、一年はA組だったが、二年B組、三年C組と下がり、四年と五年は最下位のD組だった。この年の五月、母が小林聖心女子学院の聖堂で受洗。六月二十三日、周作も兄と共に夙川カトリック教会で洗礼を受ける。洗礼名ポール（パウロ）。

**一九三九**（昭和十四）**年** **16歳**

中学四年時で三高を受験するが失敗。この年、西宮市仁川の月見ヶ丘に転居。この頃、十辺舎一九『東海道中膝栗毛』を読む。

**一九四〇**（昭和十五）**年** **17歳**

灘中学校を一八三人中の一四一番の席次で卒業。再度の三高受験にも失敗し、仁川での浪人生活がはじまる。兄正介はこの四月、一高を卒業して東京大学法学部に入学、世田谷経堂の父常久の家に移った。

**一九四一**（昭和十六）**年** **18歳**

広島高校などの受験に失敗。四月、上智大学予科甲類（ドイツ語クラス）に入学、学内の学生寮・聖アロイジオ塾に入る。十二月、校友会雑誌「上智」（第一号）に論文「形而上的神、宗教的神」を発表。

**一九四二**（昭和十七）**年** **19歳**

二月、上智大学予科を退学。仁川にもどり受験勉強を再開。姫路、甲南などの高校を受けるが失敗。母の家を出て、東京の父の家に移る。

**一九四三**（昭和十八）**年** **20歳**

四月、慶應義塾大学文学部予科に入学。父の家を出て、信濃町のカトリック学生寮・白鳩寮に入る。寮の舎監にカトリック哲学者・吉満義彦がいた。

**一九四四**（昭和十九）**年** **21歳**

冬の終り、吉満の紹介状を持って堀辰雄を杉並の自宅に訪門。その後、病床についた堀を信濃追分へ見舞う。夏に受けた徴兵検査は第一乙種で、入隊が一年延期となる。

**一九四五**（昭和二十）**年** **22歳**

三月の東京大空襲で白鳩寮は閉鎖、経堂の父の家にもどる。慶應義塾大学文学部予科を修了し、仏文科に進学。入隊延期期限が切れる直前、終戦となる。病気療養中の佐藤朔に手紙を書き、永福町の自宅を訪ねる。

**一九四七**（昭和二十二）**年** **24歳**

十二月、最初の本格的評論「神々と神と」が神西清に認められ、「四季」に掲載。また「カトリック作家の問題」を佐藤朔の推薦により「三田文学」に発表。

**一九四八**（昭和二十三）**年** **25歳**

三月、慶應義塾大学仏文科を卒業。卒業論文は「ネオ・トミズムにおける詩論」。「堀辰雄論覚書」を神西清の推挙で「高原」三、七、十月号に発表。三田文学の同人となり丸岡明、原民喜、山本健吉、柴田錬三郎、堀田善衞などの先輩を知る。この年、小林聖心女子学院からの依頼で戯曲「サウロ」を書き、同学院の高校三年生が上演。

**一九四九**（昭和二十四）**年** **26歳**

ほぼ毎月、「高原」「三田文学」「個性」などに評論を書く一年となる。

**一九五〇**（昭和二十五）**年** **27歳**

六月四日、戦後最初のフランスへの留学生として横浜港から出航。同じ四等船客に、フランスのカルメル会修道院での修行をめざす井上洋治がいた。七月五日、マルセイユ着。二ヶ月間をルーアンに過ごし、九月、リヨンへ。学生寮に入り、聴講生の手続きをとる一方、リヨン国立大学のルネ・バディ教授のもとでの学位論文作成の承認をえる。

**一九五一**（昭和二十六）**年** **28歳**

フランスから書き送ったエッセイ「恋愛とフランス大学生」等を「群像」に書き送る。三月末に原民喜の自殺を知らせる手紙と遺書が届く。八月、モーリヤックの『テレーズ・デスケルウ』の舞台であるランド地方を徒歩で散歩。十二月に入り血痰の出る日がつづく。

**一九五二**（昭和二十七）**年**　**29歳**
六月、多量の血痰を吐き、九月までスイス国境に近いコンブルー国際学生療養所に入所。九月下旬、パリに移る。十二月、肺に影が発見され、ジュルダン病院に入院。
**一九五三**（昭和二十八）**年**　**30歳**
帰国を決め、一月八日、病院を出る。十二日にマルセイユを出航し、二月、神戸港着。東京の父の家で療養生活がはじまる。三月、原民喜を偲ぶ花幻忌会に出席し、「三田文学」の先輩たちとの交流を復活させると同時に執筆も再開。七月、留学時に書き送ったエッセイをまとめた最初の著書『フランス大学生』を早川書房より出版。この年の十二月二十九日、母郁が脳溢血で突然の死去（五十八歳）。
**一九五四**（昭和二十九）**年**　**31歳**
四月、文化学院講師となる。「現代評論」に参加、「マルキ・ド・サド評伝」（Ⅰ、Ⅱ）を発表。また安岡章太郎を通じて「構想の会」に入り、庄野潤三、小島信夫、近藤啓太郎、吉行淳之介、三浦朱門らを知る。十一月、初めての小説「アデンまで」を「三田文学」に発表。
**一九五五**（昭和三十）**年**　**32歳**
村松剛、服部達とメタフィジック批評を提唱。七月、「白い人」（「近代文学」）で第三十三回芥川賞を受賞。九月、慶應仏文の後輩・岡田順子と結婚。その後、父常久の家に同居するが、まもなく同じ経堂内に転居。
**一九五六**（昭和三十一）**年**　**33歳**
一月、初めての長篇「青い小さな葡萄」を「文學界」に連載開始。四月より上智大学文学部非常勤講師を一年間つとめる。六月、長男・龍之介誕生。世田谷区松原に転居。
**一九五七**（昭和三十二）**年**　**34歳**
三月、長篇小説の取材のため福岡に行き、九州大学医学部等を訪問。その後「海と毒薬」を「文學界」（六月、八月、十月号）に発表。
**一九五八**（昭和三十三）**年**　**35歳**
四月、成城大学文学部非常勤講師となり「フランス文学論」を一年間講ずる。『海と毒薬』を文藝春秋新社より刊行。この年から夏を軽井沢に過ごす。十一月、長篇小説の取材のため鹿児島・桜島を訪れる。『海と毒薬』により第五回新潮社文学賞、第十二回毎日出版文化賞を受賞。年末、目黒区駒場に転居。
**一九五九**（昭和三十四）**年**　**36歳**
一月、長篇「火山」を「文學界」に連載。三月、初のユーモア長篇「おバカさん」を朝日新聞で連載開始。「サド伝」を「群像」九月、十月号に発表。十一月、サド研究のため二度目の渡仏をする。二ヶ月ほどフランスに滞在し、サドの研究家ジルベール・レリイやピエール・クロソウスキイと会った後、スペイン、イタリア、ギリシャの各都市とエルサレムを回って翌年一月に帰国。

**一九六〇**（昭和三十五）**年　37歳**

四月、肺結核再発で東大伝研病院に入院。六月、病床でユーモア小説「ヘチマくん」を地方紙に連載。十二月、慶應義塾大学病院へ転院。二年余にわたる闘病生活がはじまる。

**一九六一**（昭和三十六）**年　38歳**

一月七日、肺手術をうけ、二週間後に再手術。六月には一時退院して自宅療養するが、九月に再入院（この間、澁澤龍彥訳のマルキ・ド・サド『悪徳の栄え（続）』が猥褻文書として起訴された事件で、特別弁護人として出廷した）。十二月、三度目の手術。

**一九六二**（昭和三十七）**年　39歳**

五月、慶應義塾大学病院を退院、自宅で療養生活に入る。この年は体力が回復せず、短いエッセイを書くだけで終る。

**一九六三**（昭和三十八）**年　40歳**

「わたしが・棄てた・女」を「主婦の友」に連載。三月、町田市玉川学園に転居。新居の書斎を狐狸庵と命名した。十月「午後のおしゃべり」を「芸術生活」に連載。のちにこれを単行本化する際、「狐狸庵閑話」とした。

**一九六四**（昭和三十九）**年　41歳**

四月、長崎へ取材旅行。大浦天主堂近くの「十六番館」で、黒い足指の痕が残った踏み絵を見る。

**一九六五**（昭和四十）**年　42歳**

長篇「満潮の時刻」を「潮」に連載。長崎を数回にわたって訪れ、夏、書下ろし長篇「日向の匂い」を脱稿。タイトルは新潮社出版部の提案によって変更される。

**一九六六**（昭和四十一）**年　43歳**

三月、書下ろし長篇『沈黙』を新潮社より刊行。純文学作品にもかかわらずベストセラーとなる。四月、成城大学文学部非常勤講師となり、以後三年間「小説論」を担当。五月、戯曲「黄金の国」が劇団「雲」により都市センターホールで上演（芥川比呂志演出）。八月、「三田文学」が復刊されて編集委員に就任。十月、『沈黙』により第二回谷崎潤一郎賞を受賞。

**一九六七**（昭和四十二）**年　44歳**

八月、ポルトガルに招かれて騎士勲章をうける。リスボン、パリ、ローマをまわって九月帰国。

**一九六八**（昭和四十三）**年　45歳**

一年間の約束で「三田文学」編集長を引き受ける。この間の「三田文学」は完売。三月、素人劇団「樹座」を結成、座長となり紀伊國屋ホールで第一回公演「ロミオとジュリエット」を行って、みずからもマキューショー役で出演（これ以後樹座は二十九年、二十一回の公演を行う）。

**一九六九（昭和四十四）年** **46歳**

書下ろし作品の取材のためイスラエルへ行き、イエスの歩いた道をたどって一ヶ月後に帰国。九月、戯曲「薔薇の館」初演（都市センターホール・芥川比呂志演出・劇団雲）。

**一九七〇（昭和四十五）年** **47歳**

大阪万博で基督教館のプロデューサーを阪田寛夫、三浦朱門とつとめる。四月、イスラエルへ旅行、翌月帰国。十月、ローマ法王より騎士勲章を阪田、三浦と共に受ける。

**一九七一（昭和四十六）年** **48歳**

この年からイエスをめぐる群像を描く連作「群像の一人」の執筆開始。十一月、映画「沈黙」（篠田正浩監督）封切り。同月、タイ・アユタヤを取材で訪れる。

**一九七二（昭和四十七）年** **49歳**

三月、三浦朱門、曾野綾子と共にローマで法王パウロ六世に謁見。六月、文部省の中教審委員に就任。七月、渋谷区南平台のマンションに仕事部屋をかまえる。十一月、日本文芸家協会常任理事に就任。この年、『海と毒薬』がイギリスで、『沈黙』がスウェーデン他ヨーロッパ五か国で翻訳出版される。

**一九七三（昭和四十八）年** **50歳**

六月、「群像の一人」七篇を収めた書下ろし長篇『死海のほとり』を新潮社より刊行。十月、「波」に連載した「聖書物語」に加筆し『イエスの生涯』として新潮社より刊行。この年、〝ぐうたらシリーズ〟が百万部を突破。テレビのコマーシャルにも出演。

**一九七四（昭和四十九）年** **51歳**

年初の冬、支倉常長の取材で宮城県の月の浦港へ。五月、仕事場を渋谷区代々木深町に移す。七月、『遠藤周作文庫』（全五十巻、別巻一・講談社）の刊行はじまる。十月、支倉常長の取材でメキシコへ。

**一九七五（昭和五十）年** **52歳**

年初、取材で宮城県旧支倉村を訪ねる。二月、『遠藤周作文学全集』（全十一巻）が新潮社より刊行開始。

**一九七六（昭和五十一）年** **53歳**

一月から「鉄の首枷―小西行長伝」を「歴史と人物」に連載。六月、小西行長の取材で韓国と対馬に行き同月帰国。十一月、『沈黙』がポーランドのピエトゥシャック賞を受賞、その授賞式でワルシャワへ行った折、アウシュヴィッツ収容所を訪れる。

**一九七七**（昭和五十二）年　**54歳**

一月、芥川賞選考委員となる。五月、兄正介が食道静脈瘤破裂で死去（五十六歳）。

**一九七八**（昭和五十三）年　**55歳**

六月、『イエスの生涯』で国際ダグ・ハマーショルド賞。『わたしが・棄てた・女』がポーランドで、『火山』がイギリスで、『イエスの生涯』がアメリカで出版される。

**一九七九**（昭和五十四）年　**56歳**

二月、タイ・アユタヤへ取材旅行。三月、芸術院賞を受賞。同月、香港からクイーン・エリザベス二世号で中国・大連へ行く（同行・阿川弘之）。十二月三十一日の深夜、書下ろし長篇『侍』を脱稿する。

**一九八〇**（昭和五十五）年　**57歳**

三月、慶應義塾大学病院に入院、蓄膿症の手術をうける。四月、『侍』を新潮社より刊行。十一月、『女の一生』の連載開始（翌々年二月まで・朝日新聞）。十二月、『侍』で第三十三回野間文芸賞を受賞。

**一九八一**（昭和五十六）年　**58歳**

前年からこの年にかけて、高血圧、糖尿病、肝臓病の治療。「女の一生」（二部・サチ子の場合）」を朝日新聞に連載開始。遠山一行と「日本キリスト教芸術センター」を東京・原宿のマンションのワンフロアーをつかって設立。

**一九八二**（昭和五十七）年　**59歳**

四月、読売新聞にみずから持ち込んだ原稿「患者からのささやかな願い」が六回にわたって掲載され、その後の〈心あたたかな病院運動〉へとつながる。

**一九八三**（昭和五十八）年　**60歳**

七月、私的な囲碁クラブ「宇宙棋院」を設立。十月、長篇エッセイ「宗教と文学の谷間で」を「新潮」に連載（これはのちに『私の愛した小説』と改題して刊行された）。

**一九八四**（昭和五十九）年　**61歳**

六月、にっかつ芸術学院の二代目学院長に就任。

**一九八五**（昭和六十）年　**62歳**

四月、イギリス、北欧を旅行。ロンドンのホテル・リッツで偶然にグレアム・グリーンに出遭い、歓談。六月、日本ペンクラブの第十代会長に選任される。

**一九八六**（昭和六十一）年　**63歳**

三月、書下ろし長篇『スキャンダル』を新潮社より刊行。

**一九八七**（昭和六十二）年　**64歳**

一月、芥川賞選考委員を辞任。夏、北里大学病院に入院し、前立腺手術。十二月、目黒区中町の新築した家に転居。

**一九八八**（昭和六十三）**年**　**65歳**

戦国三部作「反逆」連載のため、たびたび木曽川とその周辺へ取材旅行。十一月、文化功労者に選ばれる。

**一九八九**（昭和六十四年・平成元）**年**　**66歳**

四月、日本ペンクラブ会長を辞任。十二月、父常久、経堂の自宅で死去（九十三歳）。

**一九九〇**（平成二）**年**　**67歳**

一月、「王の挽歌」を「小説新潮」に連載開始。二月、インドを訪れ、ベナレスなどを見て同月帰国。七月、仕事場を目黒区の花房山のマンションの一室に移す。

**一九九一**（平成三）**年**　**68歳**

四月、三田文学会理事長に就任。五月、アメリカ・クリーヴランドのジョン・キャロル大学での「遠藤文学研究会」に出席、名誉博士号を受ける。帰途、ニューヨークにて『沈黙』映画化の件でマーチン・スコセッシ監督と面談。

**一九九二**（平成四）**年**　**69歳**

九月、書下ろし長篇「河」（のちに「深い河」と改題）の初稿を脱稿。同月、腎不全と診断され、十月、順天堂大学附属病院に検査入院。十一月、退院。書下ろし長篇の推敲に取り組む。

**一九九三**（平成五）**年**　**70歳**

五月、順天堂大学付属病院に再入院。腹膜透析のための手術を受け、その後自宅での透析生活に入る。六月、書下ろし長篇『深い河』が講談社から刊行される。

**一九九四**（平成六）**年**　**71歳**

一月、歴史小説「女」を朝日新聞で連載開始。同月、『深い河』により第三十五回毎日芸術賞を受賞。

**一九九五**（平成七）**年**　**72歳**

一月、「黒い揚羽蝶」を東京新聞などの地方紙で連載開始（三月二十五日で連載中止）。四月、順天堂大学付属病院に入院。三田文学会理事長を退任。六月、退院。九月、脳内出血を起こし順天堂大学付属病院に緊急入院。十一月、文化勲章を受章。十二月、退院。

**一九九六**（平成八）**年**　**73歳**

四月、慶應義塾大学病院に検査入院し、同月退院。六月、再入院し腹膜透析から血液透析に切り替える。「佐藤朔先生の思い出」（「三田文学」夏季号・八月）を口述筆記し、これが絶筆となる。九月二十九日、午後六時三十六分、肺炎による呼吸不全により病室で死去。十月二日、東京・四谷の聖イグナチオ教会で行われた葬儀ミサ、告別式の一般参列者は四千人におよんだ。

## 初出一覧

| | |
|---|---|
| 最後の殉教者 | 「別冊文藝春秋」一九五九年二月号 |
| その前日 | 「新潮」一九六三年一月号 |
| 帰郷 | 「群像」一九六四年九月号 |
| 雲仙 | 「世界」一九六五年一月号 |
| 影法師 | 「新潮」一九六八年一月号 |
| 召使たち | 「文藝春秋」一九七二年一月号 |
| 母なるもの | 「新潮」一九六九年一月号 |
| 四十歳の男 | 「群像」一九六四年二月号 |
| 私のもの | 「群像」一九六三年八月号 |
| 童話 | 「群像」一九六三年一月号 |
| もし…… | 「文學界」一九六七年七月号 |
| 女の心 | 「小説新潮」一九七九年一一月号 |
| 初恋 | 「別冊小説新潮」一九七九年夏季号 |
| アフリカの体臭 | 「オール讀物」一九五四年八月号 |

本書は、新潮社版『遠藤周作文学全集』第6巻「短篇小説Ⅰ」一九九九年一〇月、第7巻「短篇小説Ⅱ」一九九九年一一月、第8巻「短篇小説Ⅲ」一九九九年一二月、および角川書店版『天使』一九八〇年三月、「オール讀物」一九五四年八月号を底本とした。「母なるもの」は新潮文庫『母なるもの』所収。今日から見れば不適切かと思われる表現があるが、時代背景と作品価値とを考え、著者が故人でもあるため、そのままにした。

●著者●
遠藤周作（えんどう　しゅうさく）
1923年東京に生まれる。母・郁は音楽家。12歳でカトリックの洗礼を受ける。慶應義塾大学仏文科卒。50〜53年戦後最初のフランスへの留学生となる。55年「白い人」で芥川賞を、58年『海と毒薬』で毎日出版文化賞を、66年『沈黙』で谷崎潤一郎賞受賞。『沈黙』は、海外翻訳も多数。79年『キリストの誕生』で読売文学賞を、80年『侍』で野間文芸賞を受賞。著書多数。

●編者●
加藤宗哉（かとう　むねや）
1945年生れ。慶應義塾大学経済学部卒。日本大学芸術学部文芸創作科非常勤講師。1997年より2012年まで「三田文学」編集長。学生時代、遠藤周作編集の「三田文学」に参加、同誌に載った小説が「新潮」に転載され、作家活動に入る。著書に、『モーツァルトの妻』（PHP文庫、1998年）、『遠藤周作　おどけと哀しみ——わが師との三十年』（文藝春秋、1999年）、『愛の錯覚　恋の誤り——ラ・ロシュフコオ「箴言」からの87章』（グラフ社、2002年）、『遠藤周作』（慶應義塾大学出版会、2006年）ほか。

『沈黙』をめぐる短篇集

2016年6月30日　初版第1刷発行

著　者————遠藤周作
編　者————加藤宗哉
発行者————古屋正博
発行所————慶應義塾大学出版会株式会社
〒108-8346　東京都港区三田2-19-30
TEL〔編集部〕03-3451-0931
〔営業部〕03-3451-3584〈ご注文〉
〃　03-3451-6926
FAX〔営業部〕03-3451-3122
振替　00190-8-155497
http://www.keio-up.co.jp/
装　丁————岩橋香月（デザインフォリオ）
組　版————株式会社ステラ
印刷・製本——中央精版印刷株式会社
カバー印刷——株式会社太平印刷社


Printed in Japan　ISBN978-4-7664-2343-3

慶應義塾大学出版会

# 展望台のある島

山川方夫 著／坂上弘 編

芥川賞と直木賞のふたつの賞の候補になりながら、受賞にいたらぬまま34歳で交通事故のため急逝した山川方夫。没後50年にして、山川方夫のショートショートと純文学作品は新生する。

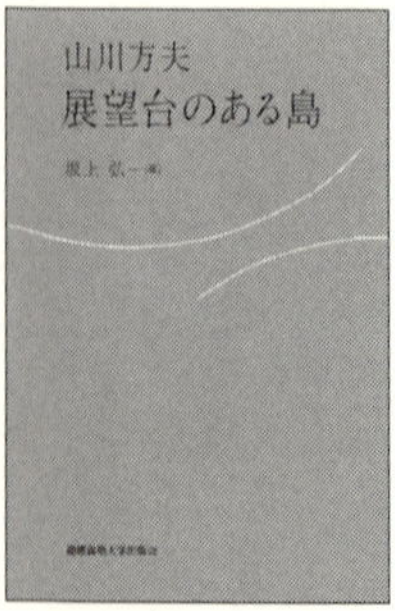


四六判／上製／320頁
ISBN 978-4-7664-2273-3
◎3,000円　2015年11月刊行

◆主要目次◆



表示価格は刊行時の本体価格(税別)です。